# 明代四種詞集叢編研究

陶子珍◎著

# 自序

　　本書繼拙著《明代詞選研究》之後，續以明人輯錄之「若干詞人別集或詞選總集所彙集成之大型叢書」，作為研究對象。民國九十二年，並獲得「行政院國家科學委員會專題研究計畫補助」。全書共分七章，約十萬五千餘字，大要如次：

　　第一章：緒論。說明撰寫本書之研究動機與目的、研究範圍與方法。

　　第二章：明代詞集叢編發展之背景。此章分為二節，就明代詞集叢編之特質，探討明代書籍刊刻之狀況；另由明詞演進脈絡之分析，進而了解明代詞集叢編成書之情形。

　　第三章：別集、選集分刻之詞集叢編。此章分為二節，以目前能得見之別集、選集分刻之詞集叢編為主，進行分析探討：有專以輯錄各家詞人別集者，如毛晉《宋六十名家詞》；亦有專以彙編若干詞選總集者，如朱之蕃《詞壇合璧》。

　　第四章：別集、選集合刻之詞集叢編。此章分為二節，以目前獲見之別集、選集合刻之詞集叢編為研究對象，加以討論分析：有以輯錄各家詞人別集為多的，如吳訥《唐宋名賢百家詞》；另有以彙編各詞選總集為夥的，如毛晉《詞苑英華》。

　　第五章：其餘未親見之明代詞集叢編。此章分為三節，明代詞集叢編，除以上第三章第一、二節與第四章第一、二節所論述者外，就國內外各圖書館之目錄、索引查考，尚有收藏於大陸地區圖書館，或未經刊刻，甚或不明出處者，致

難以遂得。故按「選域」，即詞集叢編彙刊詞選所涵括時代跨度之長短，予以歸納探討，並將「汲古閣」所鈔之詞集叢編，另成一類，此等叢編本，雖無法獲見原書，但冀能藉此明其收錄內容，以窺明代詞集之全貌。

第六章：餘論 — 明代詞集叢編之價值及詞史地位。此章分為二節，總結明代兩百多年詞風之嬗變，將明代詞選與詞集叢編作一全面觀照，並從相互比對中，釐清明代選詞之趨向與特色；以建構明代詞論之體系，進而奠定明代詞集叢編之價值及其詞史地位。

第七章：結論。將研究心得作一總結，並整理、歸納全文論述之主要重點。

書末並附明代詞集叢編選錄「詞選總集」、「詞人別集」統計分析一覽表，以資參考對照。

是以由明代詞集叢編之探討過程，不僅能使詞學演進之脈絡，清晰可循，更能奠定明代詞論體系之基礎，進而導引後世詞學發展之方向，建構整體宏觀之新視野。

本論文之撰寫，從資料之蒐集、擬題至定稿，多蒙 王師偉勇，鉅細靡遺，逐字逐句，悉心指導，以及 黃師文吉之啟發鼓勵，方能順利完成，師恩浩蕩，衷心銘感，謹以至誠，敬申謝意；並感謝東吳大學中文系碩士班學弟林友良，協助繕打文稿。唯自揆資庸學淺，闕失不周之處，在所難免，尚祈學界 先進，不吝 教正是幸。

陶 子 珍 謹識
中華民國九十四年十月

# 目次

# 第一章　緒論

## 第一節　研究動機與目的

　　審視中國詞史之發展，「詞」之為體，始於晚唐，歷五代、宋、金、元、明後，中興於清；而一般皆謂詞體至明，趨於衰微。王易《詞曲史》中，則詳細陳述明詞遭人詬病之因，其言曰：

> 明逐胡元，奄有區夏，歷世十六，卜年三百，典章文物，不乏可觀。顧後之承學論世者，每薄其淺陋，斥為竊盜，何歟？夫盛衰所致，固匪一端。而風氣之遷流，實繫於政治之得失。明代變亂相乘，迄無寧日。黨禍文獄，足摧士氣；內憂外患，時擾人心。上無右文之君；下惟舉業是務。泄沓所至，規模不張。虛聲尚則實學不興；門戶分則精神不立。於是浮華自矜，摹儗為得，位高者蹠附，譽廣者盲從。故雖集可汗牛，士多如鯽，而沈雄博大、篤實光輝者，蓋不數覯焉。即論詞曲作者固多，然詞不逮宋，曲不敵元，步古人之墟，拾前賢之唾而已。以視往代，信乎其為病也！[1]

---

[1]　王易撰：《詞曲史》（臺北：廣文書局，1988年8月），〈入病第八〉，

　　明詞雖然弊病叢生，又處於中國詞史上最不景氣之時期，然卻是詞學發展過程中，一個重要之轉折關鍵，前承宋、元，繼開清代，洵不可漫加鄙薄。黃拔荊《中國詞史》曰：「明詞承前啟後的作用，還不僅表現在詞的創作實踐方面，更為突出的還體現在對詞的選編、整理和研究方面。」[2]近數年來，學界對於詞學研究之趨勢，已擴大及於明代詞作與詞人之討論分析，且有多本論文問世。[3]唯其中「詞選」部分，諸多學者，僅針對個別詞集，發表單篇論文探討；而相關之論著，唯蕭鵬《羣體的選擇──唐宋人選詞與詞選通論》[4]

---

頁 401。

[2]　黃拔荊著：《中國詞史》（福州：福建人民出版社，2003 年 5 月），下卷，頁 4。

[3]　檢視國內各大學研究生之學位論文，其中以明代詞作或詞人為題而加以研究者有：朴永珠《明代詞論研究》（文化大學中國文學研究所碩士論文，1982 年 6 月）、陳美《明末忠義詞人研究》（東吳大學中國文學研究所碩士論文，1986 年 4 月），涂茂齡《陳大樽詞的研究》（高雄師範大學國文研究所碩士論文，1992 年 5 月）、陳清茂《楊慎的詞學》（臺灣師範大學國文研究所碩士論文，1994 年 5 月）、白芝蓮《夏完淳詩詞研究》（東海大學中國文學研究所碩士論文，1995 年 4 月）、黃慧禎《王世貞詞學研究》（東吳大學中國文學研究所碩士論文，1997 年 5 月）、郭娟玉《沈謙詞學及其沈氏詞韻研究》（東吳大學中國文學研究所碩士論文，1998 年 1 月）、鄒秀容《雲間詞派研究》（中興大學中國文學系碩士論文，1998 年 6 月）、江俊亮《楊慎及其詞研究》（東海大學中國文學研究所碩士論文，1998 年 7 月）、杜靜鶴《陳霆詞學研究》（東吳大學中國文學研究所碩士論文，2000 年 5 月）、潘麗琳《劉基寫情集研究》（東吳大學中國文學研究所碩士論文，2000 年 6 月）、雷怡珮《楊基眉菴詞研究》（東吳大學中國文學研究所碩士論文，2000 年 6 月）、李雅雲《高啟扣舷詞研究》（東吳大學中國文學研究所碩士論文，2000 年 6 月）、謝仁中《瞿佑詞研究》（東吳大學中國文學研究所碩士論文，2002 年 1 月）等。

[4]　蕭鵬著：《羣體的選擇──唐宋人選詞與詞選通論》(臺北：文津出版社，1982 年 11 月)，頁 1－339。

一書，係以唐宋人選詞特色與詞選分析為主體，兼及元、明、清詞選內容之概述。至若以詞選集為研究對象之專門著作，則有李娟娟《草堂四集及古今詞統之研究》[5]、謝旻琪《明代評點詞集研究》[6]二書。是以本人深感目前對於明代詞選之研究工作，殊嫌不足，仍待開拓，故就蒐羅得見之明代詞選二十四種，予以統合考辨，於 2001 年完成《明代詞選研究》[7]一書，希略盡薄力，使學界對「明代詞選」之探討，更加重視。

　　然明代詞選，除以上為「選家依一定標準或目的所擇取若干詞人部分作品」之詞選集外，還應涵括「輯錄各家別集或彙錄多種詞選於一帙」之詞集叢刻刊本。目前相關之論著有：張仲謀《明詞史》[8]，此書第八章第二節「詞集的選編與叢刻」，提到明代兩部大型詞籍叢刻：一是吳訥《唐宋名賢百家詞》，二是毛晉《宋六十名家詞》；而王兆鵬《詞學史料學》[9]，第四章第一節「宋明兩代的詞集叢編」中，論及明代的部分有：吳訥《唐宋名賢百家詞》、毛晉《宋六十名家詞》與其他《宋元名家詞》、《宋元三十三家詞》、《南

[5] 李娟娟撰：《草堂四集及古今詞統之研究》（高雄師範大學國文研究所碩士論文，1996 年 6 月），頁 1－208。

[6] 謝旻琪撰：《明代評點詞集研究》（東吳大學中國文學系碩士論文，2004 年 6 月），頁 1－166。

[7] 拙著：《明代詞選研究》（臺北：秀威資訊科技公司，2003 年 7 月），頁 1－558。

[8] 張仲謀著：《明詞史》（北京：人民文學出版社，2002 年 2 月），頁 1－375。

[9] 王兆鵬著：《詞學史料學》（北京：中華書局，2004 年 5 月），頁 1－514。

詞》等；又王學泰《中國古典詩歌要籍叢談》[10]，第三輯「詞曲總集、別集」中，關於明代詞集叢書部分，則概述吳訥《百家詞》與毛晉《宋六十名家詞》之收錄內容與版本流傳狀況。以上諸書所述，雖已留意及於明代詞集叢編部分，唯尚屬簡介綜論性質。此外，間或有少數單篇文章論及，然除探討吳訥、毛晉二人所編輯之詞集叢刻外，餘多未暇深論，顯有偏執與不周之處。因之筆者乃興擇取明代詞集叢編加以研討之動機，並於民國九十二年，以「明代詞集叢刻刊本研究」為題，獲得「行政院國家科學委員會專題研究計畫補助」，民國九十三年十月，完成精簡報告，茲擬再求精進，將研究成果作更完整、詳細之呈現。故本書之論述，將以明代詞集叢編為主，作全面而深入之整理、分析及研究，使對明代詞壇之認識，益趨於完善。

此「明代詞集叢編」研究主題之進行，透過「蒐集目前所見明代詞集叢刻刊本」、「考述編選者之生平經歷及編選詞集之原因」、「整合分析各詞集叢刻刊本之內容特色」等工作項目之完成，期能達成以下目標：

一、重新整理詞學文獻，使學界對明代詞集叢編及選詞趨勢，能有更全面、更深刻之認識與了解。

二、本論著之完成，將可與拙作《明代詞選研究》一書，相互連繫，為體認明詞全貌之關鍵，亦為奠定明代詞學研究之基礎；並期藉此凸顯明代詞集叢編之價值及詞史地位，建構整體宏觀之新視野。

---

[10]　王學泰編著：《中國古典詩歌要籍叢談》(上、下冊)（天津：天津古籍出版社，2004 年 7 月），頁 1－1215。

## 第二節　研究範圍與方法

　　明代雕版印刷術之盛行，促使「叢書」之產生。而所謂「叢書」，據崔文印〈明代叢書的繁榮〉一文曰：「是指把不同作者的若干著作，按著一定的規程，完整而不是節略地把它們收錄在一個總的書名之下，這個囊括諸書的新書，就是我們所說的叢書。」[1]此處提出兩重點：一為叢書所收若干著作，須是不同作者；二為叢書中之著作，須是完整無刪減者。是以就詞而言，符合上述兩點，匯編合刻之詞集叢書，應始於南宋，明、清以來逐漸加多。王兆鵬《詞學史料學》曰：

> 按傳統的分類方法，詞集一般分為別集和總集兩大類。別集只收錄一人的作品，總集則收錄眾多詞人的作品。總集又包括詞選集（如《樂府雅詞》）和全編（如《全宋詞》）兩類。如將若干種詞別集或總集匯輯成編，則稱叢編。如叢編為刻印本，就稱叢刻；如叢編為手鈔本，則稱叢鈔。[2]

　　本書繼拙著《明代詞選研究》（以編者依某種標準或特殊之目的，輯錄若干詞人之部分作品為研究範圍）之後，續以明人所輯錄，「將若干詞人別集或詞選總集，彙集成之大

---

[1]　崔文印撰：〈明代叢書的繁榮〉，《史學史研究》1996 年第 3 期，頁 55。
[2]　王兆鵬著：《詞學史料學》（北京：中華書局，2004 年 5 月），頁 101。

型叢書」，作為研究對象，其中包含刻印本與手鈔本，故定名為「明代詞集叢編研究」。復就國內外各圖書館之目錄、索引查考，目前蒐尋得知之詞集叢編，計有十六種；而能獲見者，僅四種，茲依其收錄性質，歸類如次：

　　一、別集、選集分刻之詞集叢編：

　　　　（一）詞家別集彙刻：毛晉《宋六十名家詞》。

　　　　（二）詞選刻本合集：朱之蕃《詞壇合璧》。

　　二、別集、選集合刻之詞集叢編：

　　　　（一）以別集為主：吳訥《唐宋名賢百家詞》。

　　　　（二）以選集為主：毛晉《詞苑英華》。

　　另有八種詞集叢編，收藏於大陸地區圖書館，目前臺灣各圖書館均未見收藏，雖現行兩岸學術交流頻繁，但善本古籍之複製、取得，困難重重，故無法作全面之分析與討論；但仍按「選域」範圍，即詞集叢編彙刊詞選所涵括時代跨度之長短，加以歸納：

　　一、以單一朝代為選域：《宋五家詞》，收藏於北京圖書館（即中國國家圖書館）；《宋名賢七家詞》、《宋二十家詞》二書，收藏於南京圖書館。

　　二、以二個以上朝代為選域：

　　　　（一）以二個朝代為選域──《宋明九家詞》，收藏於南京圖書館。

　　　　（二）以三個朝代為選域──《宋元明詞》，收藏於浙江：紹興市魯迅圖書館。

　　　　（三）以四個朝代為選域──《宋元明三十三家詞》、《南詞》二書，收藏於北京圖書館（即

中國國家圖書館）。

（四）以五個朝代為選域──《宋元名家詞》，收藏於北京大學圖書館。

其餘未親見之詞集叢編中，有特別標注「汲古閣」者，大多未經刊刻，甚或出處不明，致難遂得；但亦另存一類，以求全備，計有：《汲古閣四家詞》、《汲古閣宋五家詞》、《汲古閣詞》與《汲古閣詞鈔》等四種。

本書即以上述所列舉之詞集叢編，為主要研究範圍，並特別針對四種可見者：毛晉《宋六十名家詞》、朱之蕃《詞壇合璧》、吳訥《唐宋名賢百家詞》與毛晉《詞苑英華》，按下列步驟進行研討：

一、將明代詞集叢編，作系統歸類，以凸顯各叢刻刊本或鈔本之特質。

二、分別就其內容予以詳細分析，首述編者生平，由詞集之序、跋或《明史》、年譜、傳記、筆記中，考探其學詞過程與經歷背景，以明其編選詞集之原由。

三、論述詞選之版本及體例，比較各版本間之異同，分析編排方式，並統計選錄詞家、詞作、詞調之多寡。

四、就詞集叢編內容之特色，歸納選詞之原因與標準。

五、綜觀詞集叢編對明代詞壇演變與詞學風格之影響。

經由以上研究方法之安排，務期能夠清楚掌握明代詞學發展之趨向，並詳析詞集叢書編選之特色及收藏情形。

然於實際蒐求明代各詞集叢編之過程中，對於收藏於大陸地區之圖書，曾透過館際合作尋求協助，但因多為孤本，

該館具有保護性規定，一部書僅能複製每卷之三分之一，且費用龐大；如：北京國家圖書館複製《宋五家詞》及《宋元明三十三家詞》二書之「三分之一」部分，僅底本費即需人民幣 24,080 元，若再加上複製費、郵費和服務費，數目將更大。故於經費不足，以及無法獲得全本之情況下，唯有割捨，不無遺珠之憾；而此類書籍，幸賴歷代古籍書目加以著錄，使未能親見之詞集叢編，尚可窺知其收錄內容，對研究工作之進行，略有裨益。他日如有機會，仍盼得探驪珠，使詞學研究之成果，得以更加精進，臻於完善。

# 第二章　明代詞集叢編發展之背景

　　明代詞集叢編發展之過程，深受明代學術思想、文學環境與詞學流派之影響，然此中如：復古運動之高張、陽明心學之倡導、唐宋詞樂之散佚、雲間詞派之興起、通俗文學之繁榮與文人追求個性解放、城市經濟興盛活躍等方面，本人已於《明代詞選研究》一書第二章中，[1]詳細論述，故對於以上相關部分，不再贅言。此章僅就明代詞集叢編之特質，探討明代書籍刊刻之狀況；另由明詞演進脈絡之分析，進而了解明代詞集叢編成書之情形。

## 第一節　明代書籍之刊刻

　　奚椿年《中國書源流》曰：「經過南北朝長期分裂，到隋文帝統一中國，直至唐初，政治上出現了相對穩定的局面，生產逐步恢復，經濟有了轉機，人民生活開始安定。這是有利於文化教育和科學教育技術發展的環境，也有利於發揮人的聰明才智，人們對書的需求量自然也會更迫切，特別

---

1　　拙著：《明代詞選研究》（臺北：秀威資訊科技公司，2003 年 7 月），頁 9–44。

是此時正是我國佛教發展最鼎盛的階段，不僅國內信徒眾多，朝鮮、日本等鄰國也常派人來取經學佛。那時所需佛教經咒數量很大，手寫不及，於是他們中的睿智者有可能在印章和捶拓的啟發下，在木板上刻字，師印章之意，遵捶拓之法，取得複印件，以滿足社會需要。」[2]是知中國雕版印刷術，係萌芽於隋、唐；而宋代學術發達，刻書數量增加，書籍印刷不再僅為佛教經典，其種類繁多，已進入雕版印書之全盛時期；後至明代，城市經濟迅速發展，工商業、手工業等蓬勃興旺，而明代書籍之刊刻，於唐、宋前朝印刷技術之基礎上，獲得更長足之進步。

## 壹、明代出版事業之概況

明代前承唐、宋，續接金、元，七百年間，圖書出版事業極盛，遠超過歷代諸朝。邱澎生〈明代蘇州營利出版事業及其社會效應〉一文曰：「明代承續前代的出版活動，無論是在政府刻書、私家非營利性刻書以及書坊營利性刻書方面，皆有相當的發展。」[3]故以下擬從政府及民間兩方面，就刊刻機構、刊刻原因等，探討明代出版活動之情形。

---

[2]　奚椿年著：《中國書源流》（南京：江蘇古籍出版社，2003 年 8 月），頁 118。

[3]　邱澎生撰：〈明代蘇州營利出版事業及其社會效應〉，《九州學刊》5卷 2 期（1992 年 10 月），頁 140。

## 一、政府刻書與典籍保存

　　明朝建國之初，為鞏固政權，乃制定禮法律令，並重視教化興學，推動文化政策，訪求各地前代典籍，纂輯編定各類圖書，頒行全國，又免除書籍稅收，因而促進明代出版事業之活絡與繁榮。趙前《明本》曰：

> 明代刻書事業之所以蓬勃發展，是與朱元璋對刻書實行了特殊政策分不開的。明王朝立國之初，採取了一些重要的、有利於書業發展的舉措。據《明史·本紀第二·太祖二》載：「洪武元年八月，除書籍、田器稅。」可見在明太祖心目中，作為文化事業重要組成部分的書業，與恢復農業生產，解決民生問題是處於同等地位的。明代這一政策的推行，對刻書事業無疑是個極大的刺激和解放。……明代上自朝廷內府、諸王藩府、各布政使司、按察使司、府、州、縣及其儒學，都以刻書為風尚。[4]

　　此種由朝廷中央政府，諸王藩府及各地方政府等國家機構，所主持或出資鑴刻之書籍，稱為「官刻本」。而政府刻書，內容固以記載制誥律令、典章要籍與地方文獻等為主；然據沈燮元〈明代江蘇刻書事業概述〉曰：「在洪武時期，由於朱元璋一面殺戮功臣，大興文字獄，對於知識份子，採取高壓的政策；另一面又用懷柔的辦法來利誘和籠絡知識份子，設立了以『八股取士』的科舉制度，來達到收買的目的，

---

[4] 　趙前著：《明本》（南京：江蘇古籍出版社，2003 年 8 月），頁 5。

以便為統治者服務。科舉的各級考試,都用四書五經的句子
來做題目,因此洪武時期所刻的書籍,也以經書為最多。」[5]是
以為因應當時考試制度之需要,官府亦編定不少有關闡釋四
書五經與儒學經義之書籍。此外,明代官刻本中,各地藩府
所刻之書,頗受重視;因其底本大多是皇帝賞賜由中央內府
機關所藏之宋元善本,而據以刻印,故校刊精審,時有佳刻,
許多珍貴罕見之古籍賴以傳世。又明成祖永樂五年(西元
1407 年),《永樂大典》纂修完成,計有二萬餘卷,收錄
歷代重要典籍七、八千種,內容包羅至廣,並保存許多佚文
秘籍,可謂為輯佚之淵藪,具有極大之文獻價值。

## 二、民間藏書與商業營利

　　袁同禮〈明代私家藏書概略〉曰:「明代自姚江倡致良
知之說,學者漸忽讀誦之功,學術空疏,風氣墮落,學者束
書不觀,猖狂自肆,虛偽之習,靡然全國。然二百年間,頗
多縹緗之貯,對於空疏之習,多所糾正,而自嘉靖以降,海
宇平定,私家藏書,極稱一時風尚。」[6]明代中葉以後,民
間藏書之家多不勝數,藏書數量亦大,如浙東「天一閣」主
范欽,藏書達五萬三千餘卷;常熟毛晉,不惜重金購書,其
「汲古閣」、「目耕樓」,藏書達八萬四千餘冊。惟藏書家

---

[5]　沈燮元撰:〈明代江蘇刻書事業概述〉,《學術月刊》1957 年第 9 期,
　　頁 78。

[6]　收錄於洪有豐、袁同禮等編著:《清代藏書家考》(香港:中山圖書
　　公司,1973 年 1 月),頁 73。

往往因藏書而提倡刻書，有系統進行整理、校讎、刊刻古籍，甚而兼事書籍編撰工作，成為出版家；此種由私人所刻印之書，稱為「家刻本」。明代家刻之書，通常較為講究，不吝工本，雕印精良，又選擇原抄珍籍為底本，因此被視為善本中之精品，於宣揚文化與學術研究方面，具有一定之價值。顯見家刻書籍最初之動機，並非以營利為目的；然此時圖書典籍之大量刊刻，除作為收藏外，其餘不免用作從事交流和進行銷售活動，且經營書業有利可圖，故市集坊肆乃到處林立。韓文寧〈明清江浙藏書家的主要功績和歷史侷限〉一文曰：

> 明初，明太祖、明成祖採取的一系列政策，促進了文化藝術的發展。江浙位於東南沿海，至中葉城市經濟發展興盛，對外貿易發達，產生了多樣的文學藝術著作，市民日常用書的需要，又使得各類著作大量出現，加上印刷術的不斷改進提高、書坊的盛行，形成我國封建社會後期圖書出版事業的繁榮局面，為私家藏書的積累和傳播提供了物質條件。[7]

此種以營利為目的之私人刻書，稱為「坊刻」。明代書坊，遍布全國，尤以蘇州、常州、杭州、徽州、建陽及南北二京等地之刻書，數量最盛，亦最為知名，而所刻之書籍內容，則品類眾多。邱澎生〈明代蘇州營利出版事業及其社會效應〉曰：「坊刻書的種類頗廣，大致包括有醫書、類書、

---

[7]　韓文寧撰：〈明清江浙藏書家的主要功績和歷史侷限〉，《東南文化》1997 年 2 月號，頁 141。

科舉用書、狀元策、翰林院館課、八股文、小說、戲曲等書籍，簡單來分類，即可分成『民間日用參考實用之書』、『科舉應試之書』以及『通俗文學之書』三大類。」[8]是知民間坊肆刻書之範圍擴大，而書賈為迎合社會大眾閱讀興趣與市場文化之需求，乃大量翻刻通俗、娛樂之書籍，因以謀利，故明代私人刻書已趨向商業經銷之性質。

## 貳、明代刻書之特色

李致忠《古書版本學概論》曰：「明朝政府或皇帝的某些官修、敕撰或御製之書，政府又明令地方翻刻只能照式翻雕，不得隨意改變款式和風貌。這樣一來，官刻書的風格便逐漸統一了。至於各地書坊和私宅所刻之書，雖然不完全相類，但流風所至，亦大同而小異。」[9]明代書籍有官刻、家刻、私刻之別，而刻書事業之發展，與政治、經濟、文化等環境因素密切相關，體現出不同之書籍風貌，故擬從以下兩部分，探究明代刻書之特色：

### 一、覆刻宋本之熱潮

明代武宗正德與世宗嘉靖年間，前後七子提倡復古運動，欲正文壇「臺閣」空虛、「道學」無趣及「八股」板滯

---

8　同註3。
9　李致忠著：《古書版本學概論》（北京：北京圖書館出版社，1990年8月），頁112。

之流弊，形成社會一股聲勢浩大之擬古風潮。李致忠《古書版本學概論》曰：

> 這種文學上的復古運動，影響了整個社會風氣，反映在刻書風格上也一洗前朝舊式，全面復古。文學上的復古，是復漢、唐之古；刻書上的復古便是復趙宋之古了。宋代是我國雕板印刷史上的黃金時代。宋代的刻書，不但保存著許多唐五代舊本的風貌，版刻上的刀法剔透、白口大字、端莊嚴肅、古樸大方的風格，也被歷來的版刻家尊為典範。明代正德以後，特別是嘉靖一朝，無論是官刻私雕，不但把宋元舊籍的內容照樣翻刊，而且在版式風格、款式字體上亦全面仿宋。這一時期所刻的書，幾乎都是橫輕豎重、方方正正的仿宋字。並且紙白墨黑，行格疏朗，白口，左右雙邊，頗有宋版遺韻。[10]

　　為此，明代中葉興起翻刻宋本書籍之熱潮。另外，當時官府為免坊肆書賈刻書徒求快速，而錯誤百出，特下令嚴禁書商任意割裂、竄改古籍文字，不許故違官式，否則將治以重罪。因而更加帶動覆刻宋本之風氣，各處紛紛響應，由蘇州地區迅速擴展至全國各地，如：顧從敬翻宋刻《類編草堂詩餘》、明武宗正德辛巳（16 年，西元 1521 年）蘇州書賈陸元大復刻宋紹興建康郡齋本《花間集》等。刊刻者竭力描摹宋版舊籍，其中刻印精善者，幾與原本無異，故為學界保存諸多宋刻風貌之典籍。

---

10　同前註，頁 115。

## 二、數量多而質不精

明代雕版印刷技術盛行，出版事業成果輝煌，然自神宗萬曆以後刻書，則多而粗濫，不為世重；尤以書坊刻印之本，僅知苟且射利，不顧內容品質，敗壞書業風氣最甚。清‧顧炎武《日知錄》卷十八〈改書〉條下曰：

> 萬曆間，人多好改竄古書。人心之邪，風氣之變，自此而始。……不知其人，不論其世，而輒改其文，謬種流傳，至今未已。[11]

又清‧葉德輝《書林清話》卷七曰：

> 明人刻書有一種惡習，往往刻一書而改頭換面，節刪易名。如唐‧劉肅《大唐新語》，馮夢禎刻本改為《唐世說新語》；先少保公《巖下放言》，商維濬刻《稗海》本改為鄭景望《蒙齋筆談》；郎奎金刻《釋名》，改作《逸雅》，以合《五雅》之目，全屬臆造，不知其意何居。又如陶九成《說郛》，胡文煥《格致叢書》、陳繼儒《祕笈新書》，尤為陋劣。[12]

是知造成明代刻書流弊與版本缺點之情形為：一、追求新奇，將古書文集胡亂節錄，隨意增刪，割裂篇章，東拼西湊；至誇多鬥博，濫竽充數，而後改頭換面，冒充新作，欺

---

11　清‧顧炎武著、清‧黃汝成集釋、秦克誠點校：《日知錄集釋》（長沙：岳麓書社，1996年2月），頁672。

12　清‧葉德輝撰：《書林清話》（臺北：世界書局，1974年11月），頁182。

世銷售。二、印行偽書，或未經作者同意，即盜版翻刻；或假託名人所著，抬高書價，謀求暴利。故此時刻書事業，不重校勘、雕印粗劣，書賈以商業化經營之手段刊刻書籍，不僅損壞原典內容，亦使文獻學術研究遭受阻礙，更不利於讀者學習，其危害甚鉅；蓋「明人好刻書，而最不知刻書」[13]也。

---

[13]　同前註，頁180。

## 第二節　明詞演進之脈絡

　　趙尊嶽〈惜陰堂彙刻明詞記署〉曰:「今人之治詞學者,多為籠統概括之詞以評歷代,必曰詞兆始於陳隋,孳乳於唐代,興於五季,而盛於南北宋,元承宋後,衰歇於朱明,而復盛於有清。此就大體觀之,固無可指摘,然諦辯之,則亦尚有說。陳隋之際,樂律於樂府及詞之界義,初未判明。沈休文、隋煬帝諸作,不足即為填詞之祖。其唐五代之孳乳日繁,南北宋之境界日拓,自無待言。元代踐祚日短,姑無具論。而有明以三百年之享國,作者實繁有徒,必以衰歇為言,未免淪於武斷。」[1]縱觀中國詞學發展史,明代之詞人與詞作數量,實不亞於宋代。據《全明詞》輯錄,明代有詞家一千三百九十餘人,詞作約兩萬闋;[2]而《全宋詞》則彙輯有宋一代詞人一千三百三十餘家,詞作一萬九千九百餘闋,殘篇五百三十餘闋。[3]是知明詞之不振,並不在於沒有作品產生,而是關乎整個文學趨勢與創作環境之改異,致造成明代詞風之衰頹。故以下擬將明代詞壇分為三個階段,[4]以析明詞演進之脈絡:

[1]　收錄於趙尊嶽輯:《明詞彙刊》(上海:上海古籍出版社,1992 年 7月),卷下,頁 5。

[2]　饒宗頤初纂、張璋總纂:《全明詞》(北京:中華書局,2004 年 1 月),「出版說明」,頁 1。

[3]　唐圭璋編:《全宋詞》(臺北:宏業書局,1985 年 10 月),「凡例」第一條,頁 11。

[4]　此將明代詞壇分為三個階段,年代與時間範圍之界定,係參考馬興榮著:《詞學綜論》(濟南:齊魯書社,1989 年 11 月),頁 193－207。

## 壹、明初過渡時期

　　明初，是指太祖洪武元年開國至英宗天順時期（西元1368—1464 年）。元明之際，時代變革，政治動盪不安，相對亦影響士林文風之傾向與藝術創作之表現。明代初期詞壇，去宋、元未遠，詞人多數由元入明，而其詞作則多承襲宋、元流風。清・王昶《明詞綜・序》曰：

　　蓋明初詞人，猶沿虞伯生、張仲舉之舊，不乖於風雅。[5]

　　虞集，字伯生，為元代之大文豪，其詞清麗渾厚，不為韻縛；張翥，字仲舉，為元詞名家，其詞婉麗諧和，有南宋姜（夔）、吳（文英）之意趣，為一代之正聲。金元而後，競為新調，詞風漸寖，惟明初詞家，尚承前代餘緒，而斯學不墜，故其創作，體制不繆，風雅猶存。趙尊嶽〈惜陰堂明詞叢書敍錄〉曰：

　　大抵開國之時，流風未沬，青田、扣舷、眉庵、清江諸子，一理綿密，韻調流莫。雖不能力事騫舉，要不失為大家。雜之□林，誠無多讓。姑蘇七子、北郭詩流，咸有篇章，足資諷籀。此其大輅椎輪，承遜國之芳矩，朗吟低唱，開新朝之文獻者，固足抗乎一時，平視棄世者已。[6]

　　明代開國之初，因「流風未沬」，故詞人特盛，且多佳

---

[5]　清・王昶輯：《明詞綜》（臺北：臺灣中華書局，1970 年 6 月），頁 1。
[6]　同註 1，頁 4。

篇，較著名之作者有：劉基、高啟、楊基、瞿佑等人，其時
諸家之詞，頗多可取。而歷代詞話，皆有品評，是以不難窺
見此期詞作風格之特色。明・王世貞《藝苑巵言》曰：

> 我明以詞名家者，劉誠意伯溫，穠纖有致，去宋尚隔
> 一塵。[7]

清・田同之《西圃詞說》曰：

> 明初作手，若楊孟載、高季迪、劉伯溫輩，皆溫雅芊
> 麗，咀宮含商。李昌祺、王達善、瞿宗吉之流，亦能
> 接武。[8]

又王國維《人間詞話》「附錄一」曰：

> 有明一代，樂府道衰。《寫情》、《扣舷》，尚有宋、
> 元遺響。仁宣以後，茲事幾絕。[9]

　　此由元至明之過渡階段，揭開明詞之序幕，詞人以步趨
前朝為創作基調，尚能保有「穠纖有致」、「溫雅芊麗」、
「咀宮含商」之特質，然因「樂府道衰」，新聲競起，終難
與宋詞匹敵，無法「力事騫舉」，致「去宋尚隔一層」；惟
是時明詞尚未淪於空疏淺薄之失，就時代之相對性而言，為
明詞中較值稱許之階段，故其承前之功，不可漠視。而此期
詞集之選錄，就目前得知者，有吳訥於明英宗正統六年（西

---

[7]　唐圭璋編：《詞話叢編》（臺北：新文豐出版公司，1988 年 2 月），
　　第 1 冊，頁 393。
[8]　同前註，第 2 冊，頁 1454。
[9]　同前註，第 5 冊，頁 4272。

元 1441 年）所輯之《唐宋名賢百家詞》九十冊，為明代最早之詞集叢編鈔本。

## 貳、中明衰落時期

明代中葉，是指憲宗成化至穆宗隆慶時期（西元 1465—1572 年）。此時明代社會秩序日趨混亂，腐敗與改革勢力相互鬥爭；學術風氣亦遭受衝擊，復古運動高張，眾多文學流派紛至沓來。於此繁擾多變之局勢中，詞學之發展，較之初期，則漸趨衰退，成就不高。趙尊嶽〈惜陰堂明詞叢書敘錄〉曰：

> 中葉而後，曲令漸繁，賢者所樂，據形移步，於是值者日繁，傳者較罕，拈毫托興，徒尚浮華，鄙語村談，俯拾即是。雖高深甫、陳大聲、徐文長諸名輩，兩擅勝場，分鑣競爽，而一時風令所被，斯道為之不尊。又明人習於酬酢，好為謚莫，宦途升轉，必有幛詞，申以駢文，貽為致語，繫之小令，比諸銘勳，而惟務陳言，徒充濫竽，附之金荃之列，允為白璧之玷。[10]

詞至明代，音譜失傳，格律不協，中期文人，填詞流於僵化，吟詠缺乏新意；而酬酢幛詞，益使詞體墜入谷底，難見起色。但此期仍有為數不少之作品傳世，較重要之詞人有：陳霆、楊慎、張綖、王世貞等；而後世詞話，對其得失，

---

[10] 同註 1，頁 4。

則多所評騭。清‧吳衡照《蓮子居詞話》卷三曰：

> 蓋明詞無專門名家，一二才人如楊用修、王元美、湯
> 義仍輩，皆以傳奇手為之，宜乎詞之不振也。其患在
> 好盡，而字面往往混入曲子。[11]

清‧陸鎣《問花樓詞話》曰：

> 王元美《藝苑卮言》，辨晰詞旨，而所作小令，頗近
> 彫琢，長調亦多蕪雜。尤可笑者，〈小諾皋〉二闋，
> 信手塗抹，真是盲女彈詞，醉漢罵街。升庵論詞，時
> 有妙會，摹寫處，亦傷尖薄。不獨〈花犯〉、〈箇儂〉
> 諸小令也。先廣文謂有明無詞人，信然，信然。[12]

又清‧陳廷焯《白雨齋詞話》卷三曰：

> 詞至於明，而詞亡矣。伯溫、季迪，已失古意。降至
> 升庵輩，句琢字鍊，枝枝葉葉為之，亦難語於大雅。
> 自馬浩瀾、施閬仙輩出，淫詞穢語，無足置喙。[13]

此期明詞「雕琢」、「蕪雜」、俚俗、詞曲相混等弊病
已然盡現；且作者多未專力於詞，或「以傳奇手為之」，甚
或「信手塗抹」，當然即「難語於大雅」。而詞人陳霆，為
明中葉詞家中作品數量最多者，其《渚山堂詞話》卷三曰：
「予嘗妄謂我朝文人才士，鮮工南詞。間有作者，病其賦情

---

[11]　同註7，第3冊，頁2461。
[12]　同前註，頁2544-2545。
[13]　同前註，第4冊，頁3823。

遣思、殊乏圓妙。甚則音律失諧，又甚則語句塵俗。求所謂
清楚流麗，綺靡醞藉，不多見也。」[14]此即明白指陳明代詞
風之萎靡。雖然，值此中明衰落時期，仍有詞集選本之刊刻，
如：《精選名賢詞話草堂詩餘》（閩沙太學生陳鍾秀刊本）、
《類編草堂詩餘》（顧從敬刊刻）、《草堂詩餘》（楊慎評
點）、張綖《詩餘圖譜》、程敏政《天機餘錦》、楊慎《詞
林萬選》與《百琲明珠》等，於嘉靖詞壇嶄露頭角，為詞學
之重振，開展一線生機。

## 參、晚明振興時期

　　晚明，係指神宗萬曆至思宗崇禎亡國時期（西元 1573—
1644 年），此階段朝綱迅速敗壞，時局動盪不安，內憂外
患，相互為亂，後甲申禍起，家國巨變。當時文人倡導之學
術思潮，以反復古為主流；而詞壇上些許仁人志士，於政治
環境傾軋迫害下，打破傳統詞作之侷限，將亡國之悲憤，化
為慷慨哀歌；於是詞學發展，至晚明時期反另創高峰。趙尊
嶽〈惜陰堂明詞叢書敍錄〉曰：

> 逮夫萬、崇以降，巖壑士流，復及詞事，托詣較精短
> 調，要以婉約見長，長調則虞竭蹶之弊。《湘中》、
> 《茗齋》、《藥淵》、《草賢》諸作，朱王祖禰，甚
> 在斯乎？及於鼎革之際，忠義諸公，投袂束髮，或會
> 稷棘之師，或勵葛薇之節，濟茲多士，孤憤勤王。而

---

[14] 同前註，第 1 冊，頁 378－379。

縮地南疆，留都已解，頹波海國，閏統垂亡。淒涼激
楚，聽〈河滿〉之悲鳴，悱惻纏綿，怯宮聲之不返。
若陳臥子、夏存古、張元普、吳日生、陸真如諸家，
曲雅清雄，別具勝概，可歌可泣，以怨以群，不特敦
名節於詩教之間，抑且起正聲於俗樂之末。稼軒、同
甫，共此才情，《花外》、《草窗》，微嫌刷色。此
則厭朱明一朝之國運，亦所以振紫陽奕葉之詞林，軒
晃文章，從容大節。詆諆明詞者，乎此一篇，低回掩
抑，亦當然自返矣。[15]

　　明末詞人，生活於顛沛流離之中，憂危念亂，發為詩文，
則多亡國之音，故此期作品數量相對增加，具代表性之詞人
有：陳子龍、李雯、宋徵璧、宋徵輿等「雲間派」詞家，以
及屈大均、王夫之、夏完淳等人，可謂詞家輩出。其詞作風
格，對於轉變明中葉以來衰頹之風，具有重要之作用。清・
丁紹儀《聽秋聲館詞話》卷九曰：

就明詞而論，詞學幾失傳矣，而穠詞麗製，半出自忠
烈偉人。……又如陳忠裕子龍、吳節愍易、夏節愍完淳，
皆以明亡殉難。……之數公者，皆勝朝有數人物，烏
得以尠詞少之。彼杜于皇、沈天羽、李笠湖輩，街談
里語，填塞滿紙，乃自詡為意新句奇，是誠詞家之蠹，
其竊名一時，幸哉。[16]

---

15　同註1，頁4-5。
16　同註7，第3冊，頁2688-2690。

又況周頤《蕙風詞話》卷五曰：

> 世譏明詞纖靡傷格，未為允協之論。明詞專家少，粗
> 淺、蕪率之失多，誠不足當宋元之續。唯是纖靡傷格，
> 若祝希哲、湯義仍、<sup>義仍工曲，詞則嶔甚。</sup>施子野輩，僂
> 指不過數家，何至為全體詬病。洎乎晚季，夏節愍、
> 陳忠裕、彭茗齋、王薑齋諸賢，含婀娜於剛健，有
> 《風》、《騷》之遺則，庶幾纖靡者之藥石矣。[17]

晚明詞人，於抗清愛國之旗幟下，掀起振興詞風之大
潮；詞壇以推尊詞體，繼承詞統為號召，感物言情，追求高
渾雅正之境，一改明詞淺俗卑弱之弊，為清詞之復興開啟新
契機。而此期由明人所編輯之詞集選本與叢編本，則大量湧
現，以蒐羅得見者言之：萬曆時期，詞集叢編有朱之蕃輯錄
之《詞壇合璧》；詞選刊本有：溫博《花間集補》、陳耀文
《花草粹編》、徐師曾《詩餘》、程明善《嘯餘譜》、董逢
元《唐詞紀》、周履靖《唐宋元明酒詞》、茅暎《詞的》、
《類選箋釋草堂詩餘》（顧從敬選，萬曆甲寅刊本）、《類
選箋釋續選草堂詩餘》（錢允治箋釋）及錢允治《類編箋釋
國朝詩餘》等；又崇禎時期，詞集叢編有毛晉輯錄之《宋六
十名家詞》與《詞苑英華》；詞選刊本有：沈際飛評選之《古
香岑草堂詩餘四集》（正集、續集、別集、新集）、卓人月、
徐士俊《古今詞統》、陸雲龍《詞菁》及潘游龍《精選古今
詩餘醉》等。故此階段，不僅為後世保留諸多珍貴典籍，對
詞學之研究尤有重大之貢獻。

---

[17] 同前註，第 5 冊，頁 4510。

# 第三章　別集、選集分刻之詞集叢編

　　明代詞集叢編之內容，有專以輯錄各家詞人別集者，如毛晉《宋六十名家詞》；亦有專以彙編若干詞選總集者，如朱之蕃《詞壇合璧》。故以下二節，以目前能得見之別集、選集分刻之詞集叢編為主，進行分析探討。

## 第一節　詞家別集彙刻：毛晉《宋六十名家詞》

　　詞體之發展，大體言之：起始於唐，經宋而極盛；後至明衰頹，及清則中興。吳梅《詞學通論》曰：「論詞至明代，可謂中衰之期，探其根源，有數端焉。……永樂以後，兩宋諸名家詞，皆不顯於世，惟《花間》、《草堂》諸集，獨盛一時；於是才士模情，輒寄言於閨闈，藝苑定論，亦揭櫫於香匳，託體不尊，難言大雅，其蔽一也。」[1]吳梅將明詞不振的原因之一，歸咎於「《花間》、《草堂》，獨盛一時。」顯見「詞選」諸集於當代詞壇影響甚鉅，為明詞演進過程重要之一環。張仲謀《明詞史》亦強調：「從

---

[1]　吳梅著：《詞學通論》（臺北：臺灣商務印書館，1988 年 4 月），頁142。

歷代詞中選其精華,編成各種選本,是一項面向廣大讀者的普及性工作;大型的詞籍叢刻,則是詞學研究的重要基礎工程。明人在這兩個方面都做了大量的工作,取得了顯著的成績。」[2]而其中明・毛晉所編選之《宋六十名家詞》,是現存最早刻印的一部宋詞總集,流傳頗廣,為明代重要之大型詞集叢刻,其於明代及後世詞學發展中之地位,不容忽視;故擬就其編選之體例、原因及標準等方面,加以探究。

## 壹、編者簡介

### 一、毛晉之生平事略

毛晉,初名鳳苞,字子九(一作子久),弱冠前字東美,晚更名晉,字子晉,號潛在,晚號隱湖,別署汲古閣主人、篤素居士;生於明神宗萬曆二十七年(西元 1599 年),世居虞山東湖迎春門外之七星橋(今江蘇省常熟縣昆湖之東)。祖父聖以孝弟力田起家,父清(號虛吾)精於農事,家資頗豐;而毛晉奮起為儒,通明好古,強記博覽,髫歲喜讀《離騷》,慕陶淵明之為人;明神宗萬曆四十六年(西元 1618 年),年二十,受業於錢謙益之門。少為諸生,天啟、崇禎間,屢試不利,後遂高蹈不出,隱居湖上,與名輩為詩

---

[2]　張仲謀著:《明詞史》(北京:人民文學出版社,2002 年 2 月),頁335。

文之會，放舟湖山間，探尋古蹟，以布衣自處。清·錢謙益
〈隱湖毛君墓誌銘〉曰：

> 子晉為人，孝友恭謹，遲重不洩。交知滿天下，平生
> 最受知者，故令應山楊忠烈公，所莊事者，繆布衣仲
> 淳、張冢宰金銘、蕭太常伯玉也。與人交，不翕翕熱。
> 撫王德操之孤，卹吳去塵、沈璧甫之亡，皆有終始。
> 著書滿家，多未削稿。其子皆鏃礪耆學，能弆而讀之，
> 異時有聞焉。[3]

　　是知毛晉之行為處世，恭順蕭敬，樂善好施。遇歲歉，
載米遍給貧家，水鄉橋樑，往往獨力成之，謝賑者盈門。其
有子五：襄、褒、袞、表、扆，而襄、袞皆先卒。其中扆（字
斧季），最知名，清·朱彝尊《曝書亭集》卷七十九〈嚴孺
人墓誌銘〉曰：「扆精小學，傳寫諸家金、石、書、畫、記
及古《五曹》、《九章算經》，思盡刊刻以行，可謂善述先
人之事者。」[4]清世祖順治十六年（西元 1659 年）六月，毛
晉病痢，七月二十七日卒，年六十有一，葬於戈莊之祖塋。
身歿，家無餘財，惟遺書滿室耳，所著有：《和古人詩》、
《和今人詩》、《野外詩》、《虞鄉雜記》、《隱湖題跋》、
《隱湖小識》、《海虞古文苑》、《海虞今文苑》、《毛詩
名物考》、《明詩紀事》等，共數百卷。

---

[3]　清·錢謙益著：《牧齋有學集》（上海：上海古籍出版社，1966 年 9
　　月），下冊，頁 1141。

[4]　清·朱彝尊撰：《曝書亭集》（臺北：臺灣商務印書館，《景印文淵
　　閣四庫全書》第 1318 冊，1987 年 8 月），頁 520。

## 二、毛晉與汲古閣

　　毛晉性嗜卷軸，好藏書，訪逸典，蒐祕文，多方購求，不惜重金。清・葉德輝《書林清話》卷七〈明毛晉汲古閣刻書之二〉載：

> 毛晉，……榜於門曰：「有以宋槧本至者，門內主人計葉酬錢，每葉出二佰；有以舊鈔本至者，每葉出四十；有以時下善本至者，別家出一千，主人出一千二百。」於是湖州書舶雲集於七星橋毛氏之門矣。邑中為之諺曰：「三百六十行生意，不如鬻書於毛氏。」[5]

　　是以毛晉廣蒐博采，前後積至八萬四千餘冊，並保存許多宋、元之舊版書，乃構「汲古閣」以庋之。「汲古閣」後有樓九間，「目耕樓」多藏書版，設印書作坊；樓下兩廊及前後，俱刻書匠所居；樓之左右鑿池，閣旁建綠君亭、二如亭，亭前花木翠竹，枝葉凌霄，入者宛如深山，常與諸名士宴會其中。而登「汲古閣」者，「如入龍宮鮫肆，既怖急，又踴躍焉。其制：上下三楹，始子訖亥，分十二架；中藏四庫書及釋、道兩藏，皆南、北宋內府所遺，紙理縝滑，墨光騰刻。又有金元人本，多好事家所未有。」[6]毛晉日坐閣下，反覆檢閱，糾補訛謬。清世祖順治七年庚寅（西元 1650 年），錢謙益藏書所「絳雲樓」災，凡所藏書及宋、元精本皆燼；

---

[5]　清・葉德輝撰：《書林清話》（臺北：世界書局，1974 年 11 月），頁 192。

[6]　同前註，頁 190。

謙益自謂：「甲申之亂，古今書史圖籍一大劫也。庚寅之火，
江左書史圖籍一小劫也。自是江左藏書之家，遂以先生汲古
閣及錢曾述古堂為巨擘矣。」[7]顯見毛晉藏書之富。故有明
一代，坊刻之書，數量最多者，當以常熟毛晉之「汲古閣」
首屈一指。[8]

　　明神宗萬曆四十一年（西元 1613 年），毛晉年十五，
已好鈔書，有屈、陶二集之刻。然毛晉之出版事業，得以順
利推動，家人支持，功不可沒。錢大成〈毛子晉年譜稿〉載：

> 客有言於虛吾公者曰：「公拮据半生，以成厥家。今
> 有子不事生產，日召梓工，弄刀筆，不急是務，家殖
> 將落。」母戈解之曰：「即不幸鈔書廢家，猶賢於摴
> 蒲六博也。」迺出橐中金助成之。書成，而雕鏤精工，
> 字絕魯亥。四方之士，購者雲集。於是向之非且笑者，
> 轉而歎羨之矣。先生以後所刻諸書，每據宋本。[9]

　　毛母戈氏不吝錢財，傾囊資助，可謂深明大義。又其繼
室嚴孺人，更是盡心襄助，難能可貴。朱彝尊《曝書亭集》
卷七十九〈嚴孺人墓誌銘〉曰：

> 翁勤學嗜古，博覽典籍，謂經術必本漢唐，庶窮源得
> 以津逮。乃于崇禎元年，開梨棗之局，發雕經十三、

---

[7]　錢大成撰：〈毛子晉年譜稿〉，《國立中央圖書館館刊》第 1 卷第 4
　　號（1947 年 4－6 月），頁 19。
[8]　嚴文郁著：《中國書籍簡史》（臺北：臺灣商務印書館，1995 年 6 月），
　　頁 183。
[9]　同註 7，頁 10。

史十七，于所居汲古閣下。時諸務未中條理，明年，孺人來主中饋，分命傭僕，各執其役，讐勘之賓，剞劂之工，裝潢熟紙之匠，各從其宜，秩然有序，則孺人內助之力居多。……力搜祕冊，經史而外，百家九流，下至傳奇小說，廣為鏤板，由是毛氏鋟本走天下。[10]

由是亦可見，毛晉刻書工作之繁複，以及刊行之原則；務使學者窮其源流，審其津涉；訪蒐典籍，以裨輔其正學。毛晉所刻之書，板心題「汲古閣」三字，間有稱「綠君亭」者；所用紙，歲從江西特造之，厚者曰「毛邊」，薄者曰「毛太」，至今猶沿其名不絕。毛晉自明熹宗天啟到清初，校刻經、史、子、集與唐、宋、元名人詩詞，凡六百五十餘種。[11]滇南官長萬里遣幣以購毛氏書，京師、湖南舊書攤頭插架皆然，於是縹囊緗帙，毛氏之書遂風行海內。

毛晉除藏書、刻書外，並勤於抄書。明‧陳繼儒〈隱湖題跋敍〉曰：「吾友毛子晉，負妮古之癖，凡人有未見書，百方購訪，如縋海鑿山，以求寶藏。得，即手自鈔寫，糾訛謬，補遺亡，即蛛絲鼠壤，風雨潤濕之所糜敗者，一一整頓之。」[12]毛晉廣招抄書工匠，下至童奴青衣，皆令寫書，字畫有法，故雷司理起劍贈先生詩曰：「行野田夫皆謝賑，入門僮僕盡鈔書。」乃實錄也。[13]汲古閣鈔本，以佳紙良墨，

---

[10]　同註4，頁519－520。

[11]　同註8。

[12]　明‧毛晉著：《隱湖題跋》（臺北：新文豐出版社，《叢書集成續編》第5冊，1989年7月），頁635。

[13]　同註7，頁16。

精校影鈔，摹寫宋元舊本，字體工整，行格都依原式，是為「影寫本」，人稱「毛抄」。而抄本書則視字之工拙，筆勢之貴賤，本之厚薄，其書之祕否，然後定價。[14]

明思宗崇禎十四、十五年（西元 1641、1642 年），連續兩歲災荒，毛晉刻書之資告竭，亟棄負郭田三百畝以充之。豈料又逢兵興寇發，危如累卵，乃分貯板籍於湖邊岩畔，茅屋草舍之中，然水火魚鼠，已十傷二三，猶幸數年以往，村居稍寧，毛晉於是重整卷帙，補其遺忘，漸復舊觀，唯耗費倍增。毛晉幼子扆，稟承父志，刻版傳書，後因家計窘迫，無以為繼。陳建〈毛晉與汲古閣〉一文曰：

> 迄毛扆晚年，家道中落，生病無錢買藥，只好將家藏《鐵網珊瑚稿》一書，典二十四兩金，才得愈病，當日窘狀，可想而知。最後陸續把舊時藏本出售度日。[15]

又相傳毛晉有一孫，性嗜茗飲，購得洞庭山碧羅春茶，虞山玉蟹泉水，獨患無美薪，因顧《四唐人集》書板而歎曰：「以此作薪煮茶，其味當倍佳也。」遂按日劈燒之。此番情景，令人著實感慨。另毛晉其餘藏書，亦流落四方，逐漸散佚。[16]

---

14　明・毛扆編：《汲古閣珍藏祕本書目》（臺北：臺灣商務印書館，1965 年 12 月），頁 34。

15　陳建撰：〈毛晉與汲古閣〉，《社會科學》1984 年第 3 期，頁 59。

16　以上「編者簡介」一、二項，參清・錢謙益著：《牧齋初學集》卷六十一〈毛君墓誌銘〉、清・錢謙益著：《牧齋有學集》卷三十一〈隱湖毛君墓誌銘〉、清・朱彝尊撰：《曝書亭集》卷七十九〈嚴孺人墓誌銘〉、清・葉德輝撰《書林清話》卷七、蔡冠洛編：《清代七百名人傳》第五編、錢大成〈毛子晉年譜稿〉（附錄：毛褒等撰〈先府君

## 貳、編選之版本及體例

明・毛晉編《宋六十名家詞》，原名《宋名家詞》，因刊行時間之先後及印行出處之不同，致有多種版本產生，而於體例、內容等方面，均略有差異。試比較分析如下：

### 一、明末（崇禎）虞山毛氏汲古閣刊本

此刊本按卷數與冊數之不同，區分為以下幾種：

（一）九十一卷二十八冊（以下簡稱「汲古閣九十一卷本」）

全書總計收錄六十一家詞，共九十一卷，分為六集，除第六集十一家外，每集各為十家，詳列如下：

第一集

| | |
|---|---|
| 珠玉詞一卷 | （宋）晏　殊撰 |
| 六一詞一卷 | （宋）歐陽修撰 |
| 樂章詞一卷 | （宋）柳　永撰 |
| 東坡詞一卷 | （宋）蘇　軾撰 |
| 山谷詞一卷 | （宋）黃庭堅撰 |
| 淮海詞一卷 | （宋）秦　觀撰 |
| 小山詞一卷 | （宋）晏幾道撰 |

行實））等。

東堂詞一卷　　　　　　　（宋）毛　　滂撰

放翁詞一卷　　　　　　　（宋）陸　　游撰

稼軒詞四卷　　　　　　　（宋）辛棄疾撰

第二集

片玉詞二卷補遺一卷　　　（宋）周邦彥撰

梅溪詞一卷　　　　　　　（宋）史達祖撰

白石詞一卷　　　　　　　（宋）姜　　夔撰

石林詞一卷　　　　　　　（宋）葉夢得撰

酒邊詞二卷　　　　　　　（宋）向子諲撰

樵隱詞一卷　　　　　　　（宋）毛　　幵撰

竹山詞一卷　　　　　　　（宋）蔣　　捷撰

溪堂詞一卷　　　　　　　（宋）謝　　逸撰

書舟詞一卷　　　　　　　（宋）程　　垓撰

坦菴詞一卷　　　　　　　（宋）趙師俠撰

第三集

惜香樂府十卷　　　　　　（宋）趙長卿撰

西樵語業一卷　　　　　　（宋）楊炎正撰

近體樂府一卷　　　　　　（宋）周必大撰

竹屋癡語一卷　　　　　　（宋）高觀國撰

夢窗甲稿一卷乙稿一卷丙稿一卷丁稿一卷絕筆一卷補

遺一卷　　　　　　　　　（宋）吳文英撰

竹齋詩餘一卷　　　　　　（宋）黃　　機撰

金谷遺音一卷　　　　　（宋）石孝友撰
散花菴詞一卷　　　　　（宋）黃　昇撰
和清真詞一卷　　　　　（宋）方千里撰
後村別調一卷　　　　　（宋）劉克莊撰

第四集

蘆川詞一卷　　　　　　（宋）張元幹撰
于湖詞三卷　　　　　　（宋）張孝祥撰
洺水詞一卷　　　　　　（宋）程　珌撰
歸愚詞一卷　　　　　　（宋）葛立方撰
龍洲詞一卷　　　　　　（宋）劉　過撰
初寮詞一卷　　　　　　（宋）王安中撰
龍川詞一卷補一卷　　　（宋）陳　亮撰
姑溪詞一卷　　　　　　（宋）李之儀撰
友古詞一卷　　　　　　（宋）蔡　伸撰
石屏詞一卷　　　　　　（宋）戴復古撰

第五集

海野詞一卷　　　　　　（宋）曾　覿撰
逃禪詞一卷　　　　　　（宋）楊无咎撰
空同詞一卷　　　　　　（宋）洪　瑹撰
介菴詞一卷　　　　　　（宋）趙彥端撰
平齋詞一卷　　　　　　（宋）洪咨夔撰
文溪詞一卷　　　　　　（宋）李公昂撰

| | |
|---|---|
| 丹陽詞一卷 | （宋）葛勝仲撰 |
| 孄窟詞一卷 | （宋）侯　寘撰 |
| 克齋詞一卷 | （宋）沈端節撰 |
| 芸窗詞一卷 | （宋）張　榘撰 |

第六集

| | |
|---|---|
| 竹坡詞三卷 | （宋）周紫芝撰 |
| 聖求詞一卷 | （宋）呂濱老撰 |
| 壽域詞一卷 | （宋）杜安世撰 |
| 審齋詞一卷 | （宋）王千秋撰 |
| 東浦詞一卷 | （宋）韓　玉撰 |
| 琴趣外篇六卷 | （宋）晁補之撰 |
| 知稼翁詞一卷 | （宋）黃公度撰 |
| 無住詞一卷 | （宋）陳與義撰 |
| 後山詞一卷 | （宋）陳師道撰 |
| 蒲江詞一卷 | （宋）盧祖皋撰 |
| 烘堂詞一卷 | （宋）盧　炳撰 |

所刻次序，按得詞付刻之先後，不依時代排列。

　　是本扉頁中間題「宋名家詞」，右上方標記「汲古閣校選」，左下方則有「味閒軒藏板」字樣。書前載有明‧冰蓮道人夏樹芳〈刻宋名家詞序〉。另於《稼軒詞》後，則載明‧胡震亨〈宋詞二集敘〉，落款有「庚午夏」三字，「庚午」為明思宗崇禎三年（西元 1630 年），或可推知此書刊刻之年代。又夏〈序〉之後列有「宋名家詞一集總目」，然僅第

一集有「總目」，其餘五集則無；而每家詞集前各有其目，
彙錄調名及闋數，卷內詞作，依詞調編排，卷末各附以毛晉
跋語，或介紹作者事迹，或考訂版本源流，或亦評論作品得
失。惟部分詞集於目錄之前另有題序，分別為：

　　第二集之強煥〈題周美成詞〉、張鎡〈題梅溪詞〉、花
菴詞客〈題白石詞〉、關注〈題石林詞〉、胡寅〈題酒邊詞〉、
漫叟〈題溪堂詞〉、王木叔〈題樵隱詞〉、湖濱散人〈題竹
山詞〉、王稱〈題書舟詞〉、尹覺〈題坦菴詞〉。

　　第四集之《于湖詞》，卷前有陳應行〈于湖先生雅詞序〉
與湯衡〈序〉。

　　第六集之孫兢〈竹坡詞序〉、趙師岊〈聖求詞序〉、曾
丰〈知稼翁詞序〉。

　　另周紫芝《竹坡詞》卷末，除毛晉跋語外，尚有周栞
〈跋〉。此外，吳文英《夢窗詞》甲稿、乙稿分列目錄，乙
稿卷末為毛晉《夢窗》甲稿、乙稿〈跋〉，其後接《夢窗詞》
丙稿、丁稿、絕筆、補遺之「目錄」，而補遺卷末則為毛晉
跋語。

　　然全編中亦有缺漏之處，如秦觀《淮海詞》：〈望海潮〉
（秦峰蒼翠）下片「翠被難留，梅市舊」後，即接〈風流子〉
（東風吹碧草），中缺〈望海潮〉（梅英疏淡）、（奴如飛
絮）二闋。

　　「汲古閣九十一卷本」，現為臺北：國家圖書館收藏，
有二十八冊與二十六冊之別；蓋其版本體例皆同，僅分冊不
同耳。

## （二）九十卷二十六冊

　　書名題「宋名家詞」，為清・陸貽典、黃儀、毛扆、季錫疇、瞿熙邦等先後校跋，並經何煌、何元錫校勘，現藏於北京圖書館。此中將《夢窗絕筆》、《夢窗補遺》以一卷計，故成九十卷本，共二十六冊。

　　又《四庫全書存目叢書》，據中國人民大學圖書館藏明崇禎毛氏汲古閣刻本影印：《宋名家詞》九十卷（以下簡稱「存目本」），今收錄於「集部」第 422、423、424 冊，卷末附《四庫全書總目・宋名家詞提要》，而卷內於第二、三、六集中，詞集排列先後之順序與「汲古閣九十一卷本」略有出入；[17]雖無「汲古閣九十一卷本」詞作缺漏之情形，但「存

---

[17]　「存目本」第二、三、六集，各家詞集排列之順序為：
　　第二集
　　　　片玉詞二卷補遺一卷　（宋）周邦彥撰
　　　　梅溪詞一卷　　　　　（宋）史達祖撰
　　　　白石詞一卷　　　　　（宋）姜　夔撰
　　　　石林詞一卷　　　　　（宋）葉夢得撰
　　　　酒邊詞二卷　　　　　（宋）向子諲撰
　　　　溪堂詞一卷　　　　　（宋）謝　逸撰
　　　　樵隱詞一卷　　　　　（宋）毛　幵撰
　　　　竹山詞一卷　　　　　（宋）蔣　捷撰
　　　　書舟詞一卷　　　　　（宋）程　垓撰
　　　　坦菴詞一卷　　　　　（宋）趙師俠撰
　　第三集
　　　　惜香樂府十卷　　　　（宋）趙長卿撰
　　　　西樵語業一卷　　　　（宋）楊炎正撰
　　　　竹屋癡語一卷　　　　（宋）高觀國撰
　　　　夢窗甲稿一卷乙稿一卷丙稿一卷丁稿一卷絕筆一卷補遺一卷
　　　　　　　　　　　　　　（宋）吳文英撰

目本」於張孝祥《于湖詞》卷三，少第十八頁，缺漏〈菩薩
蠻〉詞：（臙脂淺染雙珠樹）、（落霞殘照橫西閣）、（渚蓮
紅亂風翻雨）、（晚花殘雨風簾捲）等四闋，仍有不全之處。

　　另《續修四庫全書》，亦據明崇禎毛氏汲古閣刻本影
印：《宋名家詞》，今收錄於「集部」──詞類，第 1719、
1720 冊。

## （三）八十九卷二十八冊

　　書名題「宋名家詞」，較「汲古閣九十一卷本」缺《于
湖詞》卷二、卷三，故成八十九卷本，共二十八冊，現藏於
臺北：國家圖書館。

| | |
|---|---|
| 近體樂府一卷 | （宋）周必大撰 |
| 竹齋詩餘一卷 | （宋）黃　機撰 |
| 金谷遺音一卷 | （宋）石孝友撰 |
| 散花菴詞一卷 | （宋）黃　昇撰 |
| 和清真詞一卷 | （宋）方千里撰 |
| 後村別調一卷 | （宋）劉克莊撰 |
| 第六集 | |
| 竹坡詞三卷 | （宋）周紫芝撰 |
| 聖求詞一卷 | （宋）呂濱老撰 |
| 壽域詞一卷 | （宋）杜安世撰 |
| 審齋詞一卷 | （宋）王千秋撰 |
| 東浦詞一卷 | （宋）韓　玉撰 |
| 知稼翁詞一卷 | （宋）黃公度撰 |
| 無住詞一卷 | （宋）陳與義撰 |
| 後山詞一卷 | （宋）陳師道撰 |
| 蒲江詞一卷 | （宋）盧祖皋撰 |
| 琴趣外篇六卷 | （宋）晁補之撰 |
| 烘堂詞一卷 | （宋）盧　炳撰 |

　　另臺北：中華書局，《四部備要》集部，亦據汲古閣本校刊：《宋六十名家詞》（以下簡稱「備要本」）。卷首著錄六十一家之詞集名稱、卷數及詞人姓名，題為「宋名家詞總目」；依「總目」所錄，缺列《夢窗絕筆》一卷及《龍川詞補》一卷，故就「總目」統計，全書共八十九卷，唯卷內實際收錄，並未缺漏。然將「備要本」與「汲古閣九十一卷本」相較，發現部分內容稍有差異：

1. 「備要本」無夏樹芳〈刻宋名家詞序〉及胡震亨〈宋詞二集敘〉，而「備要本」中羅泌〈題六一詞序〉，則為「汲古閣九十一卷本」所無。
2. 「備要本」中，秦觀《淮海詞》無「汲古閣九十一卷本」缺漏之情形。
3. 「備要本」於《夢窗乙稿》卷末，無毛晉〈跋〉。
4. 「備要本」於張孝祥《于湖詞》中，卷前先載湯衡〈序〉，後接陳應行〈于湖先生雅詞序〉，與「汲古閣九十一卷本」先後順序相反；又《于湖詞》之毛晉〈跋〉語，「汲古閣九十一卷本」列於卷一末，「備要本」則置於卷三末。
5. 陳亮《龍川詞》卷末之毛晉〈跋〉，「備要本」列於《龍川詞補》卷末。

此外，各家詞集排列之順序，則同「存目本」。


## 二、清紅椒書屋綠格鈔巾箱本（以下簡稱「巾箱本」）

　　書名題「宋名家詞」，為八十二卷四十八冊，現藏臺北：

國家圖書館。書前載「宋名家詞總目」，著錄詞家、詞集及卷數，由晏殊《珠玉詞》至盧炳《烘堂詞》，共六十一家。「巾箱本」中，除歐陽修《六一詞》、柳永《樂章集》[18]、蘇軾《東坡詞》、黃庭堅《山谷詞》、秦觀《淮海詞》、辛棄疾《稼軒詞》、姜夔《白石詞》、高觀國《竹屋癡語》、黃昇《散花菴詞》等九家詞集外，每家詞集前則載錄毛晉跋語或他人題序：

其中周邦彥《片玉詞》卷首為強煥〈題周美成詞〉、謝逸《溪堂詞》為漫叟〈題溪堂詞〉、毛开《樵隱詞》為王木叔〈題樵隱詞〉；此外張孝祥《于湖詞》卷首，則將毛晉〈跋〉與陳應行〈于湖先生雅詞序〉、湯衡〈序〉並錄；又黃公度《知稼翁詞》：毛晉〈跋〉與曾丰〈知稼翁詞序〉、周紫芝《竹坡詞》：毛晉〈跋〉與孫兢〈竹坡詞序〉、呂濱老《聖求詞》：毛晉〈跋〉與趙師岊〈聖求詞序〉，亦皆彙錄於卷首；而其餘四十五家詞集之卷首，僅收錄毛晉〈跋〉，唯部分內容或有刪節。

將「巾箱本」與「汲古閣九十一卷本」相較，有以下不同之處：

（一）「巾箱本」無夏樹芳〈刻宋名家詞序〉及胡震亨〈宋詞二集敘〉。

（二）「巾箱本」於每家詞集前，未列目錄。

（三）「巾箱本」中，黃庭堅《山谷詞》：〈採桑子〉（宗盟有妓能歌舞）、謝逸《溪堂詞》：〈花心

---

[18] 「巾箱本」中，柳永《樂章集》卷末，載錄毛晉〈跋〉。

動〉（風裏楊花）、杜安世《壽域詞》：〈訴衷
情〉（燒殘絳蠟泪成痕）及呂濱老《聖求詞》：
〈東風第一枝〉（老樹渾苔）等詞，「汲古閣九
十一卷本」皆未收錄。

（四）「巾箱本」之秦觀《淮海詞》，無「汲古閣九十
一卷本」缺漏之情形；而「汲古閣九十一卷本」
之《淮海詞》中，一詞之調名不詳：□□□（喚
起一聲人悄），然此闋調名，「巾箱本」作〈醉
鄉春〉。

（五）「巾箱本」缺漏吳文英《夢窗丁稿》：〈金縷歌〉
（浪影龜紋皺）一詞，而劉克莊《後村別調》中，
自〈水調歌頭〉（老去有奇事）後之三十五闋詞
亦缺如。

（六）「巾箱本」各家詞集先後編排之順序，第一集至
第五集與「汲古閣九十一卷本」相同，唯第六集
則略有差異。[19]

---

[19] 「巾箱本」第六集，各家詞集排列之順序為：

| | | |
|---|---|---|
| 壽域詞一卷 | （宋）杜安世撰 | |
| 審齋詞一卷 | （宋）王千秋撰 | |
| 東浦詞一卷 | （宋）韓　玉撰 | |
| 知稼翁詞一卷 | （宋）黃公度撰 | |
| 無住詞一卷 | （宋）陳與義撰 | |
| 後山詞一卷 | （宋）陳師道撰 | |
| 蒲江詞一卷 | （宋）盧祖皋撰 | |
| 竹坡詞三卷 | （宋）周紫芝撰 | |
| 聖求詞一卷 | （宋）呂濱老撰 | |
| 琴趣外篇六卷 | （宋）晁補之撰 | |
| 烘堂詞一卷 | （宋）盧　炳撰 | |

## 三、清德宗光緒十四年（西元 1888 年）錢塘汪氏據毛氏汲古閣本重校刊本（以下簡稱「重刊本」）

　　是本封面題「汪刻宋名家詞」，而書內扉頁則題為「宋六十名家詞」，旁署「光緒戊子中夏　黟黃士陵」，後頁標「汲古閣原本錢唐汪氏重校栞」，是知此本應由錢唐汪氏按汲古閣原本重刊於光緒十四年，民國袁榮法手校，共二十六冊。此書卷前載「宋名家詞總目」，著錄詞集名稱、卷數及詞人姓名，計六十一家，而各家詞集排列之順序，與「存目本」同；另每家詞集前又各有其目，後則計其詞作總數，「重刊本」前十四冊二十五家詞集，[20]卷內用朱筆或墨筆圈點，而書眉或卷末處，則有袁氏之校讀語。此外，「重刊本」全書之內容，大抵皆與「備要本」相同，現藏於臺北：國家圖書館；1963 年，臺北：復華書局影印出版。

---

[20]　「重刊本」前十四冊二十五家之詞集為：
　　第一冊：《珠玉詞》晏殊撰、《六一詞》歐陽修撰。
　　第二冊：《樂章詞》柳永撰。
　　第三冊：《東坡詞》蘇軾撰。
　　第四冊：《山谷詞》黃庭堅撰、《淮海詞》秦觀撰。
　　第五冊：《小山詞》晏幾道撰、《東堂詞》毛滂撰。
　　第六冊：《放翁詞》陸游撰、《稼軒詞》辛棄疾撰。
　　第七冊：《稼軒詞》辛棄疾撰。
　　第八冊：《片玉詞》周邦彥撰、《梅溪詞》史達祖撰。
　　第九冊：《白石詞》姜夔撰、《石林詞》葉夢得撰、《酒邊詞》向子諲撰。
　　第十冊：《溪堂詞》謝逸撰、《樵隱詞》毛开撰、《竹山詞》蔣捷撰。
　　第十一冊：《書舟詞》程垓撰、《坦菴詞》趙師俠撰。
　　第十二冊：《惜香樂府》趙長卿撰。
　　第十三冊：《西樵語業》楊炎正撰、《竹屋癡語》高觀國撰、《夢窗稿》吳文英撰。
　　第十四冊：《夢窗稿》吳文英撰。

## 四、民國十年（西元 1921 年）上海博古齋景印毛氏汲古閣本（以下簡稱「博古齋本」）

是本扉頁書名題「宋六十名家詞」，共分為六集，計收錄六十一家詞作，而卷內詞集編排順序與「存目本」同；然每集之前，所題書名則為「宋名家詞」，另列有「總目」及各家「目錄」，著錄調名與調數；而書前所載之清‧朱孝臧〈序〉及卷內之羅泌〈題六一詞序〉，則為「汲古閣九十一卷本」所無；全書共有三十二冊，為線裝本，現藏於臺北：國家圖書館。然其中第十四冊：趙長卿《惜香樂府》卷一，〈花心動〉（風軟寒輕）後，竟誤載黃庭堅〈沁園春〉（把我身心）與〈惜餘歡〉（四時美景）二詞，致使《惜香樂府》缺漏：〈踏莎行〉（柳暗披風）、〈南歌子〉（春色烘衣煥）、〈蝶戀花〉（宿雨新晴天色好）及〈鷓鴣天〉（鏤玉裁瓊莫比香）等四詞，顯有錯簡及失誤之情形。

此外，民國四十五年，臺灣商務印書館《國學基本叢書》亦據此影印出版（以下簡稱「商務本」），共分為九冊；其中並無「博古齋本」錯簡、缺漏之情行；然於張孝祥《于湖詞》，則僅錄卷一，缺卷二、卷三。另全書六十一家詞之編排順序，第三集、第六集亦與「博古齋本」略有不同[21]。

---

[21] 「商務本」第三集、第六集，各家詞集排列之順序為：
　　第三集
　　　　惜香樂府十卷　　　　（宋）趙長卿撰
　　　　西樵語業一卷　　　　（宋）楊炎正撰
　　　　近體樂府一卷　　　　（宋）周必大撰
　　　　竹屋癡語一卷　　　　（宋）高觀國撰
　　　　夢窗甲稿一卷乙稿一卷丙稿一卷丁稿一卷絕筆一卷補遺一卷

## 五、民國二十四～二十五年，據貝葉山房張氏藏版汲古閣刊本排印（以下簡稱「貝葉山房本」）

　　是本扉頁書名題「宋六十名家詞」，全書分為甲（晏殊《珠玉詞》──毛滂《東堂詞》）、乙（陸游《放翁詞》──葉夢得《石林詞》）、丙（向子諲《酒邊詞》──楊炎正《西樵語業》）、丁（高觀國《竹屋癡語》──劉克莊《後村別調》）、戊（張元幹《蘆川詞》──趙彥端《介菴詞》）、己（洪咨夔《平齋詞》──盧炳《烘堂詞》）等六集，共六十一位詞家，編排之先後順序與「存目本」同。書前載錄夏樹芳〈刻宋名家詞序〉及胡震亨〈宋詞敘〉，其後並彙錄「宋六十名家詞總目」，而每卷之前則列有各家詞集「目錄」，

|  |  |
|---|---|
|  | （宋）吳文英撰 |
| 竹齋詩餘一卷 | （宋）黃　機撰 |
| 金谷遺音一卷 | （宋）石孝友撰 |
| 散花菴詞一卷 | （宋）黃　昇撰 |
| 和清真詞一卷 | （宋）方千里撰 |
| 後村別調一卷 | （宋）劉克莊撰 |
| 第六集 |  |
| 竹坡詞三卷 | （宋）周紫芝撰 |
| 聖求詞一卷 | （宋）呂濱老撰 |
| 壽域詞一卷 | （宋）杜安世撰 |
| 審齋詞一卷 | （宋）王千秋撰 |
| 東浦詞一卷 | （宋）韓　玉撰 |
| 知稼翁詞一卷 | （宋）黃公度撰 |
| 無住詞一卷 | （宋）陳與義撰 |
| 後山詞一卷 | （宋）陳師道撰 |
| 蒲江詞一卷 | （宋）盧祖皋撰 |
| 烘堂詞一卷 | （宋）盧　炳撰 |
| 琴趣外篇六卷 | （宋）晁補之撰 |

著錄調名與調數。另卷內羅泌〈題六一詞序〉及吳文英《夢窗絕筆》卷末之施蟄存「按語」，為「汲古閣九十一卷本」所無；然於吳文英《夢窗丙稿》卷末，則缺漏〈愁春未醒〉（東風未起）一詞。此書為施蟄存校點，《中國文學珍本叢書》第一輯，上海雜誌公司發行，現藏於臺北：國家圖書館。

## 參、編選原因

毛晉《宋六十名家詞》，版本多雜，卷帙浩繁。陳匪石《聲執》卷下曰：「汲古閣《六十家詞》，毛晉刻。……然今存之彙刻詞，此為最早。《彊村叢書》出世以前，此亦最富。」[22]是以毛晉編選此書，當有其因，試從下列兩方面析之：

### 一、篤心汲古，梓以行世

毛晉不僅是一位藏書家，亦是一位刻書家；明季藏書者，以毛氏最著，尤多精本祕籍，同時遍刻《十三經》、《十七史》、《津逮祕書》、唐宋元人別集，以至道藏、詞曲，皆搜刻傳之。[23]而其所輯之《宋六十名家詞》，乃為詞集彙刻之始，蒐羅頗廣，用心甚殷。明・夏樹芳〈刻宋名家詞序〉曰：

---

22　唐圭璋編：《詞話叢編》（臺北：新文豐出版公司，1988 年 2 月），第 5 冊，頁 4970－4971。
23　同註 5，頁 188。

古虞有子晉毛氏，篤心汲古，其風流閑雅甚都，蓋達
然韻士也，家住昆湖之曲，凡遇快書，戞戞乎！堂堂
乎！輒欲梓以行世，忼慨對客，頻意校讐。剞劂輩
百千餘人，悉以汗青相角，槧架之上，浩蕩抉疏，而
江左稱善藏書者，無渝毛氏矣。茲刻《宋名家詞》凡
十人，攟摭僞異，各具本色，余得而下上之，轆轆
酣暢。[24]

又明・胡震亨〈宋詞二集敘〉曰：

宋人詞多不入正集，好事家間為總集，如曾氏及今代
汝南陳氏者亦無幾，以此失傳最多。虞山子晉毛兄，
懼其久而采湮也，命盡取諸家詞刻之，先是已行晏元
獻以下十家詞矣，至是周美成以下十家復成帙，日有
益而未已。[25]

　　顯見毛晉廣蒐刊刻宋人名家之詞不遺餘力，如：得自楊
夢羽先生所祕藏之《宋元名家詞》抄本二十七種，內有毛开
《樵隱詩餘》一卷；又從秦淮購得程珌《洺水集》二十六卷
等，皆急梓行之，以存其人其詞。此外，毛晉亦發現石孝友、
黃機等人之詞，不乏纖麗婉約之作，而《草堂詩餘》竟一篇
不載，殊為可惜，乃隨得本之先後，次第付梨，使珍本佚典，
不致湮沒失傳，殊值感佩。

---

24　明・毛晉編：《宋名家詞》（臺南：莊嚴文化事業公司，《四庫全書
　　存目叢書》第 422 冊，1997 年 6 月），頁 711。
25　同前註，第 423 冊，頁 297。

## 二、宋詞合樂，采擇取法

　　宋詞樂調，因金人南侵，遭受摧殘，而元、明之際，音譜散佚，宮調淪亡，遂使明代詞人不辨聲韻，倚聲填詞無有依憑，致弊端叢生。毛晉或有鑑於此，乃彙錄宋人名家詞集，以宋詞合律之特性，作為明人取法之準則。明・胡震亨〈宋詞二集敘〉曰：

> 夫詞之為用，近言之則曲，正言之即樂也，〈六州〉、〈十二時〉之詞，宋固用之朝廟、用之朝廷矣，因沿至今，昭代為烈，曲可小，樂不可小也，子晉斯編，蓋將備樂一經於宋，俟千古之言樂者之采擇，拒第為紅牙紫管參拍遍。宋人有詞，宋人自小之，曰寄譴、曰寫豪，甚曰勸淫，浸使後人卑其格、謔為談，微子晉，幾無以張宋存詞之傳，功於詞諸家故不細。[26]

　　胡氏所言，不僅強調宋詞為合樂歌詞，並亟力推尊詞至「樂」之層級，「經」之地位；而整個詞史發展演變之歷程，可謂與音樂密切相關。清・劉熙載《詞概》曰：「樂歌，古以詩，近代以詞。如〈關雎〉、〈鹿鳴〉，皆聲出於言也。詞則言出於聲矣，故詞，聲學也。」[27]是以毛晉「備樂一經於宋」，乃希冀明人於詞之創作與學習方面，能夠跳脫崇拜《花間》、《草堂》之迷思，重新審視詞意內涵及格律形式，使明詞不致流於淫哇輕靡，詞風得以振衰起弊。

---

[26] 同前註，頁 298－299。
[27] 同註22，第 4 冊，頁 3687。

## 肆、編選標準

　　毛晉《宋六十名家詞》,為「輯錄各詞家別集於一帙」之叢刻刊本,與「選家依一定標準或目的所擇取若干詞人部分作品」之詞選集,有所不同;毛晉並未針對各家之詞作予以去取,而是由全部宋代詞人一千三百三十餘家中,[28]選錄六十一家,彙刻其詞集而成書,因此毛晉編選是書之原則及取捨詞家之標準為何?深值探究,爰以下列幾點論之:

### 一、隨得隨雕,未經去取

　　宋・張炎《詞源注》〈原序〉載:「舊有刊本《六十家詞》,可歌可誦者,指不多屈。中間如秦少游、高竹屋、姜白石、史邦卿、吳夢窗,此數家格調不侔,句法挺異,俱能特立清新之意,刪削靡曼之詞,自成一家,各名於世。」[29]此舊刊本《六十家詞》應編成於南宋末年,惟是書久佚,內容不詳,其書名雖與毛晉《宋六十名家詞》相同,但別無可考,難言兩者互有關連。毛晉以汲古存詞為目的,就其藏本與所得詞集之先後,輯錄《宋六十名家詞》,旋得旋刻,更續付梓,不依時代之早晚,亦無一定之順序。清・胡薇元《歲寒居詞話》曰:

---

[28]　據唐圭璋撰:《全宋詞・凡例》之統計;見錄於唐圭璋編:《全宋詞》（臺北:宏業書局,1985 年 10 月）,頁 3。

[29]　宋・張炎注、夏承燾校注:《詞源注》（臺北:木鐸出版社,1987 年 7 月）,頁 9。

吳文英甲、乙、丙、丁四稿詞。……毛子晉先得其丙、
丁二稿，刻於宋詞第五集，後得其甲、乙稿，刻第六
集中。蓋按十干編集，至丁稿而止耳。[30]

又施蟄存於《夢窗絕筆》〈鶯啼序〉（□吳駕雲閬海）
一詞後按語曰：

此詞已見乙稿，即〈豐樂樓〉第一闋，蓋汲古閣先得
丙、丁稿刻之，續得甲、乙二卷故耳。丙、丁二稿中
尚有與甲、乙稿重出者四闋，已刪之矣。[31]

是知毛晉刊刻《夢窗詞》，乃先得先刻，未按甲、乙、
丙、丁稿之順序也。且毛晉當時擬刻百家，後四十家未刻，
今六十家數，可謂偶得而已。[32]《四庫全書總目提要》「宋
名家詞」載：

其次序先後，以得詞付雕為準，未嘗差以時代；且隨
得隨雕，亦未嘗有所去取。故此外如王安石《半山老
人詞》、張先《子野詞》、賀鑄《東山寓聲》以暨范
成大《石湖詞》、楊萬里《誠齋樂府》、王沂孫《碧
山樂府》、張炎《玉田詞》之類，雖尚有傳本，而均
未載入。蓋以次開雕，適先成此六集，遂以六十家詞

---

30　同註22，頁4031－4032。
31　明・毛晉輯，施蟄存校點：《宋六十名家詞》（上海：上海雜誌公司，
　　1936年6月），丁集，頁1。
32　明・毛扆編：《汲古閣珍藏秘本書目》「宋詞一百家」項下載：「未
　　曾裝釘，已刻者六十家，未刻四十家，俱係秘本，細目未及寫出，
　　容俟續寄精抄。」（臺北：新文豐出版公司，《叢書集成新編》第2
　　冊，1985年元月），頁32。

傳，非謂宋詞止於此也。[33]

綜上所論，毛晉彙刻六十一家詞集，並未經過特別擇選，僅按得詞先後付刻之；至如王安石等部分名家之集，或謂因財力不足而未及收入，不免有遺珠之憾。

## 二、考證補遺，釐其訛謬

毛晉斥資財、招工匠，校刊典籍，於藝林文壇尤為有功；其刊刻《宋六十名家詞》，蒐羅甄采，務求完備，彙錄整理，刪正謬誤，自有編選之準則。毛晉〈片玉詞跋〉曰：

> 美成于徽宗時，提舉大晟樂府，故其詞盛傳于世。余家藏凡三本，一名《清真集》，一名《美成長短句》，皆不滿百闋，最後得宋刻《片玉集》二卷，計調百八十有奇，晉陽強煥為敘。余見評注龐襍，一一削去，釐其訛謬，間有茲集不載，錯見《清真》諸本者，附補遺一卷，美成庶無遺憾云。[34]

毛晉〈書舟詞跋〉曰：

> 正伯與子瞻中表兄弟也，故集中多潤蘇作，如〈意難忘〉、〈一剪梅〉之類，今悉刪正。[35]

---

[33] 清・永瑢、紀昀等撰：《四庫全書總目提要》（臺北：臺灣商務印書館，1983 年 10 月），第 5 冊，卷 200，頁 339。

[34] 同註 24，第 423 冊，頁 341。

[35] 同前註，頁 495。

又毛晉〈逃禪詞跋〉曰：

> 補之清江人，世所傳江西墨梅，即其人也，其詩文亦
> 不多見，向有補之詞行世，或謂是晁補之，謬矣。無
> 論字句之舛譌、章次之顛倒，即調名如〈一斛珠〉誤
> 作〈品令〉、〈相見歡〉誤作〈烏夜啼〉之類，亦不
> 可條舉，今悉一一釐正。[36]

　　後之學者，或謂毛晉《宋六十名家詞》，編校疏略，錯
誤甚多；朱居易更校輯《毛刻宋六十家詞勘誤》一書，「以
存作者之真而匡汲古之誤」。[37]然而毛晉於諸篇跋語中，已
明確指陳，係以考證詞作、補遺篇章、釐正詞調、糾謬字句
為編選標準；故毛晉輯選《宋六十名家詞》，掊摭校讎，雖
不盡完善，但絕非胡亂成章矣。

## 三、標舉清逸，不喜豔語

　　毛晉《宋六十名家詞》，以彙錄各家詞集為主，而未嘗
就個別詞人作品，予以取捨；然由毛晉對諸家詞集所作之跋
語觀之，則不難窺見其治詞之主張，與品評詞作之審美理
想。毛晉〈梅溪詞跋〉曰：

> 余幼讀〈雙雙燕〉詞，便心醉梅溪，今讀其全集，如

---

[36] 同前註，第 424 冊，頁 179。

[37] 葉恭綽〈毛刻宋六十家詞勘誤序〉，見錄於朱居易校輯：《毛刻宋六
十家詞勘誤》（民國 25 年上海中華書局仿宋聚珍排印本，臺北：國家
圖書館），頁 1。

醉玉生春、柳髮梳月等語,則柳昏花暝之句,又不足
多矣。姜白石稱其奇秀清逸,有李長吉之韻,蓋能融
情景于一家,會句意于兩得,豈易及耶?[38]

又毛晉〈坦菴詞跋〉曰:

介之,汴人,一名師俠,生于金閨,捷于科第,故其
詞亦多富貴氣,或病其能作淺淡語,不能作綺豔語。
余正謂諸家頌酒賡色,已極濫觴,存一淡粧以愧濃
抹,亦初集中放翁一流也。[39]

明思宗崇禎時期,詞壇選詞之趨向,已突破晚唐、五代
與北宋之藩籬,不再侷限於「花草」綺靡柔媚之習,乃極力
推尊南宋之詞,並統合婉約、豪放兩家風格。毛晉當此流風
盛行之際,不免深受影響,故不僅謂《梅溪詞》奇秀清逸、
《坦菴詞》淺淡清新,更盛讚《西樵語業》俊逸可喜,不作
妖豔情態,以及《龍川詞》不作妖語、媚語等。因此可知毛
晉對叢刻詞集之評定原則,同時亦借此標舉其論詞之見解。


## 伍、《宋六十名家詞》之影響

毛晉《宋六十名家詞》,收錄詞人別集六十一家,詞作
共 7183 闋,[40]內容豐富,規模甚鉅,然未免有失之周延處;
但整體而言,此書不僅奠定後世詞集叢刻之基礎,亦開拓明

---

38　同註 24,第 423 冊,頁 367。
39　同前註,頁 520。
40　據「存目本」統計。

代詞學發展之新視野。聶安福〈明清匯刊宋人詞集略述〉（上）曰：「《四庫全書》所錄宋詞別集多用毛刻本。在宋詞別集版本中，毛刻本為較重要的一種，如其中晏殊、陳師道、李之儀、陳亮等三十五家詞集被《全宋詞》編者取為底本，而毛刻本《東坡樂府》、《山谷詞》、《片玉詞》、《夢窗詞》等都是後世校輯者重要的參校本。」[41]故毛晉《宋六十名家詞》對詞壇之重要與影響，實不容小覷。

## 一、引發後人仔細勘誤

明代刻書，就整體觀之，率多而不精，校勘粗疏，清·葉德輝《書林清話》曰：「明人好刻書，而最不知刻書。」[42]又陳匪石《聲執》卷下四：「汲古閣《六十家詞》，……隨得隨刻，不依時代先後。不盡善本，校讎亦不精。」[43]是以毛晉《宋六十名家詞》之刊刻，失之蕪雜，為人詬病。[44]朱居

---

[41] 聶安福撰：〈明清匯刊宋人詞集略述〉（上），《古典文學知識》1998年第 1 期，頁 106。

[42] 同註 5，頁 180。

[43] 同註 22，頁 4970。

[44] 唐圭璋〈讀詞札記：毛晉誤補名詞〉曰：「自宋長沙《百家詞》不傳，毛子晉所刻《六十名家詞》，可謂詞學開山之功臣。但割裂卷數，任意分合，使原書面目，盡行混淆。且未經校讎，錯誤實多。其子斧季重據各本細校，足償父失。六十家中，如《聖求詞》跋中補一首云：『老樹渾苔，橫枝未葉，青春肯誤芳約。背陰未返冰魂，陽梢已含紅萼。佳人寒怯，誰驚起曉來梳掠。是月斜窗外，栖禽霜冷，竹間幽鶴。　雲淡淡、粉痕漸薄。風細細、凍香又落。叩門喜伴金尊，倚欄怕聽畫角。依稀夢裏，半面淺窺珠箔。甚時重寫鸞箋，去訪舊游東閣。』毛氏以為此首可『與坡仙《西江月》幷稱』。按此首，元人《張翥》詞，見《蛻巖詞》。毛氏失考，遂致誤補。其他詞集，毛氏亦往往誤

易乃針對毛氏之缺失，校輯《毛刻宋六十家詞勘誤》一書，指出各家錯誤之詞作及應改正之處。茲據朱氏之校勘，予以統計分析，表列如次：

| 序號 | 詞　人 | 詞　集 | 總詞數 | 錯誤之闋數 | 應改正之處 |
|------|--------|--------|--------|-----------|-----------|
| 1 | 晏　殊 | 珠玉詞 | 131 | 6 | 7 |
| 2 | 歐陽修 | 六一詞 | 171 | 7 | 7 |
| 3 | 柳　永 | 樂章集 | 192 | 98 | 163 |
| 4 | 蘇　軾 | 東坡詞 | 328 | 24 | 34 |
| 5 | 黃庭堅 | 山谷詞 | 179 | 8 | 10 |
| 6 | 秦　觀 | 淮海詞 | 87 | 6 | 7 |
| 7 | 晏幾道 | 小山詞 | 254 | 42 | 51 |
| 8 | 毛　滂 | 東堂詞 | 203 | 48 | 57 |
| 9 | 陸　游 | 放翁詞 | 131 | 21 | 22 |
| 10 | 辛棄疾 | 稼軒詞 | 562 | 100 | 130 |
| 11 | 周邦彥 | 片玉詞 | 194 | 35 | 44 |
| 12 | 史達祖 | 梅溪詞 | 112 | 12 | 14 |

補。」（收錄於唐圭璋著：《詞學論叢》，上海：上海古籍出版社，1986 年 6 月，頁 654－655。）

又唐圭璋〈讀詞札記：毛晉誤刪名詞〉曰：「毛氏既誤補名詞，亦有誤刪名詞者。復舉一例明之。如歐公《清商怨》云：『關河愁思望處滿。漸素秋向晚。雁過南雲，行人回淚眼。　雙鴛衾裯悔展。夜又永、枕孤人遠。夢未成歸，梅花聞塞管。』此詞見宋人《歐陽文忠公近體樂府》，原無可疑。乃毛氏據《庚溪詩話》，以為確是晏殊之作，乃刪歐集而增入晏《珠玉詞》。但予復按《庚溪詩話》，原文云：『紹興庚午歲，余為臨安秋賦考試官。同舍有舉歐陽公長短句詞曰：「雁過南雲，行人回淚眼」，因問曰：「南雲其義安在？」余答曰：「嘗見江總詩："心逐南雲去，身隨北雁來。故園籬下菊，今日幾花開。"恐出於此耳。」』此又分明言『雁過南雲』一首乃歐公之作。毛氏誤記，因而誤刪。吾人閱《六十名家詞》，凡毛氏所增所刪，皆須考訂，切不可信之不疑。」（同上，頁 655。）

| 13 | 姜　夔 | 白石詞 | 34 | 4 | 4 |
|----|-------|-------|-----|-----|-----|
| 14 | 葉夢得 | 石林詞 | 99 | 4 | 4 |
| 15 | 向子諲 | 酒邊詞 | 178 | 43 | 52 |
| 16 | 謝　逸 | 溪堂詞 | 63 | 5 | 5 |
| 17 | 毛　开 | 樵隱詞 | 42 | 7 | 7 |
| 18 | 蔣　捷 | 竹山詞 | 93 | 41 | 60 |
| 19 | 程　垓 | 書舟詞 | 156 | 10 | 10 |
| 20 | 趙師俠 | 坦菴詞 | 154 | 7 | 7 |
| 21 | 趙長卿 | 惜香樂府 | 358 | 5 | 5 |
| 22 | 楊炎正 | 西樵語業 | 37 | 7 | 8 |
| 23 | 高觀國 | 竹屋癡語 | 108 | 32 | 45 |
| 24 | 吳文英 | 夢窗詞 | 347 | 152 | 245 |
| 25 | 周必大 | 近體樂府 | 12 | 1 | 1 |
| 26 | 黃　機 | 竹齋詩餘 | 96 | 11 | 11 |
| 27 | 石孝友 | 金谷遺音 | 149 | 14 | 16 |
| 28 | 黃　昇 | 散花菴詞 | 43 | 3 | 6 |
| 29 | 方千里 | 和清真詞 | 93 | 16 | 17 |
| 30 | 劉克莊 | 後村別調 | 123 | 15 | 20 |
| 31 | 張元幹 | 蘆川詞 | 186 | 19 | 19 |
| 32 | 張孝祥 | 于湖詞 | 177 | 32 | 38 |
| 33 | 程　珌 | 洺水詞 | 40 | 4 | 4 |
| 34 | 葛立方 | 歸愚詞 | 39 | 2 | 2 |
| 35 | 劉　過 | 龍洲詞 | 48 | 22 | 31 |
| 36 | 王安中 | 初寮詞 | 50 | 7 | 8 |
| 37 | 陳　亮 | 龍川詞 | 37 | 4 | 4 |
| 38 | 李之儀 | 姑溪詞 | 86 | 26 | 27 |
| 39 | 蔡　伸 | 友古詞 | 175 | 10 | 10 |
| 40 | 戴復古 | 石屏詞 | 33 | 4 | 4 |
| 41 | 曾　覿 | 海野詞 | 104 | 3 | 3 |
| 42 | 楊无咎 | 逃禪詞 | 173 | 16 | 21 |

| 43 | 洪　瑹 | 空同詞 | 17 | 2 | 2 |
|---|---|---|---|---|---|
| 44 | 趙彥端 | 介菴詞 | 153 | 16 | 17 |
| 45 | 洪咨夔 | 平齋詞 | 43 | 6 | 6 |
| 46 | 李公昂 | 文溪詞 | 30 | 14 | 17 |
| 47 | 葛勝仲 | 丹陽詞 | 79 | 12 | 19 |
| 48 | 侯　寘 | 孏窟詞 | 95 | 14 | 14 |
| 49 | 沈端節 | 克齋詞 | 44 | 3 | 4 |
| 50 | 張　榘 | 芸窗詞 | 50 | 21 | 24 |
| 51 | 周紫芝 | 竹坡詞 | 150 | 7 | 7 |
| 52 | 呂濱老 | 聖求詞 | 134 | 13 | 14 |
| 53 | 杜安世 | 壽域詞 | 86 | 4 | 4 |
| 54 | 王千秋 | 審齋詞 | 72 | 3 | 3 |
| 55 | 韓　玉 | 東浦詞 | 28 | 6 | 7 |
| 56 | 黃公度 | 知稼翁詞 | 15 | 4 | 4 |
| 57 | 陳與義 | 無住詞 | 18 | 1 | 1 |
| 58 | 陳師道 | 後山詞 | 49 | 15 | 17 |
| 59 | 盧祖皋 | 蒲江詞 | 25 | 2 | 2 |
| 60 | 晁補之 | 琴趣外篇 | 155 | 25 | 28 |
| 61 | 盧　炳 | 烘堂詞 | 63 | 8 | 8 |
| 合　　　計 | | | 7183 | 1109 | 1438 |

　　朱氏列舉出毛晉《宋六十名家詞》中，錯誤之詞凡 1109
闋，其中應改正之處共 1438 處，全書錯誤之比率約達 20%；
而全編中以柳永《樂章集》、蔣捷《竹山詞》、吳文英《夢
窗詞》、劉過《龍洲詞》、李公昂《文溪詞》等五家詞集之
錯誤較多，皆達 50%以上，尤以柳永《樂章集》之錯誤高達
85%居冠。故葉恭綽曰：「今居易乃取六十一家而悉校
之，……其為毛氏之功臣則無疑也。」[45]

---

[45]　同註 37。

另饒宗頤《詞集考》中，論溯「宋代詞集」版本之流衍情形，並探尋字句之異同，尤對毛晉汲古閣刻《六十一家》本，多所補記校訂，辨證訛缺，卓絕獨具，可資酌參。[46]明人刻詞編校疏舛，是以後代學者檢閱毛晉《六十名家詞》時，不可盡信，當悉心求證。又酈承銓〈願堂讀書記：六十家詞〉[47]，將毛扆等手校《六十家詞》之題銜跋語，俱錄於文，使世之言毛刻詞者，有所考焉。

## 二、彙刊詞集蔚為風潮

毛氏《宋六十名家詞》之校讐，雖時有疏漏，然俱係祕本，現存宋人詞集多賴其流傳；而明以後之詞集叢刻，均以之為據，前修未密，後出轉精，可謂貢獻詞壇，嘉惠後世。葉恭綽〈毛刻宋六十家詞勘誤序〉曰：

> 彙刻宋詞，始於虞山毛氏，……然天水一代詞集，藉是而存者不尠，實有宋詞苑之功臣也。……毛氏尚有未及見者，遂不克謂之完璧，然甄采之功，匪可沒也。自《彊村叢書》出，人手一編，毛刻或淪祧廟，但若無此基礎，恐古微老人亦未易奏功，斯

---

[46] 饒宗頤著：《詞集考》（唐五代宋金元編）（北京：中華書局，1992年10月），頁38－261。

按：毛晉汲古閣刻《六十一家》本，饒氏書中均著錄，惟缺周必大《近體樂府》一種。

[47] 酈承銓撰：〈願堂讀書記：六十家詞〉，《國立北平圖書館館刊》第8卷第1號（1934年1、2月），頁19－35。

又先河後海，論者所宜知者矣。……自古微老人校刊宋元諸詞，網羅各本，字櫛而句梳之，斯道始大光。[48]

清‧馮煦編選《宋六十一家詞選》十二卷，為根據毛晉《宋六十名家詞》輯成，其次第先後悉依毛本，所選各家詞作，多則一卷，少則數闋，雖別得傳本，亦不敢據以選補。是以唐圭璋於〈朱祖謀治詞經歷及其影響〉一文言：「近百年來，詞人輩出，詞集亦大量刊行，詞學由附庸變為大國，盛極一時。有清三百年來，流行最廣，數量最多之詞集，不過為明代毛晉汲古閣所刻《宋六十名家詞》。」[49]清初以來，詞學復興，彙刻詞集蔚為風氣，諸如：王鵬運《四印齋所刻詞》、《宋元三十一家詞》、江標《宋元名家詞》[50]、朱孝臧《彊村叢書》、吳昌綬、陶湘《景刊宋金元明本詞》、陶湘《景汲古閣鈔宋金詞七種》等，皆為繼毛晉《宋六十名家詞》後，重要之詞集叢刻。

---

48　同註37。

49　收錄於唐圭璋著：《詞學論叢》（上海：上海古籍出版社，1986年6月），頁1019。

50　王兆鵬：《詞學史料學》曰：：「江標輯刻的《宋元名家詞》。……底本出自毛晉汲古閣精抄本，其傳刻源流是：清彭元瑞知聖道齋于謙牧堂藏書中得抄本宋元人詞22種，題《汲古閣未刻詞》，其行款字數與毛氏所刻《宋六十名家詞》相同，每本鈐有毛子晉印。況周頤曾傳抄一部。江標又從況周頤處轉抄一部，并于光緒二十一年（1895）交湖南思賢書局印行。因其中部分詞集四印齋已刻印，江氏遂別出四印齋已刻詞集，僅刻其中十五種，總題作《宋元名家詞》。」（北京：中華書局，2004年5月），頁122。

## 三、詞集刊行改變詞風

　　毛晉《宋六十名家詞》，凡錄六十一位詞家，其中晏殊、歐陽修、柳永、蘇軾、黃庭堅、秦觀、晏幾道、毛滂、周邦彥、謝逸、李之儀、杜安世、陳師道、晁補之等十四家，為北宋詞人；其餘四十七家，皆為南宋詞人。[51]毛晉所輯，雖以南宋詞集為多，然應非刻意重南而輕北。試從《汲古閣毛氏藏書目錄》[52]析之：

　　此書中於「歌詞」項，載錄宋人個別詞集共 91 家，除 7 人生平不詳者外，計有：北宋詞人別集 19 家，南宋詞人別集 65 家；而 91 家中，僅有 39 家彙刻入《宋六十名家詞》，約占毛氏所藏宋人個別詞集 43%。又 39 家中，計有：北宋詞人別集 14 家，南宋詞人別集 25 家；是以汲古閣毛氏之藏書中，北宋詞人別集彙刻入《宋六十名家詞》者，約占毛氏藏書之 74%；南宋詞人別集，彙刻入《宋六十名家詞》者，則僅占毛氏藏書之 38%。故毛晉編選《宋六十名家詞》，全

---

[51] 對於跨越「北宋」、「南宋」兩時代之詞人，以宋欽宗靖康二年（亦即南宋高宗建炎元年，西元 1127 年）為界，依以下原則劃分之：（以下其他章節所論，均依此例，不另附註。）

  (1)　卒年確知者，以卒年為據。

  (2)　生年可考，卒年不可考；或生卒年均不詳者，以唐圭璋《全宋詞》編排順序為參。

  (3)　詞選所輯之詞家，若有屬於唐圭璋《全宋詞》中「宋人話本小說中人物詞」「宋人依託神仙鬼怪詞」與「元明小說話本中依託宋人詞」，而撰人生卒年或事蹟不可考者，姑且皆以時代不詳者視之。

[52] 不著編人：《汲古閣毛氏藏書目錄》（鈔本，臺北：國家圖書館），頁 67–70。

編中雖所刊南宋詞人別集較多，然不可即據此驟論：毛氏選
詞「先南後北」；因宋代詞人，本就南宋多於北宋。另若就
毛氏藏書而言，彙刻入《宋六十名家詞》者，北宋詞人別集
之比率尚且高於南宋詞人別集。因此《宋六十名家詞》，應
如《四庫全書總目提要》所言：「隨得隨雕，亦未嘗有所去
取。」[53]

　　明末崇禎詞壇，流派紛呈，復古風潮，起伏變化，致使
詞風漸趨改易，南宋詞人作品亦漸受到重視，如由卓人月與
徐士俊所編選之明末重要大型詞選《古今詞統》，即選錄頗
多南宋及明代之詞作；因此毛晉取得南宋詞人別集之機會，
應較大、較易，而南宋詞人作品，亦藉《宋六十名家詞》之
問世，得以完整呈現，使後人能夠窺見全貌。故明代詞壇除
崇禎期間，陸雲龍《詞菁》及潘游龍《精選古今詩餘醉》等
詞選集受其影響外，三百年來，更拓展有清一代之詞學視
野，為清詞復興開啟新貌。

## 陸、小結

　　毛晉《宋六十名家詞》，全書總計收錄宋代詞人別集六
十一家，乃旋得旋刻，更續付梓，不依時代早晚，亦無一定
順序；原擬刻百家，或謂因財力不足，而偶得此六十家數。

　　毛晉汲古閣刊刻《宋六十名家詞》之前二百年，已有吳
訥所編《唐宋名賢百家詞》行世，然此書雖為明代重要之詞

---

[53]　同註33。

集叢編，唯於明清之際僅有鈔本流傳，混亂殘脫尤甚。因此毛晉篤心汲古，將宋人詞集付梓刻印，廣播行世，厥功甚偉；蕭鵬《羣體的選擇——唐宋人選詞與詞選通論》曰：「毛氏刻詞的意義，在於打開了人們的眼界，展示了一片比『花草』廣闊得多的詞世界，使得詞人有機會重新審視和權衡自己的選擇。」[54]要之《宋六十名家詞》雖不免有疏略不全之處，然其對詞壇之地位與貢獻，乃瑕不掩瑜，深值肯定，並可視為引導詞學發展之指標。

---

[54] 蕭鵬著：《羣體的選擇——唐宋人選詞與詞選通論》（臺北：文津出版社，1992 年 11 月），頁 230。

## 第二節　詞選刻本合集：朱之蕃《詞壇合璧》

　　歷來論詞者，每謂詞至明代而衰，然明人於詞學理論之研究領域中，卻建構頗具學術價值之思想體系，並匯編合刻多種大型詞集叢編及選本。蕭鵬《羣體的選擇──唐宋人選詞與詞選通論》曰：「嘉靖至明末，詞選也出現所謂繁盛景象。估計這期間產生的詞選，不下一、二百種。名家各有其選，門派各有其選，甚至於書坊也競相選詞，士子秀才為沽名釣譽也紛紛選詞。」[1]故就詞集叢編而言，自明初吳訥編纂《唐宋名賢百家詞》後，萬曆時期，朱之蕃《詞壇合璧》以評注選本為輯錄對象，不僅開啟明代詞話評論之風，同時亦體現明人治詞之理念。

### 壹、編者簡介

　　朱之蕃，字元介（一作字元价或字元升），號蘭嵎，金陵人（一作茌平人，今山東省茌平縣），南京錦衣衛籍，生卒年皆不詳。父朱衣，任房縣（今湖北省房縣），曾夢東方朔送一大桃而生蕃。明・顧祖訓《狀元圖考》卷三「狀元朱之蕃」載：

　　　　萬曆二十三年乙未，廷試湯賓尹等三百人，擢朱之蕃

---

[1]　蕭鵬著：《羣體的選擇──唐宋人選詞與詞選通論》（臺北：文津出版社，1992 年 11 月），頁 231。

第一。……時年三十五。[2]

據此推斷，自明神宗萬曆二十三年，上溯三十五年，則知朱之蕃應生於明世宗嘉靖三十九年（西元 1560 年）。又《狀元圖考》載：

之蕃……未第時，讀書於寧國寺，忽見齋中紅光，壁有題云：「萬方寶曆開八運，一躍金鱗奮九天。」其事甚奇，甲午領薦應天，乙未會試，主人夢朱養淳至其家，明日朱公入宿與夢姓符，及廷試第一，則乙未狀元又與癸未狀元符矣。始悟八運者，萬曆第八科也；一躍金鱗者，龍頭之兆也；乙未，屬金之年也。[3]

是知朱之蕃於明神宗萬曆乙未（23 年，西元 1595 年），賜進士第一，高中狀元。後授翰林院修撰，以右春坊右諭德掌院印，以右春坊右庶子掌坊印，升少詹事，進禮部右侍郎，改吏部右侍郎，卒贈禮部尚書。

朱之蕃為人素行孝友，既貴，悉以遺田推弟辦同產，子女之婚嫁，分宅居父執之妻孥，鄉黨重之；且素以清廉自持，從不巧取豪奪，朱之蕃嘗於神宗萬曆三十四年（西元 1606 年），以使節身分，出訪朝鮮，清・錢謙益《列朝詩集小傳》曰：

---

[2] 明・顧祖訓編：《狀元圖考》（臺北：明文書局，1991 年元月），頁 242−243。
[3] 同前註。

元价（介）為史官，出使朝鮮，盡卻其贈賄，鮮人來乞書，以貂參為贄，橐裝顧反厚，盡斥以買法書、名畫、古器，收藏遂甲於白下。[4]

另朱之蕃精楷書，善畫山水花卉，清・孫岳頒《御定佩文齋書畫譜》卷四十四載：

之蕃真行師，趙魏公間，出入顏魯公與文徵仲，日可萬字，運筆若飛，小則蠅頭，大則徑尺，呫嗟而辦。[5]

又《御定佩文齋書畫譜》卷五十八載：

元介所摹古文，有南宮奪真之妙。[6]

是知朱之蕃文翰兼工，且曾張膻東國與館伴周旋，有倡必和；微嫌詩材懁熟，語不驚人，且詩篇冗長，遂不為藝林所許。唯所作《和移居》二首頗瘦勁，然終非其本色。著有：《奉使朝鮮稿》、《江蘇省金陵圖詠》、《晚唐十二名家詩集》、《盛明百家詩選》、《蘭嵎太史詠物詩》、《蘭嵎朱宗伯彙選當代名公鴻筆百壽類函》、《玉堂釐正字義韻律海篇心鏡》、《篆法探源》等諸集行世，作品豐富，涉獵廣泛。

此外，朱之蕃所撰之《江蘇省金陵圖詠》，為明熹宗天啟癸亥（3 年，西元 1623 年）金陵朱氏刊本；又明・夏樹

---

4　清・錢謙益撰：《列朝詩集小傳》（臺北：世界書局，1985 年 2 月），丁集上，頁 468。

5　清・孫岳頒等奉敕撰：《御定佩文齋書畫譜》（臺北：臺灣商務印書館，《景印文淵閣四庫全書》第 820 冊，1986 年 2 月），卷 44，頁 734。

6　同前註，第 821 冊，卷 58，頁 470。

芳撰《奇姓通》，朱之蕃題序，署「天啟甲子歲中秋日，金陵友弟朱之蕃書」。是知朱之蕃於明熹宗天啟甲子（4 年，西元 1624 年）間尚存，年約六十有四。[7]

## 貳、編選之版本及體例

《詞壇合璧》，明‧朱之蕃編選，卷前有朱之蕃〈詞壇合璧序〉，為明金閶世裕堂刊本，彙刻詞集四種，十五卷，共八冊，分別為：

## 一、《草堂詩餘》（第一冊──第三冊）

《草堂詩餘》五卷，卷端首頁題「西蜀升菴楊慎批點，吳興文仲閔暎璧校訂」。書前載錄明‧楊慎〈草堂詞選敘〉，每卷之前列有「目錄」，著錄調名、類別與作者姓名，並按詞調字數多寡，以小令（卷一、卷二）、中調（卷三）、長調（卷四、卷五）編排，為「分調編次本」。是書依據明世宗嘉靖庚戌（29 年，西元 1550 年），武陵顧從敬刊刻《類編草堂詩餘》四卷彙刊，分全詞為五卷，刪其所附詞話，而加上楊慎之批點，涵括晚唐至金代詞作，共計選詞 440 闋，

---

[7]　以上朱之蕃生平簡介，參明‧顧祖訓編《狀元圖考》卷三、清‧錢謙益撰《列朝詩集小傳》丁集上、清‧孫岳頒等奉敕撰《御定佩文齋書畫譜》卷四十四、卷五十八、清‧張豫章奉敕編《御選宋金元明四朝詩》〈御選明詩‧姓名爵里〉卷五、清‧朱彝尊編《明詩綜》卷六十三、清‧黃之雋等編纂《江南通志》卷一百六十三、清‧夏力恕等編纂《湖廣通志》卷七十三、清‧黃虞稷撰《千頃堂書目》卷二十五等。

詞家 116 人。楊慎評點之方式，以「眉批」為主，句間或有「旁批」，詞末或有「尾批」，而於詞牌下則或考釋詞調，並用「○」、「、」、「ゝ」等圈點符號，標示出作品之精妙佳處。

## 二、《四家宮詞》（第四冊）

　　《四家宮詞》二卷，卷端首頁題「西蜀升菴楊慎批點，秣陵公甫朱萬選校訂」。書前載錄明·陳薦夫〈四家宮詞序〉，並列有「目錄」，分為上、下兩卷，收錄唐·王建、蜀·花蘂夫人、宋·王珪及宋·徽宗皇帝等四家之「宮詞」。全書為七言絕句之詩歌形式，內容以描寫帝王宮廷生活與抒發宮女之心情瑣事為主。「目錄」中標注，上卷：共計三百首，下卷：共計三百首；然按卷內實際所收統計，上卷收錄：王建 103 首，花蘂夫人 98 首，王珪 60 首，共 261 首；下卷收錄：王珪 41 首，徽宗皇帝 290 首，共 331 首，而全書總計應收錄 592 首。另書中楊慎之批評，以「眉批」為主，或於詩句旁加注圈「○」、點「、」之符號，惟僅於徽宗皇帝宮詞卷末有批語。

## 三、《花間集》（第五冊──第六冊）

　　《花間集》四卷，卷端首頁題「唐趙崇祚集，明湯顯祖評」。書前載錄蜀·歐陽烱〈花間集序〉、明·無瑕道人〈花間集跋〉及明·湯顯祖〈玉茗堂評花間集序〉；每卷之前列有「目錄」，著錄詞人、詞調及闋數，大體按詞家先後編排；

並輯錄「音釋」於卷首，考釋用字之「音」、「義」。全書以晚唐、五代為範疇，由溫庭筠至李珣，共計選詞498闋，詞家18人。此外，湯顯祖所評，以「眉批」為主，另於句旁、句尾，間或有「旁批」及「尾批」；並以「◎」、「﹨」、「○」、「﹨」等圈點符號，表明最要、其次、再次、最末之差異，標示對詞句讚賞程度之不同，而對於淺露之句，則多於句子右邊劃一長線。[8]

## 四、《詞的》（第七冊──第八冊）

《詞的》四卷，卷端首頁題「茅暎遠士評選」。書前載錄茅暎〈詞的序〉及「凡例」數條；每卷之前列有「目錄」，著錄調名與闋數，按小令（卷一、卷二）、中調（卷三）及長調（卷四）之字數多寡編排，是為「分調本」詞選。全書選詞範圍涵括：晚唐、五代、北宋、南宋、元代及明代，總計收錄詞作392闋，詞家145人。此外，卷內詞作或有「詞題」，書眉處間有評語，而於字句旁則以圈「○」、點「﹨」符號標注之。

---

8　程芸〈湯顯祖與明清詞壇〉一文曰：「現存《花間集》有一種署名 "玉茗堂" 批評的明刊本，學人曾有對其真實性提出疑問者，因為清嘉慶間人馮金伯《詞苑萃編》卷一 "詞非詩餘" 條節錄了與今人點校湯氏文集中所收不同的一種異文，……其實，這幾句很可能是從汪森於康熙戊午年（1678）為朱彝尊《詞綜》所作序言中割裂而來的，……馮氏《詞苑萃編》卷二 "姜夔詞醇雅" 條也移錄這段文字，不過嘉慶刊本於此條下加有小注，認為是《詞綜序》沿襲了湯顯祖的見解，……因此，似找不到足夠證據以證實《花間集》湯評本為偽托之作。」（《武漢大學學報》第54卷第5期，2001年9月），頁625－626。

　　《詞壇合璧》收錄詩詞選集四種，其中除《四家宮詞》
為七言絕句之詩集外，餘者皆為詞選總集，是以就整體而言，
仍將全書歸屬於詞選刊本合集。又《詞壇合璧》編選之時期，
據所錄《花間集》載：萬曆歲庚申（48 年，西元 1620 年）
菊月，苕上無瑕道人之〈跋〉語，因此可推知《詞壇合璧》
最早之完成時間，應在此之後。按：馬興榮《中國詞學大辭
典》「詞的」條載：「有萬曆四十八年（1620）《詞壇合璧》
本，朱墨套印。」[9]然編者並未詳述此論以何為據，且聊備一
說。[10]本書稱《詞壇合璧》成書於明神宗萬曆四十八年，所據
版本現藏於臺北：中央研究院歷史語言研究所傅斯年圖書館。

## 參、編選原因

　　《詞壇合璧》最大之特色，在於朱之蕃所輯，皆為經時
人所評點之詞選總集。此與當時詞壇風氣、社會經濟及讀者
需求等因素，不無關係，故爰就以下幾方面論述之：

### 一、評點風氣盛行

　　中國文學批評之發展，以成書者言之，始自南朝鍾嶸《詩
品》及劉勰《文心雕龍》；此二書以品藻詩文，襃貶前哲為

---

9　馬興榮主編：《中國詞學大辭典》（杭州：浙江教育出版社，1996 年
　　10 月），頁 276。

10　北京大學圖書館編：《北京大學圖書館藏古籍善本書目》「詞類：一、
　　合集──《詞壇合璧》四種」項下載：「明萬曆四十八年（1620，序）
　　刻本。」（北京：北京大學出版社，1999 年 6 月），集部，頁 509。

主，惟僅有「評」而無「點」。至唐代天寶、貞元時期，殷
璠《河岳英靈集》及高仲武《中興間氣集》，則將批評與文
學作品結合，為具有評議性質之詩集選本。然詩文之有「評」
有「點」，則始於南宋之季，而以呂祖謙《古文關鍵》、樓
昉《崇古文訣》等之評點體例，最具特色。明清之際，論者
由評點詩歌、散文，進而評點小說、雜劇、傳奇等文體，不
僅擴大批點之範圍與角度，亦使文學批評史上，興起一股評
點之風。孫琴安《中國評點文學史》曰：

> 在弘治以前一百多年的整個明代的評點文學，都是比
> 較冷清的，只有到了弘治年間，隨著明代文壇的漸漸
> 活躍，流派增多，人們才開始有了對文學作品的評
> 點，明代的評點文學才開始逐漸地興盛起來，到了嘉
> 靖、萬曆以後，更是出現了一個前所未有的高峰，產
> 生了中國評點文學的全盛期。[11]

是以明代於此極盛之評點風潮帶動下，一些詞學家亦留
意於詞集之評選與批注。若追溯詞作評點之淵源，則南宋黃
昇編選之《花菴詞選》，可謂開風氣之先；而後明代楊慎、
湯顯祖及沈際飛等詞評家，其詞學主張和批評觀點，各具特
性，形成豐富多樣之評點風格。因此朱之蕃身當萬曆時期，
乃將評點諸選，彙刊成書，藉以凸顯各家評點特色，並建構
明代詞論發展之基礎，是知朱氏之所以編纂《詞壇合璧》，
當時評點風氣之盛行，是其主因。

---

[11] 孫琴安著：《中國評點文學史》（上海：上海社會科學院出版社，1999
　年6月），頁88。

## 二、利於讀者閱讀

　　所謂「評點」，包含「評」與「點」兩部分；「評」為
批評語，「點」則指圈點符號。而此種批評形式，往往與詩
詞選本相互結合，除標明文本佳處外，並提供讀者閱讀理解
之助。吳承學〈現存評點第一書──論《古文關鍵》的編選、
評點及其影響〉一文曰：

> 評點是一種文本的細讀與分析，它以標志符號和語言
> 文字的評論，逐字、逐句、逐段分析文本的線索脈絡，
> 指點出文章的布局章法與字句修辭，引導讀者並與之
> 同時展開讀的進程。……在評點著作中，它的前提是
> 讀者與評點者的閱讀同步進行，有原文與全文作為背
> 景。評點是把讀者與文本放在主體部分，評點者僅起
> 提示、引導、啟發作用。[12]

　　最初評點僅是讀書人閱讀之心得記錄，後受科舉考試影
響，評點乃成為有目的之作。然由此推展至其他文體，當評
點之批語與符號，出現於詩、詞作品，甚而小說、戲曲中時，
則產生另一種價值功能；即藉以提示、指導讀者品味其妙、
領悟其義，並啟發讀者進一步判斷思考。而朱之蕃《詞壇合
璧》輯錄評點詞選，即希冀透過名家之批評、圈點，以利讀
者閱讀，幫助其對作品本身能有正確之認識與解讀。故朱萬
曙〈評點的形式要素與文學批評功能──以明代戲曲評點為

---

例〉一文中有言：「評點批評所給予讀者的，也是一種豐富
的批評感受；它最大限度地實現了文學批評揭示作品 "美和
缺點" 的任務。」[13]

## 三、商業目的取向

　　當雕版印刷技術興起唐代，而盛行宋代以來，圖書出版
事業於焉蓬勃發展。後因明代社會經濟繁榮、城市工商發達
與文壇復古風氣之推動，致社會大眾對書籍之需求量增加，
更促使各種文學選本及古籍叢書大量刊刻印行；而書坊商賈
為牟取利益，所刻印書籍，多以商業傳播為目的。林崗《明
清之際小說評點學之研究》曰：

> 宋代古文評點，一方面是表示了論文如論詩一樣，走
> 向品評作品本身的精細化，示後學以方便法門；另一
> 方面也是古文、經義教育興盛的產物。……又得到書
> 商的支持，因為它與利祿之途有關，書商可以從中牟
> 利。[14]

又謝灼華《中國文學目錄學》曰：

> 明末文學著作還有一種批注本。……一方面借以闡發
> 自己的文學主張和見解，另一方面也利於文學創作和
> 文藝學習，因為通過評點，可指出創作意圖和表現手

---

[13] 同前註，頁 85。
[14] 林崗著：《明清之際小說評點學之研究》（北京：北京大學出版社，
1999 年 11 月），頁 54。

法。這些評點批注的文學作品或文學著作,通過像吳
興凌、閔二家的套色印刷,黑白分明,滿紙丹黃,便
於閱讀和欣賞,很受讀者的歡迎。[15]

是知一些書商為牟求暴利,往往以名士評點之作招攬讀
者;甚至不惜採取冒用偽託之手段,以壯大聲勢。另有某些
出版商,則將諸種評點著作合於一帙,完整呈現,使讀者免
於四處蒐羅之不便,掌握群眾需求心理。而《詞壇合璧》彙
錄楊慎、湯顯祖等知名之士所批點之選本,書前又有狀元朱
之蕃「序文」,[16]故此書編選之原因,於當時或有商業謀利
之目的。

## 肆、編選標準

陳匪石《聲執》卷下曰:「明人輯刊之書,多無足取。
如楊慎《詞林萬選》、卓人月《詞統》、茅映(暎)《詞的》
及《草堂》續集之類,等諸自鄶。」[17]明人選詞雖多缺失,
然詞集叢編之刊行,彙輯諸選,則另有其考量汰選之依憑,
茲將《詞壇合璧》編選之標準,析論如次:

---

[15] 謝灼華著:《中國文學目錄學》(北京:書目文獻出版社,1986 年 5
月),頁 21。

[16] 譚帆著:《中國小說評點研究》曰:「在明代,書坊主有時還托名狀
元評點以廣招徠,如萬曆年間的朱之蕃。……且朱氏在萬曆時期的書
坊是一個常被冒用的名人。」(上海:華東師範大學出版社,2001 年
4 月),頁 74。

[17] 唐圭璋編:《詞話叢編》(臺北:新文豐出版公司,1988 年 2 月),
第 5 冊,頁 4964。

## 一、分析圈點，詳加評騭

《詞壇合璧》中四種詩詞選集，其共同特徵即所錄版本皆具批點形式；亦即每部詞選或詩選，均有批語及圈點符號。朱之蕃〈詞壇合璧序〉曰：

> 升菴楊公，博極羣書，淹洽百代，而猶於《詞品》，注意研搜；至若《草堂詩餘》一編，詳加評騭，當與唐人所選《花間集》，並傳無疑矣；《詞的》蒐羅彌廣，《宮詞》摸寫最真；信為崑圃球琳，總屬藝林鴻寶，彙梓成帙，致是佳觀。時一披閱，無論光彩陸離，宮商協合，而作者之神情，恍然目接，輯者之見解燦矣。[18]

朱之蕃稱道楊慎博學多識，尤留意於其所著《詞品》之特色──「注意研搜」；《詞品》一書，除評賞詞作、記述故實外，並考辨詞調、溯源詞體。而楊慎對於《草堂》一編，則「詳加評騭」，是以朱氏認為可與《花間集》並傳。湯顯祖〈玉茗堂評花間集序〉曰：

> 《詩餘》流編人間，棗梨充棟，而譏評賞鑒之者亦復稱是，不若留心《花間》者之寥寥也。余於《牡丹亭》之夢之暇，結習不忘，試取而點次之、評騭之，期世之有志風雅者，與詩餘互賞。[19]

---

[18]　收錄於明・朱之蕃編：《詞壇合璧》（明金閶世裕堂刊本，臺北：中央研究院歷史語言研究所傅斯年圖書館），第 1 冊，頁 2。

[19]　同前註，第 5 冊，頁 4。

顯見朱之蕃輯錄詞選刊本之重點在於「點次標志」、「評騭賞鑒」，並以此作為編選《詞壇合璧》之準則，透過評點者析心之論斷，使「作者之神情，恍然目接，輯者之見解燦矣」。

## 二、蒐羅彌廣，繼響千載

《詞壇合璧》全書所收錄詩詞，共計 1922 首，涵括晚唐、五代至明代之作品，其中尤以《詞的》所選詞作之時代跨度最長，故朱之蕃謂其「蒐羅彌廣」；而陳薦夫於〈四家宮詞序〉亦曰：「爰集詩詞，古今千首，遍搜載籍，上下四朝，總曰宮詞。」[20]是知朱氏《詞壇合璧》，應以遍搜古今、擴大選域為編輯要點，使諸集得與「漢魏三唐繼響千載」[21]。無瑕道人〈花間集跋〉曰：

> 忽一友出袖中二小書授余曰：「日暮玩閱之、吟咏之，牢騷不平之氣，庶幾稍什其一二。」余視之，則楊升菴、湯海若兩先生所批選《草堂詩餘》、《花間集》也。於是散髮披襟，遍歷吳、楚、閩、粵間，登山涉水，臨風對月，靡不以此二書相校讎。始知宇宙之精英，人情之機巧，包括殆盡；而可興、可觀、可羣、可怨，寧獨在風雅乎！嗟嗟！風雅而下，一變為排律，再變為樂府、為彈詞；若元人之《會真》、《琵

---

20　同前註，第 4 冊，頁 5。
21　明・朱之蕃撰：〈詞壇合璧序〉，同註 18。

琶》、《幽閨》、《秀檽（襦）》，非樂府中所稱膾
炙人口者？然亦不過摭拾二書之緒餘云爾。[22]

《草堂詩餘》與《花間集》盛行於明代詞壇，而明人更
將之奉為學習圭臬，清・馮金伯《詞苑萃編》卷八引徐君野
（士俊）語曰：「《草堂》之草，歲歲吹青；《花間》之花，
年年逞豔。」[23]且無瑕道人並將元曲視為摭拾《花》、《草》
二書之餘緒，可見朱之蕃輯存詞集之原則，亦在於能夠承先
啟後，傳之不朽。

### 三、模情寫性，取材纖麗

明代從嘉靖至萬曆時期，商業興盛、經濟發達，市民階
層縱情享樂，追求生活情趣，致社會風氣產生變異，學術思
想遭受衝擊，文人反抗傳統，突破前後七子之桎梏，公安、
竟陵兩派相繼而起，嚮往個性自由解放，強調抒寫真情實
感。蓋於此潮流之鼓動下，明代詞壇亦受影響，朱之蕃編纂
《詞壇合璧》於〈序〉文中乃特別強調：「聲詩之作，根抵
性情。」[24]並稱《四家宮詞》「模寫最真」，而所擇選詞集，
其內容緣情詠歌，多柔媚婉約之作。《詞的》〈凡例〉曰：

幽俊香豔為詞家當行，而莊重典麗者次之。[25]

---

22　同註18，第5冊，頁2-3。
23　同註17，第2冊，頁1940。
24　同註18，頁1。
25　同前註，第7冊，頁1。

又陳薦夫〈四家宮詞序〉曰：

> 昭代之起居則名公競爽，然皆取材纖麗，構思幽沉；
> 多至百篇，少者數十。[26]

故明人論詞，以吟詠情性為主旨，而所言之情，摹寫意態、專工稱麗，且多俗豔之語。明·王世貞《藝苑卮言》曰：「《花間》以小語致巧，《世說》靡也；《草堂》以麗字取妍，六朝陋也。即詞號稱詩餘，然而詩人不為也。何者？其婉變而近情也，足以移情而奪嗜。」[27]因此，在明代以豔冶為正則之詞學觀導引下，《詞壇合璧》之取材，乃建構於抒情寫意、穠纖綿麗之基礎上。

## 伍、《詞壇合璧》之影響

王愷《公安與竟陵——晚明兩個"新潮"文學流派》一書曰：「明人重賞鑒。特別是嘉靖、萬曆以來，由於時代的發展，經濟的繁榮，在我國藝術史上曾出現過一度繁盛的局面，……審美鑒賞的對象也巨細不捐，……至於珍奇字畫、詩文小品的賞鑒，乃至輯集評點，則更被視為『賞心樂事』，……在這一形勢下，關於賞鑒的書籍先後大量出現。」[28]因而《詞壇合璧》中所彙集之詞選評點資料，對當時明代詞

---

26　同前註，第 4 冊，頁 4。
27　同註 17，第 1 冊，頁 385。
28　王愷著：《公安與竟陵——晚明兩個"新潮"文學流派》（南京：江蘇古籍出版社，1996 年 12 月），頁 23。

學批評之發展有重要之影響，更為而後清代之詞評工作開啟先河。

## 一、具有重要之文獻價值

綜觀評點本詞選之體例：詞牌下間有考溯調名起源，眉端或有闡釋字句音義，詞末偶注典故出處，句旁略有簡短批語，另於佳句、警句處則以符號標示之。就現存詞籍資料查考，楊慎為明代最初評點詞選者，而後湯顯祖等人亦陸續對詞選進行批評點校，如：

> 楊慎評汪彥章〈點絳唇〉（高柳蟬嘶）云：「以下二詞乃東坡次子蘇叔黨過所作，是時方禁坡文故隱其名。」（《草堂詩餘》卷一，頁6。）

> 楊慎評王珪（忘憂清樂在枰棊）云：「曲盡宮中行樂。」（《四家宮詞》卷下，頁15。）

> 湯顯祖評顧敻〈臨江仙〉（幽閨小檻）云：「頌酒賡色，務裁豔語，毋取乎儒冠而胡服也。」（《花間集》卷三，頁22。）

> 茅暎評陳繼儒〈一痕沙〉（記得去年穀雨）云：「眉公閒適語，多情致之語，僅見此一闋。」（《詞的》卷一，頁12。）

雖諸集評語：眉批、旁批及尾批，或失之簡略疏漏，或流於草率不精；然此等批注，辯證溯源、分析鑒賞，不僅能

幫助讀者理解詞意，欣賞作品藝術特色，並能反映明人論詞觀點，表現審美特質。故《詞壇合璧》詞選中之評注語，對明代詞學理論之建樹，影響甚鉅；於詞學發展過程中，亦具有重要之文獻價值。

## 二、為清代詞選評點之先聲

明代楊慎除評點《草堂詩餘》外，尚撰寫《詞品》專論詞作，同時亦有多位名士加入評點行列，故此後明代詞集評點乃漸趨昌盛，進入高峰階段。就《草堂詩餘》而言，明末時期出現諸多相關評點著作，如：李廷機《新刻分類評釋草堂詩餘》、翁正春《新刻分類評釋草堂詩餘》[29]、陳仁錫《新刻分類評釋續草堂詩餘》、董其昌《新鋟訂正評注便讀草堂詩餘》、沈際飛評選《古香岑草堂詩餘四集》等，卷帙豐富，見解獨到。由此過渡至清初，對清代詞選評點發展之趨勢，可謂影響深遠。謝桃坊《中國詞學史》曰：

> 沈際飛的詞論及對作品的具體意見，曾被《古今詞論》、《詞苑叢談》及其他清初詞話大量地引用，可見其評點的《草堂詩餘》在詞學界的影響了。[30]

---

[29] 孫琴安《中國評點文學史》曰：「他（翁正春）對詞的評點主要也見諸《新刻分類評釋草堂詩餘》。他與李廷機似乎是有意分工合作，對《草堂詩餘》中的詞作，一人一首，交叉而下，凡李廷機評過，翁正春便不再重評，只評下一首；而翁正春評過，李廷機也不再重評。……由於有了他們兩人的評點，所以萬曆甲寅間所刊行的這部新刻的《草堂詩餘》中所有的詞作，都被加上了評點。」（同註11），頁152。

[30] 謝桃坊著：《中國詞學史》（成都：巴蜀書社，1993年6月），頁117。

又孫琴安《中國評點文學史》曰：

> 這些詞派（浙西詞派、常州詞派）的代表人物除了在
> 詞話和文章中闡述自己的觀點，有時也喜歡通過對詞
> 的編選來宣揚自己對詞的看法。……到了常州詞派張
> 惠言和周濟手中，更是通過評點和選錄相結合的辦法
> 來宣揚自己的觀點，如張惠言編選《詞選》、周濟編
> 選《宋四家詞選》、《詞辨》等，裏面都有不少評點
> 的內容。……除此之外，清代比較著名和重要的有關
> 詞的評點的著作尚有：許昂霄的《詞綜偶評》，許寶
> 善評選的《自怡軒詞選》，黃蓼園評選的《蓼園詞
> 選》，陳廷焯評選的《詞則》，王闓運評選的《湘綺樓詞
> 選》……。[31]

是以明代詞評，雖云不甚專精，然《詞壇合璧》叢刻本
之刊行，既承繼晚唐、五代、宋、金、元詞話餘緒加以闡揚，
亦對清代詞學觀之體現，具有啟迪之功。

## 陸、小結

朱之蕃《詞壇合璧》為詞選刊本合集，彙刻《草堂詩餘》、
《四家宮詞》、《花間集》及《詞的》等四種詩詞選集。其
中《四家宮詞》為「七絕」詩集，朱氏將之雜錄於詞選合集
中，就體例而言，似為不倫；然朱之蕃於〈詞壇合璧序〉曰：

---

[31] 同註11，頁316。

「遡詞之興，固詩之餘事。」[32]故朱氏或即本此而錄之。

　　明代後期，文壇評點風氣盛行，書賈為謀取利益，配合讀者閱讀習慣，多將評點選本合於一帙，因此《詞壇合璧》所輯，皆為「評點本」詞選。而《詞壇合璧》成書時間，或可推知當於明神宗萬曆四十八年，此時評點詞集尚不多見；且明人論詞以「情」、「性」為主，故《草堂》、《花間》、《詞的》，甚而《四家宮詞》，皆本緣情之旨，模情寫性，故匯而刊之，使其繼響千載。是知明代詞評雖未見具體清晰之理論系統，然朱氏不以詞為卑鄙[33]，刊行《詞壇合璧》一書，對清代詞論之影響，實不容忽視。

---

32　同註 18，頁 1。
33　朱之蕃〈詞壇合璧序〉曰：「《三百篇》中，不廢里巷歌謠，而與雅、頌並列，豈得謂詞為卑鄙。」同前註，頁 1－2。

# 第四章　別集、選集合刻之詞集叢編

　　明代詞集叢編，除將若干詞人別集與選集，予以分別刊刻者外，亦有將之合為一編者；而其中有以輯錄各家詞人別集為多的，如吳訥《唐宋名賢百家詞》；另有以彙編各詞選總集為夥的，如毛晉《詞苑英華》。故以下二節，以目前獲見之別集、選集合刻之詞集叢編為研究對象，加以討論分析。

## 第一節　以別集為主：吳訥《唐宋名賢百家詞》

　　詞體之格律與創作，起自唐代民間，繁榮於北宋中期，而後雖因南宋之滅亡與審美價值觀之轉變而漸趨衰微，但「宋人對詞籍的整理與刊行也作過很大的努力，許多著名的選集流傳很廣，影響極為深遠，其中有的注釋與評點至今看來仍有很大的學術價值。」[1]是以金、元之際，作家詞風多脫胎於南北兩宋，而至明初詞壇餘緒猶存；蕭鵬《羣體的選擇——唐宋人選詞與詞選通論》曰：「是時去宋不

---

[1]　謝桃坊著：《中國詞學史》（成都：巴蜀書社，1993年6月），頁48。

遠，雖經戰亂兵燹，唐宋詞樂大抵失傳，而唐宋人詞籍傳
世者尚夥。」[2]明人吳訥乃彙錄詞人別集與詞選總集，名曰
「百家」，編輯年代先於毛晉刊刻《宋六十名家詞》二百
年，卷帙之富，成書之早，與明代詞學之發展，密切相關；
雖傳抄不廣，然其保存文獻，貢獻詞壇，功不可沒。故此
書編選之體例與編者輯錄各家詞集之原因與標準，實有進
一步探討之必要。

## 壹、編者簡介

吳訥，字敏德，號思菴，常熟（為蘇屬邑，舊名海虞，
今江蘇省常熟縣）人，生於明太祖洪武二年（西元 1369 年）；
自幼聰穎，七歲即能背誦五經正文，出語有章，及長遍覽群
籍，好古博學，才識卓異。吳訥早失所恃，父遵道，字敬叔，
以賢良授鉛山主簿，後改沅陵縣主簿。其侍親至孝，謹守禮
制，德學兼備，鄉人稱譽。明・錢穀《吳都文粹續集》卷四
十四載：

> 時沅陵方遠官，公獨侍其祖母、繼母，居海虞，且學
> 且養，不以憂遺其親。沅陵君被誣，繫京師，公匍匐
> 訴于廷，乞以身代事，未白而沅陵君沒，公扶柩歸葬。
> 未幾而祖母及母亦相繼沒，哀毀幾不能存，雖在窮
> 約，而喪事一毫不苟，且斂窆虞祥之禮，一依朱子書，

---

[2]　蕭鵬著：《羣體的選擇——唐宋人選詞與詞選通論》（臺北：文津出
版社，1992 年 11 月），頁 229。

遠近觀禮焉，鄉人化之，治喪乃不用浮屠法。母族王、陳二氏，皆徙遠方，公迎養兩外祖母於家，供養如一。其齒益長，學益富，大江之東，稱德義者，必首及公；而稱學術者，亦必首及公。[3]

吳訥力學尚義，聲聞江東郡縣，明成祖永樂中，薦為校官，不就；永樂末，以醫士舉至京，吳訥不願舍儒從醫，上疏懇辭。仁宗監國，聞其名，命教諸功臣子弟；成祖召對稱旨，命以布衣侍闕廷，備顧問。明仁宗洪熙元年（西元 1425 年），侍講學士沈度薦授監察御史，出按浙江，以振風紀、植綱常、正人心為務；削秦檜碑記，表陸贄奏議，修岳飛墓祠，揆咨吏治，赫然有聲。次年，巡貴州，恩威並行，夷人畏服，將代還，夷民不遠萬里，詣闕乞留，不許；吳訥既行，送至境外，以雞酒跪於馬前，吳訥駐飲與別，皆泣而去；藩臬以百金佐裝，吳訥不能卻，及去後寄還，封識如故，其廉而不激類此。明宣宗宣德五年（西元 1430 年），陞南京右僉都御史，尋陞左副都御史，朝廷嘉其賢，委任日專。吳訥執法，體剛而用正，未幾有與不合者，愬之朝公。據《明史》卷一百五十八載：

> 正統初，光祿丞董正等盜官物，訥發之，謫戍四十四人。右通政李畛者，奉使蘇松，行事多不謹，訥微誡之，畛不悅，誣訥稽延詔書等事，訥疏辯互，為臺省

---

3　明・錢穀編：《吳都文粹續集》（臺北：臺灣商務印書館，《景印文淵閣四庫全書》第 1368 冊，1988 年 2 月），頁 408。

所劾，俱逮下獄，既而釋之。[4]

　　明英宗正統四年（西元 1439 年），吳訥遂以老疾乞致
仕歸，吏部方奏留之，而其辭益力，不可奪，上宴勞而遣之。
吳訥既歸家，布衣蔬食，環堵蕭然，事一不問，日惟著述，
以終所志，閉門絕掃，而士益歸饗焉。明‧楊子器於〈思菴
文粹敍〉中，述其生平及文學成就曰：

> 先生世為常熟望族，少孤貧，銳志力學，以醫業遊京
> 師，楊文貞公遇而薦之；初為御史，後為都御史，竭
> 忠勵節，冰蘗自持，扶植紀綱，表率庶府，真所謂臺
> 省老成，中外具瞻者也。其平生性度文雅，輝光宣著，
> 至于發言為詩，抒言為文，連篇累牘，莫不根據道理、
> 關係、名教，無一點風雲月露之態；讀是集者，豈徒
> 可以言語文字視之哉。[5]

　　吳訥之學由博入約，凡為文章，根據義理，裨益教化，
著有《晦庵文鈔》七卷、《詩鈔》十卷、《文章辨體》五十
卷、《外集》五卷、《祥刑要覽》一卷、《棠陰比事》一卷、
《思菴集》十一卷、《續集》十卷、《詩集》八卷、《文粹》
十一卷、《小學集解》及《性理羣書補注》，悉梓行於世，
另又編選《唐宋名賢百家詞》等。吳訥家居十有六年，明代

---

[4]　清‧張廷玉等奉敕撰：《明史》（臺北：臺灣商務印書館，《景印文
　　淵閣四庫全書》第 299 冊，1984 年 8 月），頁 550。

[5]　收錄於明‧吳訥撰：《思菴先生文粹》（清乾隆四年周耕雲手鈔本，
　　臺北：國家圖書館），頁 1。

宗景泰六年（西元 1455 年）卒，[6]年八十六，諡文恪，鄉人以列於言偃祠祀之。[7]

## 貳、編選之版本及體例

明・吳訥所輯《唐宋名賢百家詞》，又稱《唐宋名賢百家詞集》；或作《唐宋元明百家詞》、《四朝名賢詞》、《宋元百家詞》，甚或簡稱為《百家詞》。[8]此書目前得見之版

---

[6] 吳訥之生卒年，有以下不同之記載：

(1) 生於明太祖洪武元年（西元 1368 年），卒於明代宗景泰五年（西元 1454 年）。（唐圭璋〈序〉，收錄於明・吳訥輯：《明紅絲欄鈔本百家詞》，據天津圖書館珍藏之鈔本景印，天津：天津古籍出版社，1989 年。）

(2) 生於明太祖洪武二年（西元 1369 年），卒於明代宗景泰六年（西元 1455 年）。（天津古籍書店〈出版說明〉，收錄於明・吳訥編：《百家詞》，據 1940 年商務印書館排印本景印，天津：天津古籍書店，1992 年 3 月。）

(3) 生於明太祖洪武五年（西元 1372 年），卒於明英宗天順元年（西元 1457 年）。（《明人傳記資料索引》「吳訥」項，臺北：國立中央圖書館編印，1978 年元月，頁 246。）

惟就吳訥致仕及家居之時間推斷，應以第（2）點之說法較為合理，姑從之。

[7] 以上吳訥之生平簡介，參明・錢穀編《吳都文粹續集》卷四十四、明・王世貞撰《弇州續稿》卷一百四十六、明・徐紘編《明名臣琬琰續錄》卷二、明・楊榮撰《文敏集》卷十一、明・項篤壽撰《今獻備遺》卷十四、明・李賢等奉敕撰《明一統志》卷八、明・王鏊撰《姑蘇志》卷五十二、清・張廷玉等奉敕撰《明史》卷一百五十八、清・沈佳撰《明儒言行錄續編》卷一、清・和珅等奉敕撰《欽定大清一統志》卷三百九十、清・黃之雋等編纂《江南通志》卷一百三十八、清・靖道謨等編纂《貴州通志》卷十九、清・潘介祉撰《明詩人小傳稿》、明・楊子器撰〈思菴文粹敘〉、清・周耕雲撰〈思菴先生文粹附錄〉等。

[8] 以上諸稱，可參見：

本，主要有二，茲將其特色及異同，分述如次：

## 一、鈔本

　　《唐宋名賢百家詞》應為吳訥於明英宗正統六年（西元
1441 年）所編，[9]現天津古籍出版社，據天津圖書館珍藏之
鈔本景印出版，題名曰：「明紅絲欄鈔本百家詞」（以下簡
稱「津鈔本」），收藏於臺北：國立中山大學圖書館及國立
臺灣大學圖書館；全書分為四函，一函十冊，共四十冊，而
所錄之詞集有（按「津鈔本」卷首所列「百家詞目」載錄）：

---

(1)　清・范邦甸《天一閣書目》「詞曲類」著錄：「《唐宋名賢百家
　　詞》九十冊。」（駱兆平編著：《新編天一閣書目》，北京：中
　　華書局，1996 年 7 月，頁 334。）

(2)　天津圖書館珍藏之鈔本：《明紅絲欄鈔本百家詞》，全四十冊（天
　　津：天津古籍出版社，1989 年版）中載錄：「唐宋名賢百家詞集
　　諸儒姓氏」。

(3)　臺北：廣文書局，1971 年 5 月出版此書，題名曰：「唐宋元明百
　　家詞」，全四冊。

(4)　趙萬里《校輯宋金元人詞》「引用書目」中，《唐宋名賢百家詞》
　　項下載：「此書傳世至罕，《千頃堂書目》作《四朝名賢詞》，較
　　此本所題為善。」（臺北：台聯國風出版社，1972 年 3 月），頁 1。

(5)　清・永瑢、紀昀等撰《四庫全書總目提要》卷二百《宋名家詞》
　　項下載：「……明常熟吳訥，曾彙《宋元百家詞》，而卷帙頗重，
　　抄傳絕少。……」（臺北：臺灣商務印書館，1983 年 10 月），
　　第 5 冊，頁 339。

(6)　天津：天津古籍書店，1992 年 3 月出版此書，題名曰：「百家詞」，
　　全二冊。

9　清・丁丙《善本書室藏書志》卷四十在《金荃詞》項下註云：「明正統
　　辛酉（按：辛酉為正統六年，西元 1441 年。）海虞吳訥所編《四朝名
　　賢詞》之一。」（臺北：廣文書局，1988 年 12 月），第 4 冊，頁 2029。

| 項目 | 冊　　數 | 序號 | 詞　　集 | 詞　　人 | 備　　註 |
|---|---|---|---|---|---|
| 第<br><br>一<br><br><br>函 | 第1、2冊 | 1 | 花間集二卷 | （後蜀）趙崇祚輯 | |
| | 第3冊 | 2 | 樽前集一卷 | （宋）□□□輯 | |
| | 第3冊 | 3 | 酒邊集一卷 | （宋）向子諲撰 | |
| | 第4、5冊 | 4 | 稼軒詞四卷 | （宋）辛棄疾撰 | |
| | 第6冊 | 5 | 小山詞一卷 | （宋）晏幾道撰 | |
| | 第7冊 | 6 | 東堂詞一卷 | （宋）毛滂撰 | |
| | 第7冊 | 7 | 張子野詞一卷 | （宋）張先撰 | |
| | 第8冊 | 8 | 放翁詞一卷 | （宋）陸游撰 | |
| | 第8冊 | 9 | 相山詞一卷 | （宋）王之道撰 | 卷內題名作《相山居士詞》 |
| | 第9冊 | 10 | 友古詞一卷 | （宋）蔡伸撰 | 卷內題名作《友古居士詞》 |
| | 第9冊 | 11 | 笑笑詞一卷 | （宋）郭應祥撰 | |
| | 第10冊 | 12 | 竹坡詞三卷 | （宋）周紫芝撰 | 卷內題名作《竹坡老人詞》 |
| | 第10冊 | 13 | 于湖詞二卷 | （宋）張孝祥撰 | |
| 第<br><br><br>二 | 第11冊 | 14 | 竹齋詞一卷 | （宋）沈瀛撰 | |
| | 第11冊 | 15 | 樵隱詞一卷 | （宋）毛开撰 | 卷內題名作《樵隱詩餘》 |
| | 第11冊 | 16 | 簡齋詞一卷 | （宋）陳與義撰 | |
| | 第11冊 | 17 | 樂齋詞一卷 | （宋）向滈撰 | |
| | 第11冊 | 18 | 信齋詞一卷 | （宋）葛剡撰 | |
| | 第12冊 | 19 | 書舟詞一卷 | （宋）程垓撰 | |
| | 第12冊 | 20 | 初寮詞一卷 | （宋）王安中撰 | |
| | 第12冊 | 21 | 竹洲詞一卷 | （宋）吳儆撰 | |
| | 第12冊 | 22 | 竹齋詩餘一卷 | （宋）黃機撰 | |

| | 第 12 冊 | 23 | 坦菴詞 | □□□ | 有目無書 |
|---|---|---|---|---|---|
| 一 | 第 13 冊 | 24 | 金谷詞一卷 | （宋）石孝友撰 | 卷內題名作《金谷遺音》 |
| | 第 13 冊 | 25 | 珠玉詞一卷 | （宋）晏殊撰 | |
| | 第 14 冊 | 26 | 苕溪詞一卷 | （宋）劉一止撰 | |
| | 第 14 冊 | 27 | 丹陽詞一卷 | （宋）葛勝仲撰 | 卷內題名作《丹楊詞》 |
| | 第 14 冊 | 28 | 克齋詞一卷 | （宋）沈端節撰 | |
| | 第 15 冊 | 29 | 養拙堂詞一卷 | （宋）管鑑撰 | |
| 函 | 第 15 冊 | 30 | 後村詞二卷 | （宋）劉克莊撰 | 卷內題名作《後村居士詩餘》、《後村詩餘》 |
| | 第 16 冊 | 31 | 晦菴詞一卷 | （宋）李處全撰 | |
| | 第 16 冊 | 32 | 松坡詞一卷 | （宋）京鏜撰 | 卷內題名作《松坡居士詞》 |
| | 第 16 冊 | 33 | 呂聖求詞一卷 | （宋）呂濱老撰 | |
| | 第 17 冊 | 34 | 知稼翁詞一卷 | （宋）黃公度撰 | |
| | 第 17 冊 | 35 | 西樵語業一卷 | （宋）楊炎正撰 | |
| | 第 17 冊 | 36 | 省齋詞一卷 | （宋）廖行之撰 | 卷內題名作《省齋詩餘》 |
| | 第 17 冊 | 37 | 姑溪詞 | □□□ | 有目無書 |
| | 第 17 冊 | 38 | 友竹詞 | □□□ | 有目無書 |
| | 第 17 冊 | 39 | 石林詞一卷 | （宋）葉夢得撰 | |
| | 第 18 冊 | 40 | 蘆川詞一卷 | （宋）張元幹撰 | |
| | 第 18 冊 | 41 | 烘堂詞一卷 | （宋）盧炳撰 | 卷內題名作《烘堂集》 |
| | 第 18 冊 | 42 | 東浦詞一卷 | （宋）韓玉撰 | |

| | 第 19 冊 | 43 | 溪堂詞一卷 | （宋）謝逸撰 | |
|---|---|---|---|---|---|
| | 第 19 冊 | 44 | 杜壽域詞一卷 | （宋）杜安世撰 | |
| | 第 19 冊 | 45 | 龍川詞一卷 | （宋）陳亮撰 | |
| | 第 20 冊 | 46 | 文溪詞一卷 | （宋）李昴英撰 | |
| | 第 20 冊 | 47 | 歸愚詞一卷 | （宋）葛立方撰 | |
| | 第 20 冊 | 48 | 王周士詞一卷 | （宋）王以寧撰 | |
| 第三 | 第 21 冊 | 49 | 履齋詞一卷 | （宋）吳潛撰 | 卷內題名作《履齋先生詩餘》卷後附《履齋先生詩餘續集》一卷 |
| | 第 21 冊 | 50 | 石屏詞一卷 | （宋）戴復古撰 | |
| | 第 21 冊 | 51 | 后山詞一卷 | （宋）陳師道撰 | 卷內題名作《後山先生詞》、《後山居士詞》 |
| | 第 22 冊 | 52 | 片玉集十卷 | （宋）周邦彥撰 | 卷後附《片玉集抄補》一卷 |
| | 第 23 冊 | 53 | 白雪詞一卷 | （宋）陳德武撰 | |
| | 第 23 冊 | 54 | 龜峰詞一卷 | （宋）陳經國撰 | |
| | 第 24 冊 | 55 | 水雲詞一卷 | （宋）汪元量撰 | 卷內題名作《水雲詞集》卷後附《宋舊宮人贈汪水雲南還詞》一卷 |
| | 第 24 冊 | 56 | 遯菴詞一卷 | （金）段克己撰 | 卷內題名作《遯菴居士詞》 |
| | 第 24 冊 | 57 | 菊軒詞一卷 | （金）段成己撰 | 卷內題名作《菊軒居士詞》 |
| | 第 25 冊 | 58 | 靜修詞一卷 | （元）劉因撰 | |

| | 第 25 冊 | 59 | 遺山詞一卷 | （金）元好問撰 | 卷內題名作《遺山樂府》 |
|---|---|---|---|---|---|
| | 第 26 冊 | 60 | 蛻岩詞二卷 | （元）張翥撰 | |
| | 第 27 冊 | 61 | 貞居詞一卷 | （元）張雨撰 | |
| | 第 27 冊 | 62 | 樂府補題一卷 | （元）陳恕可輯 | |
| | 第 27 冊 | 63 | 古山樂府二卷 | （元）張埜撰 | |
| | 第 28 冊 | 64 | 玉田詞二卷 | （宋）張炎撰 | |
| | 第 28 冊 | 65 | 松雪詞一卷 | （元）趙孟頫撰 | |
| | 第 29 冊 | 66 | 鳴鶴餘音一卷 | （元）虞集撰 | 卷後附錄馮尊師〈蘇武慢〉二十首 |
| | 第 29 冊 | 67 | 蓬萊鼓吹一卷 | （宋）夏元鼎撰 | |
| | 第 29 冊 | 68 | 虛靖詞 | □□□ | |
| | 第 29 冊 | 69 | 撫掌詞 | □□□ | |
| | 第 29 冊 | 70 | 周草窗詞二卷 | （宋）周密撰 | 卷內題名作《草窗詞集》、《草窗先生詞集》 |
| | 第 29 冊 | 71 | 靜春詞一卷 | （元）袁易撰 | |
| | 第 30 冊 | 72 | 玉笥詞一卷 | （宋）王沂孫撰 | 卷內題名作《玉笥山人詞集》 |
| | 第 30 冊 | 73 | 耐軒詞一卷 | （明）王達撰 | |
| | 第 30 冊 | 74 | 竹山詞二卷 | （宋）蔣捷撰 | |
| | 第 30 冊 | 75 | 雲林詞一卷 | （元）倪瓚撰 | 卷內題名作《雲林樂府》 |
| | 第 30 冊 | 76 | 笑笑詞 | □□□ | 重出，有目無書 |
| | 第 31 冊 | 77 | 樵歌二卷 | （宋）朱敦儒撰 | |

| 第 | 第 32 冊 | 78 | 六一詞四卷 | （宋）歐陽修撰 | 附錄〈校記〉一卷、〈樂語〉一卷 |
|---|---|---|---|---|---|
| 四 | 第 33 冊 | 79 | 東坡詞二卷 | （宋）蘇軾撰 | |
| | 第 33 冊 | 80 | 東坡補遺一卷 | （宋）蘇軾撰 | 卷內題名作《東坡詞拾遺》 |
| | 第 34 冊 | 81 | 審齋詞一卷 | （宋）王千秋撰 | |
| | 第 34 冊 | 82 | 盧溪詞一卷 | （宋）王庭珪撰 | |
| | 第 34 冊 | 83 | 淮海詞三卷 | （宋）秦觀撰 | |
| | 第 35 冊 | 84 | 山谷詞三卷 | （宋）黃庭堅撰 | |
| | 第 36 冊 | 85 | 介菴詞四卷 | （宋）趙彥端撰 | 卷內題名作《介菴趙寶文雅詞》 |
| | 第 37 冊 | 86 | 逃禪詞一卷 | （宋）楊無咎撰 | |
| | 第 37 冊 | 87 | 南唐二主詞一卷 | （南唐）李璟、李煜撰 | |
| | 第 38 冊 | 88 | 陽春集一卷 | （南唐）馮延巳撰 | |
| | 第 38 冊 | 89 | 龍洲詞二卷 | （宋）劉過撰 | |
| | 第 39 冊 | 90 | 樂章集三卷 | （宋）柳永撰 | 卷內題名作《柳屯田樂章集》 |
| | 第 39 冊 | 91 | 半山詞 | □□□ | 有目無書 |
| | 第 39 冊 | 92 | 滄浪詞 | □□□ | 有目無書 |
| | 第 39 冊 | 93 | 逍遙詞 | □□□ | 有目無書 |
| | 第 39 冊 | 94 | 虛齋詞 | □□□ | 有目無書 |
| | 第 39 冊 | 95 | 孏窟詞 | □□□ | 有目無書 |
| 函 | 第 40 冊 | 96 | 竹屋詞 | □□□ | |
| | 第 40 冊 | 97 | 梅溪詞一卷 | （宋）史達祖撰 | |
| | 第 40 冊 | 98 | 玉林詞一卷 | （宋）黃昇撰 | |
| | 第 40 冊 | 99 | 空同詞一卷 | （宋）洪瑹撰 | |
| | 第 40 冊 | 100 | 蒲江詞一卷 | （宋）盧祖皋撰 | 卷內題名作《蒲江居士詞》 |

　　是編所錄由《花間集》自《蒲江詞》，總集、選集與詞家別集錯雜，亦未按年代先後編排。其中除十三集作者不詳外，計收總集三種、南唐別集二種、宋詞別集七十一家、金詞別集三家、元詞別集八家、明詞別集一家，凡一百種。然卷首「百家詞目」所列「第三函」與「第四函」詞集之順序互為倒置；此中《坦菴詞》、《姑溪詞》、《友竹詞》、《半山詞》、《滄浪詞》、《逍遙詞》、《虛齋詞》、《孏窟詞》、《虛靖詞》、《撫掌詞》等十種，有目無書；而第三函第二十九冊中《遺藁樂府》，詞目缺錄，有書無目；另《笑笑詞》目錄重出，故實存詞集九十種。其後又列有「唐宋名賢百家詞集　諸儒姓氏」，自溫庭筠至盧申之，凡一〇七人，共九十冊。

　　「津鈔本」於每本詞集之前，大都列有目錄，[10]著錄詞調、闋數或詞序，然目錄所列之詞調、闋數，與卷內實際所載，多有缺漏、錯誤之情形；且卷內筆跡，有數種不同，顯見全書並非由一人抄錄，致有錯字訛謬、內容殘缺、次序錯雜等諸多缺失。另部分詞集於卷首或卷末，尚收錄宋人之序跋題詞，率為介紹作者、考述版本或評價詞作之用。

　　「津鈔本」於第一冊扉頁載錄：「此編未載編者姓氏，按《天一閣書目》：《唐宋名賢百家詞》九十冊，紅絲闌鈔本，明吳訥輯并序，宣統二年三月天津圖書館編目者識，備

---

10　「津鈔本」於第二十冊：《王周士詞》、第二十三冊：《龜峰詞》、第二十五冊：《遺山詞》、第二十八冊：《玉田詞》、第二十九冊：《鳴鶴餘音》、《遺薰樂府》、第三十冊：《玉笥詞》、第四十冊：《竹屋詞》等八種詞集卷首，缺列目錄。

考。」其後有一九八九年三月唐圭璋〈序〉，又於第二十一冊《後山居士詞》卷末署：「正德五年（按：西元 1510 年）孟秋巧夕前一日錄」；而第三十冊〈竹山詞跋語〉則云：「正德丁卯（按：西元 1507 年）季夏十日，蘇白雲翁誌。」由此可推知，《唐宋名賢百家詞》原編本應有吳訥序文，今「津鈔本」未見，且《後山居士詞》與〈竹山詞跋語〉所署之傳抄時間，距吳訥之卒已有五十餘年，是以「津鈔本」或確為明代鈔本，但已非吳訥原先編輯者；而此書於清宣統二年（西元 1910 年），由天津圖書館收藏，一九八九年天津古籍出版社，則據此景印出版。

　　此外，「津鈔本」於第二十九冊《靜春詞》卷末，有梁啟超題識語：

> 從子廷燦既錄此詞副本，乃為手校一過。無別本可對讐，故於原鈔顯然譌誤可確推定本字者，輒以意改正，餘或存疑或闕如也，校畢命廷燦迻錄於眉端。戊辰七夕後二日梁啟超。

　　顯見梁啟超曾於民國十七年時，抄錄過《唐宋名賢百家詞》，並將錯誤之處予以改正後，載錄於眉端；現「津鈔本」第四冊《稼軒詞》、第十二冊《書舟詞》、第十三冊《珠玉詞》、第二十二冊《片玉集》、第三十三冊《東坡詞》、第三十八冊《陽春集》、第三十九冊《樂章集》等，書眉處有校註語；而梁啟超所抄錄之副本，現由北京圖書館收藏。[11]

---

11　秦惠民撰：〈《唐宋名賢百家詞集》版本考辨〉，《詞學》第三輯，1985 年 2 月，頁 151。

## 二、排印本

　　上距明英宗正統五百年後，林堅之（大椿）囊客故都，獲見《唐宋名賢百家詞》鈔本，因原鈔本殘缺脫漏之處甚多，林氏乃爬梳訛謬、校讎闕誤，於民國二十五年（西元 1936年）在上海完成校勘，至民國二十九年（西元 1940 年）由商務印書館鉛印線裝出版。現有天津市古籍書店據此影印本，全二冊，題名曰「百家詞」；另臺北：廣文書局，亦有相同之版本印行，全四冊，題名曰「唐宋元明百家詞」（以下簡稱「廣排本」）。至若「廣排本」與「津鈔本」不同之處，則可據林堅之〈百家詞序例〉分析，知其大要，茲擇錄如次：[12]

　　　　（一）「津鈔本」之闕文、異文、夾註、校註，咸仍其舊，其偶遇錯誤有跡可尋者，則參校它本，擇善而從。如柳永《柳屯田樂章集》卷下〈望海潮〉（東南形勝）上片，「市列珠璣」句，「津鈔本」中，「市」訛作「車」。

　　　　（二）「津鈔本」間有脫落過多，則引據它本補之。如宋・王之道《相山居士詞》〈浣溪沙〉（過雨花容雜笑啼）、（陽氣初升土脈蘇）、（體粟須煩鼎力蘇）、（春到衡門病滯蘇）、（凍臥袁安已復蘇）、（殘雪籠晴乍沍寒）、（玉骨冰肌頓更香）等闋，「津鈔本」錯亂缺漏。

---

[12] 收錄於明・吳訥輯：《唐宋元明百家詞》（臺北：廣文書局，1971 年5 月），第 1 冊，頁 1－4。

（三）「津鈔本」中，宋・辛棄疾《稼軒詞》丙集〈蝶
　　戀花〉（誰向椒盤簪綵勝）、〈菩薩蠻〉（香浮
　　乳酪玻璃椀）、丁集〈浣溪沙〉（未到山前騎馬
　　回）、〈西江月〉（宮粉厭塗嬌額）、〈虞美人〉
　　（當年得意如芳艸）、〈南歌子〉（玄入參同契）
　　及（世事從頭減）等闋，「廣排本」未錄。

（四）「津鈔本」於各集款識，互有參差；而「廣排本」
　　則格式劃一，並加斷句，句讀用點，韻腳用圈。

（五）「廣排本」附輯「詞人小傳」，聊考故實，並附
　　「吳訥本傳」於末，「津鈔本」則無之。

　　此外，「廣排本」各詞集，依時代編次，總集在前，唐、
宋、金、元別集在後。茲詳列各詞集編排之順序於下，並與
「津鈔本」詞集編次，相互對照：

| 項目 | 序號 | 詞　　　集 | 詞　　　人 | 「津鈔本」編　次 | 備註 |
|---|---|---|---|---|---|
| 第一 | 1 | 花間集二卷 | （後蜀）趙崇祚輯 | 1 | |
| | 2 | 尊前集二卷 | （宋）□□□輯 | 2 | 「津鈔本」詞目作《樽前集》 |
| | 3 | 樂府補題一卷 | （元）陳恕可輯 | 62 | |
| | 4 | 南唐二主詞一卷 | （南唐）李璟、李煜撰 | 87 | |
| | 5 | 陽春集一卷 | （南唐）馮延巳撰 | 88 | |
| | 6 | 張子野詞一卷 | （宋）張先撰 | 7 | |
| | 7 | 珠玉詞一卷 | （宋）晏殊撰 | 25 | |

| | | | | | |
|---|---|---|---|---|---|
| 冊 | 8 | 六一詞四卷附錄樂語一卷校記一卷 | （宋）歐陽修撰、校記林大椿撰 | 78 | |
| | 9 | 柳屯田樂章集三卷 | （宋）柳三變（永）撰 | 90 | 「津鈔本」詞目作《樂章集》 |
| | 10 | 小山詞一卷 | （宋）晏幾道撰 | 5 | |
| | 11 | 東坡詞二卷拾遺一卷 | （宋）蘇軾撰 | 79、80 | 《東坡詞拾遺》「津鈔本」詞目作《東坡補遺》 |
| | 12 | 山谷詞三卷 | （宋）黃庭堅撰 | 84 | |
| | 13 | 淮海詞三卷 | （宋）秦觀撰 | 83 | |
| 第一一 | 14 | 後山居士詞一卷 | （宋）陳師道撰 | 51 | 「津鈔本」詞目作《后山詞》 |
| | 15 | 東堂詞一卷 | （宋）毛滂撰 | 6 | |
| | 16 | 溪堂詞一卷 | （宋）謝逸撰 | 43 | |
| | 17 | 片玉集十卷抄補一卷 | （宋）周邦彥撰 | 52 | |
| | 18 | 丹陽詞一卷 | （宋）葛勝仲撰 | 27 | |
| | 19 | 蘆川詞一卷 | （宋）張元幹撰 | 40 | |
| | 20 | 石林詞一卷 | （宋）葉夢得撰 | 39 | |
| | 21 | 書舟詞一卷 | （宋）程垓撰 | 19 | |
| | 22 | 酒邊集一卷 | （宋）向子諲撰 | 3 | |
| | 23 | 相山居士詞一卷 | （宋）王之道撰 | 9 | 「津鈔本」詞目作《相山詞》 |

| | | | | | |
|---|---|---|---|---|---|
| | 24 | 友古居士詞一卷 | （宋）蔡伸撰 | 10 | 「津鈔本」詞目作《友古詞》 |
| | 25 | 簡齋詞一卷 | （宋）陳與義撰 | 16 | |
| | 26 | 樂齋詞一卷 | （宋）向滈撰 | 17 | |
| | 27 | 初寮詞一卷 | （宋）王安中撰 | 20 | |
| | 28 | 苕溪詞一卷 | （宋）劉一止撰 | 26 | |
| | 29 | 呂聖求詞一卷 | （宋）呂濱老撰 | 33 | |
| | 30 | 盧溪詞一卷 | （宋）王庭珪撰 | 82 | |
| 冊 | 31 | 王周士詞一卷 | （宋）王以寧撰 | 48 | |
| | 32 | 放翁詞一卷 | （宋）陸游撰 | 8 | |
| | 33 | 于湖詞二卷 | （宋）張孝祥撰 | 13 | |
| | 34 | 竹齋詞一卷 | （宋）沈瀛撰 | 14 | |
| | 35 | 歸愚詞一卷 | （宋）葛立方撰 | 47 | |
| | 36 | 竹洲詞一卷 | （宋）吳儆撰 | 21 | |
| | 37 | 松坡居士詞一卷 | （宋）京鏜撰 | 32 | 「津鈔本」詞目作《松坡詞》 |
| | 38 | 知稼翁詞集一卷 | （宋）黃公度撰 | 34 | |
| | 39 | 信齋詞一卷 | （宋）葛郯撰 | 18 | |
| | 40 | 樵歌二卷 | （宋）朱敦儒撰 | 77 | |
| 第 | 41 | 審齋詞一卷 | （宋）王千秋撰 | 81 | |
| | 42 | 逃禪詞一卷 | （宋）楊无咎撰 | 86 | 「津鈔本」詞人名作「楊無咎」 |
| 三 | 43 | 稼軒詞甲集一卷、乙集一卷、丙集一卷、丁集一卷 | （宋）辛棄疾撰 | 4 | |
| | 44 | 樵隱詩餘一卷 | （宋）毛开撰 | 15 | 「津鈔本」詞目作《樵隱詞》 |

| | | | | |
|---|---|---|---|---|
| | 45 | 金谷遺音一卷 | （宋）石孝友撰 | 24 | 「津鈔本」詞目作《金谷詞》 |
| | 46 | 竹坡老人詞三卷 | （宋）周紫芝撰 | 12 | 「津鈔本」詞目作《竹坡詞》 |
| | 47 | 克齋詞一卷 | （宋）沈端節撰 | 28 | |
| | 48 | 養拙堂詞一卷 | （宋）管鑑撰 | 29 | |
| | 49 | 晦菴詞一卷 | （宋）李處全撰 | 31 | |
| | 50 | 西樵語業一卷 | （宋）楊炎正撰 | 35 | |
| | 51 | 省齋詩餘一卷 | （宋）廖行之撰 | 36 | 「津鈔本」詞目作《省齋詞》 |
| 冊 | 52 | 東浦詞一卷 | （宋）韓玉撰 | 42 | |
| | 53 | 龍川詞一卷 | （宋）陳亮撰 | 45 | |
| | 54 | 介菴趙寶文雅詞四卷 | （宋）趙彥端撰 | 85 | 「津鈔本」詞目作《介菴詞》 |
| | 55 | 龍洲詞二卷 | （宋）劉過撰 | 89 | |
| | 56 | 笑笑詞一卷 | （宋）郭應祥撰 | 11 | |
| | 57 | 後村居士詩餘二卷 | （宋）劉克莊撰 | 30 | 「津鈔本」詞目作《後村詞》 |
| | 58 | 梅溪詞一卷 | （宋）史達祖撰 | 97 | |
| | 59 | 蒲江居士詞一卷 | （宋）盧祖皋撰 | 100 | 「津鈔本」詞目作《蒲江詞》，詞人名作「盧祖皋」。 |

| | | | | |
|---|---|---|---|---|
| | 60 | 履齋先生詩餘一卷續集一卷 | （宋）吳潛撰 | 49 | 「津鈔本」詞目作《履齋詞》 |
| | 61 | 竹齋詩餘一卷 | （宋）黃機撰 | 22 | |
| | 62 | 蓬萊鼓吹一卷 | （宋）夏元鼎撰 | 67 | |
| | 63 | 文溪詞一卷 | （宋）李昴英撰 | 46 | |
| | 64 | 玉林詞一卷 | （宋）黃昇撰 | 98 | |
| 第四 | 65 | 空同詞一卷 | （宋）洪瑹撰 | 99 | |
| | 66 | 石屏詞一卷 | （宋）戴復古撰 | 50 | |
| | 67 | 龜峰詞一卷 | （宋）陳經國撰 | 54 | |
| | 68 | 玉笥山人詞集一卷 | （宋）王沂孫撰 | 72 | 「津鈔本」詞目作《玉笥詞》 |
| | 69 | 玉田詞二卷 | （宋）張炎撰 | 64 | |
| | 70 | 草窗詞集二卷附錄一卷 | （宋）周密撰 | 70 | 「津鈔本」詞目作《周草窗詞》 |
| | 71 | 水雲詞集一卷附宋舊宮人贈水雲詞一卷 | （宋）汪元量撰（元）劉辰翁批點 | 55 | |
| | 72 | 竹山詞二卷 | （宋）蔣捷撰 | 74 | |
| | 73 | 白雪詞一卷 | （宋）陳德武撰 | 53 | |
| | 74 | 杜壽域詞一卷 | （宋）杜安世撰 | 44 | |
| | 75 | 哄堂集一卷 | （宋）盧炳撰 | 41 | 「津鈔本」詞目作《哄堂詞》 |
| | 76 | 遯庵樂府一卷 | （金）段克己撰 | 56 | 「津鈔本」詞目作《遯菴詞》 |

| | | | | |
|---|---|---|---|---|
| 冊 | 77 菊軒樂府一卷 | （金）段成己撰 | 57 | 「津鈔本」詞目作《菊軒詞》 |
| | 78 遺山樂府一卷 | （金）元好問撰 | 59 | 「津鈔本」詞目作《遺山詞》 |
| | 79 松雪詞一卷 | （元）趙孟頫撰 | 65 | |
| | 80 靜脩詞一卷 | （元）劉因撰 | 58 | 「津鈔本」詞目作《靜修詞》 |
| | 81 鳴鶴餘音一卷 | （元）虞集撰 | 66 | |
| | 82 貞居詞一卷 | （元）張雨撰 | 61 | |
| | 83 古山樂府二卷 | （元）張埜撰 | 63 | |
| | 84 蛻巖詞二卷 | （元）張翥撰 | 60 | 「津鈔本」詞目作《蛻岩詞》 |
| | 85 靜春詞一卷 | （元）袁易撰 | 71 | |
| | 86 雲林樂府一卷 | （元）倪瓚撰 | 75 | |
| | 87 耐軒詞一卷 | （明）王達撰 | 73 | |

　　「廣排本」中，未錄《遺藁樂府》與《竹屋詞》，且將《東坡詞》與《東坡拾遺》合而為一，是以共計收錄詞集，凡八十有七種。林氏「志在流佈原書，俾沉翳五百年之寫本，得以墨版傳世。」[13]惟其校改字句，不作標註，致喪失鈔本原貌，殊為可惜。

---

[13]　同前註，頁 3。

## 參、編選原因

吳訥輯成《唐宋名賢百家詞》後，並未刊行，僅有鈔本傳世；而吳訥之序文，今亦不可得見，編選之因難明。然是書名曰「百家」，輯錄之初，編者必有用心，茲從以下兩點論之：

### 一、推尊詞體，開示後學

明成祖永樂至憲宗成化時期，先後約百年間，前代詞籍嚴重散佚，詞體地位低下，衰蔽不振。張仲謀《明詞史》曰：「詞不再是足以與詩、文分庭抗禮的重要文體，甚至也不如通俗文學形式的小說戲曲被人看重。……此期的明人則根本不把詞當一回事。八股文能給人帶來功名利祿，其他文體也能給人帶來聲望，鄙不足道的小詞卻什麼也帶不來。」[14]吳訥或有鑑於此，乃以篤實之學，開示後人，而欲挽當時詞體不尊之頹風，以及導正文人填詞，率意塗抹、漫不經心之態度。〈思菴先生文粹附錄〉載：

> 自元季之亂，士失職而道術隱，學者沿晚宋詞章末習，以浮靡纖豔相高，而聖賢□□□教之旨殆歇。知之思菴吳公訥，生維新之運，當群儒凋喪之後，以完厚之資，為篤實之學。……開示後學，迪之正途，使不迷于所適。[15]

---

[14]　張仲謀著：《明詞史》（北京：人民文學出版社，2002 年 2 月），頁 85。
[15]　清‧周耕雲撰：〈思菴先生文粹附錄〉，同註 5，頁 2。

又吳訥於《文章辨體外集》「序題目錄」第五卷「近代詞曲」曰：

> 凡文辭之有韻者，皆可歌也。第時有升降，故言有
> 雅俗，調有古今爾。昔在童稺時，獲侍先生長者，
> 見其酒酣興發，多依腔填詞以歌之。歌畢，顧謂幼
> 稺者曰：「此宋代慢詞也。」當時大儒，皆所不廢。
> 今間見《草堂詩餘》，自元世套數諸曲盛行，斯音
> 日微矣。迨予既長，奔播南北，鄉邑前輩，零落殆
> 盡，所謂填詞慢調者，今無復聞矣。庸特輯唐、宋
> 以下辭意近於古雅者，附諸《外集》之後，〈竹枝〉、
> 〈柳枝〉，亦不棄焉。好古之士，於此亦可以觀世
> 變之不一云。[16]

是知自元曲盛行後，宋代慢詞漸趨凋零，吳訥乃「特輯
唐、宋以下辭意近於古雅者」，故於編輯《唐宋名賢百家詞》
時，即收錄南唐別集二種（三家），北宋別集十三家，南宋
別集五十七家，合計約占全書比率 83%；以唐宋詞依聲譜
曲、精巧高妙之特點，而得詞之正聲。另吳訥言「今間見《草
堂詩餘》」，可知當時《草堂詩餘》流傳甚廣，已有多種版
本刊行，而《唐宋名賢百家詞》中，除八十四家詞人別集外，
尚有總集：《花間集》、《尊前集》及《樂府補題》等三種。
因此吳訥欲於《草堂》之外，擴大選域，並上溯詞統源流。
張仲謀《明詞史》曰：

---

[16] 明・吳訥輯：《文章辨體外集》（臺南：莊嚴文化事業公司，《四庫
全書存目叢書》集部第 291 冊，1997 年 6 月），頁 38－39。

考諸集明代刊本，《花間》、《尊前》，刊行既晚且
少。……《花間》、《尊前》，均為晚唐五代時詞之
總集，歷來被視為倚聲填詞之祖，于宋詞且有先河後
海之意，故學詞者從二書入手，亦猶學詩者先擬漢魏
古詩，入門不可謂不正。[17]

又蕭鵬《羣體的選擇──唐宋人選詞與詞選通論》曰：

《樂府補題》……把南宋詠物詞推到了它的發展巔
峯。……在他們的筆下，出現的是一種可與「花間體」、
「草堂體」相提並論而且意義更為深遠的「樂府補題
體」詠物詞。其特點是格調幽怨騷雅，且有深沉的歷
史感和憂患意識，借物我一心、主客同體的描繪手法
展示家國之恨和身世之感，偏重於個人心緒的自我體
驗和咀嚼，內向、隱晦，字句精工，典故層見疊出。[18]

詞選總集，可作為初學模習之典範；而詞人別集，則為
不同風格特色之體現。吳訥彙錄選集、別集合於一帙，追覓
詞統至晚唐五代；並將選詞範疇，由剪紅刻翠、應歌娛樂之
作，擴展為情意性靈、身世家國之抒發，冀使詞體地位獲得
提升，世人取法不再卑下，編選用心明矣！

## 二、距宋不遠，輯存詞集

明朝自太祖朱元璋於西元一三六八年定都金陵，建元洪

---

[17]　同註14，頁8。
[18]　同註2，頁212─213。

武起,為鞏固政局,採取威權獨裁統治。楊國楨、陳支平《明史新編》曰:

> 明朝初創,一部分地主文人不肯合作,加深太祖對士大夫的厭惡和猜忌。洪武十七年(西元1384年)到二十九年(西元1396年),太祖屢興文字獄,捕風捉影,牽強附會,任意株連,釀成冤案。……太祖以文字為借口,用高壓的手段對付他們,意在箝制社會輿論,顯示皇權至高無上的淫威,扼殺異己思想的萌發。[19]

文人除遭受「文字獄」之迫害外,明代科舉又規定以「八股文」取士,專以「四子書」及「五經」命題,推行君權統治之教化思想,企圖打壓文人自由創作之精神,扼殺文學藝術活動之生機。然至永樂年間,成祖召集若干文臣儒士,匯集抄錄前人圖書,遂使諸多珍貴之文化遺產得以保存。《明史新編》曰:

> 明初學者雖然在沉寂的思想氛圍下鮮有學術創新,但他們在典籍編纂上作出的貢獻卻是不可磨滅的。其中最重要的,是《永樂大典》的修纂。[20]

反觀此時詞壇,則幾於榛蕪,《永樂大典》中雖有不少宋代詩文集附有詞作,然前代詞集散佚不受重視,唐宋詞樂零落不復可歌,乃不爭之事實;而詞集之缺乏,必影響文人識見,取法不高,違離聲律。清‧吳衡照《蓮子居詞話》卷

---

[19] 楊國楨、陳支平著:《明史新編》(香港:中國圖書刊行社,1994年4月),頁57。
[20] 同前註,頁112。

三曰：「金元工於小令套數而詞亡。論詞於明，並不逮於金元，遑言兩宋哉。」[21]故於政治勢力、文學環境兩方摧折之下，明詞創作，自是難見起色，僅有少數由元入明之詞人，如：劉基、楊基、高啟、瞿佑等，得承前代遺風，尚有佳作。吳訥生當洪武至景泰時期，雖經兵火災禍，然去宋未遠，唐宋詞集之傳刻善本，仍可求得，因之吳訥輯存前代「百家」詞集，俾詞人作品免於湮沒無聞，其意在「存詞」，並薪傳詞學，用心豈不昭然若揭！

## 肆、編選標準

　　吳訥《唐宋名賢百家詞》，所收詞集多達百種（實存九十種），並兼及選集與別集，詞人一○七位，選錄範圍由晚唐五代起，歷北宋、南宋而後至金、元、明等朝，卷帙雖龐雜，然似有脈絡可循。故其於編選之時，應有依憑之準則與去取之標準，茲分析歸納如次：

### 一、以南宋遺存之《百家詞》為基礎

　　趙萬里《校輯宋金元人詞‧序》曰：「彙刻宋人樂章，以長沙《百家詞》始。」[22]趙氏所指之《百家詞》，係由長

---

[21] 唐圭璋編：《詞話叢編》（臺北：新文豐出版公司，1988 年 2 月），第 3 冊，頁 2461。

[22] 趙萬里輯：《校輯宋金元人詞》（臺北：台聯國風出版社，1972 年 3 月），上冊，頁 2。

沙劉氏書坊刻之，約成書於宋寧宗嘉定初年；[23]宋・陳振孫
《直齋書錄解題》卷二十一「歌詞類」全錄其目，並於《笑
笑詞》項下云：「自《南唐二主詞》而下，皆長沙書坊所刻，
號《百家詞》，其前數十家皆名公之作，其末亦多有濫吹者，
市人射利欲富，其部帙不暇擇也。」[24]自《南唐二主詞》迄
郭應祥《笑笑詞集》，雖號稱「百家」，然實際收錄詞集計
九十二種，詞家九十七人；[25]而吳訥纂輯之詞集叢書，亦稱
「百家」。故擬將《直齋書錄解題》所載詞目，詳列如下，
並與吳訥所輯之《唐宋名賢百家詞》，相對比較，析其同異：

| 序號 | 南宋《百家詞》目錄 | 詞　人 | 「津鈔本」收　錄[26] | 備　　註 |
|---|---|---|---|---|
| 1 | 南唐二主詞一卷 | （南唐）李璟、李煜撰 | ✔（87） | |
| 2 | 陽春錄一卷 | （南唐）馮延巳撰 | ✔（88） | 「津鈔本」詞目作《陽春集》 |
| 3 | 家宴集五卷 | □□□ | | |
| 4 | 珠玉集一卷 | （宋）晏殊撰 | ✔（25） | 「津鈔本」詞目作《珠玉詞》 |
| 5 | 張子野詞一卷 | （宋）張先撰 | ✔（7） | |
| 6 | 杜壽域詞一卷 | （宋）杜安世撰 | ✔（44） | |

---

[23]　據郭應祥《笑笑詞》附錄：嘉定元年立春日，宋人滕仲因〈笑笑詞跋〉；
　　推斷長沙《百家詞》應成書於嘉定之初。（同註12，第3冊，頁1。）

[24]　宋・陳振孫撰：《直齋書錄解題》（臺北：臺灣商務印書館，1978年
　　5月），下冊，頁596。

[25]　南宋《百家詞》九十二種詞集中，《南唐二主詞》，計有：李璟、李
　　煜二人；另《李氏花萼集》，計有李氏兄弟五人：李洪、李璋、李泳、
　　李淦、李渭等，故全書總共應有詞家97人。

[26]　括號內之數字，為「津鈔本」之序次。

| 7 | 六一詞一卷 | （宋）歐陽修撰 | ✔（78） | |
| 8 | 樂章集九卷 | （宋）柳三變撰 | ✔（90） | |
| 9 | 東坡詞二卷 | （宋）蘇軾撰 | ✔（79） | |
| 10 | 山谷詞一卷 | （宋）黃庭堅撰 | ✔（84） | |
| 11 | 淮海集一卷 | （宋）秦觀撰 | ✔（83） | 「津鈔本」詞目作《淮海詞》 |
| 12 | 晁无咎詞一卷 | （宋）晁補之撰 | | |
| 13 | 后山詞一卷 | （宋）陳師道撰 | ✔（51） | |
| 14 | 閒適集一卷 | （宋）晁端禮撰 | | |
| 15 | 晁叔用詞一卷 | （宋）晁沖之撰 | | |
| 16 | 小山集一卷 | （宋）晏幾道撰 | ✔（5） | 「津鈔本」詞目作《小山詞》 |
| 17 | 清真詞二卷後集一卷 | （宋）周邦彥撰 | ✔（52） | 「津鈔本」詞目作《片玉集》 |
| 18 | 東山寓聲樂府三卷 | （宋）賀鑄撰 | | |
| 19 | 東堂詞一卷 | （宋）毛滂撰 | ✔（6） | |
| 20 | 溪堂詞一卷 | （宋）謝逸撰 | ✔（43） | |
| 21 | 竹友詞一卷 | （宋）謝薖撰 | （38） | 「津鈔本」詞目作《友竹詞》，為有目無詞。 |
| 22 | 冠柳集一卷 | （宋）王觀撰 | | |
| 23 | 姑溪集一卷 | （宋）李之儀撰 | （37） | 「津鈔本」有目無詞 |
| 24 | 聊復集一卷 | （宋）趙令時撰 | | |
| 25 | 後湖詞一卷 | （宋）蘇庠撰 | | |
| 26 | 大聲集五卷 | （宋）万俟雅言撰 | | |
| 27 | 石林詞一卷 | （宋）葉夢得撰 | ✔（39） | |
| 28 | 蘆川詞一卷 | （宋）張元幹撰 | ✔（40） | |
| 29 | 赤城詞一卷 | （宋）陳克撰 | | |
| 30 | 簡齋詞一卷 | （宋）陳與義撰 | ✔（16） | |

| 31 | 劉行簡詞一卷 | （宋）劉一止撰 | ✔（26） | 「津鈔本」詞目作《苕溪詞》 |
|---|---|---|---|---|
| 32 | 順庵樂府五卷 | （宋）康與之撰 | | |
| 33 | 樵歌一卷 | （宋）朱敦儒撰 | ✔（77） | |
| 34 | 初寮詞一卷 | （宋）王安中撰 | ✔（20） | |
| 35 | 丹陽詞一卷 | （宋）葛勝仲撰 | ✔（27） | |
| 36 | 酒邊集一卷 | （宋）向子諲撰 | ✔（3） | |
| 37 | 漱玉集一卷 | （宋）李清照撰 | | |
| 38 | 得全詞一卷 | （宋）趙鼎撰 | | |
| 39 | 焦尾集一卷 | （宋）韓元吉撰 | | |
| 40 | 放翁詞一卷 | （宋）陸游撰 | ✔（8） | |
| 41 | 石湖詞一卷 | （宋）范成大撰 | | |
| 42 | 友古詞一卷 | （宋）蔡伸撰 | ✔（10） | |
| 43 | 相山詞一卷 | （宋）王之道撰 | ✔（9） | |
| 44 | 浩歌集一卷 | （宋）蔡柟撰 | | |
| 45 | 于湖詞一卷 | （宋）張孝祥撰 | ✔（13） | |
| 46 | 嫁（稼）軒詞四卷 | （宋）辛棄疾撰 | ✔（4） | |
| 47 | 可軒曲林一卷 | （宋）黃人傑撰 | | |
| 48 | 王武子詞一卷 | □□□ | | |
| 49 | 樂齋詞一卷 | （宋）向滈撰 | ✔（17） | |
| 50 | 鳳城詞一卷 | （宋）黃定撰 | | |
| 51 | 竹坡詞一卷 | （宋）周紫芝撰 | ✔（12） | |
| 52 | 介庵詞一卷 | （宋）趙彥端撰 | ✔（85） | |
| 53 | 竹齋詞一卷 | （宋）沈瀛撰 | ✔（14） | |
| 54 | 書丹（舟）詞一卷 | （宋）程垓撰 | ✔（19） | |
| 55 | 燕喜集一卷 | （宋）曹冠撰 | | |
| 56 | 退圍詞一卷 | （宋）馬寧祖撰 | | |
| 57 | 省齋詩餘一卷 | （宋）廖行之撰 | ✔（36） | 「津鈔本」詞目作《省齋詞》 |
| 58 | 克齋詞一卷 | （宋）沈端節撰 | ✔（28） | |

| 59 | 敬齋詞一卷 | （宋）吳鎰撰 | | |
|---|---|---|---|---|
| 60 | 逃禪集一卷 | （宋）楊无咎撰 | ✔（86） | 「津鈔本」詞目作《逃禪詞》，詞人名作「楊無咎」。 |
| 61 | 袁去華詞一卷 | （宋）袁去華撰 | | |
| 62 | 樵隱詞一卷 | （宋）毛开撰 | ✔（15） | |
| 63 | 盧溪詞一卷 | （宋）王庭珪撰 | ✔（82） | |
| 64 | 知稼翁集一卷 | （宋）黃公度撰 | ✔（34） | 「津鈔本」詞目作《知稼翁詞》 |
| 65 | 呂聖求詞一卷 | （宋）呂渭老撰 | ✔（33） | |
| 66 | 退齋詞一卷 | （宋）侯延慶撰 | | |
| 67 | 金石（谷）遺音一卷 | （宋）石孝文（友）撰 | ✔（24） | 「津鈔本」詞目作《金谷詞》 |
| 68 | 歸愚詞一卷 | （宋）葛立方撰 | ✔（47） | |
| 69 | 信齋詞一卷 | （宋）葛郯撰 | ✔（18） | |
| 70 | 澗壑詞一卷 | （宋）黃談撰 | | |
| 71 | 嬾窟詞一卷 | （宋）侯寘撰 | （95） | 「津鈔本」詞目作《嬾窟詞》，為有目無詞。 |
| 72 | 王周士詞一卷 | （宋）王以寧撰 | ✔（48） | |
| 73 | 哄堂集一卷 | （宋）盧炳撰 | ✔（41） | 「津鈔本」詞目作《烘堂詞》 |
| 74 | 定齋詩餘一卷 | （宋）林淳撰 | | |
| 75 | 漫堂集一卷 | （宋）鄧元撰 | | |
| 76 | 養拙堂詞集一卷 | （宋）董鑑撰 | ✔（19） | 「津鈔本」作者為「管鍵」 |
| 77 | 坦庵長短句一卷 | （宋）趙師俠撰 | （23） | 「津鈔本」詞目作《坦菴詞》，為有目無詞。 |
| 78 | 晦庵詞一卷 | （宋）李處全撰 | ✔（31） | |
| 79 | 近情集一卷 | （宋）王大受撰 | | |
| 80 | 野逸堂詞一卷 | （宋）張孝忠撰 | | |
| 81 | 松坡詞一卷 | （宋）京鏜撰 | ✔（32） | |

| 82 | 默軒詞一卷 | （宋）劉德秀撰 | | |
|---|---|---|---|---|
| 83 | 岫雲詞一卷 | （宋）鍾將之撰 | | |
| 84 | 西樵語業一卷 | （宋）楊炎止撰 | ✔（35） | 「津鈔本」作者為「楊炎正」 |
| 85 | 雲谿樂府四卷 | （宋）魏子敬撰 | | |
| 86 | 西園鼓吹二卷 | （宋）徐得之撰 | | |
| 87 | 李東老詞一卷 | （宋）李叔獻撰 | | |
| 88 | 東浦詞一卷 | （宋）韓玉撰 | ✔（42） | |
| 89 | 李氏花萼集五卷 | （宋）李氏兄弟五人撰 | | |
| 90 | 好庵遊戲一卷 | （宋）方信孺撰 | | |
| 91 | 鶴林詞一卷 | （宋）劉光祖撰 | | |
| 92 | 笑笑詞集一卷 | （宋）郭應祥撰 | ✔（11） | 「津鈔本」詞目作《笑笑詞》 |

　　上表中打「✔」者，除「有目無詞」者外，南宋《百家詞》所錄，而亦見於「津鈔本」之詞集，總計有五十一種；而吳訥《唐宋名賢百家詞》，除總集及金、元、明別集不計外，南唐及宋詞別集共收錄七十三種，是知宋代所刊刻之《百家詞》，「津鈔本」亦收錄者，比率高達約 70%。而宋代長沙書坊所刻之《百家詞》，雖不傳於今，然《直齋書錄解題》所載，卻可資徵信；且饒宗頤《詞集考・總集類》卷九亦曰：「此為詞集叢刻之始。」[27]故吳訥應可得見是書，即或未能，亦當知之。孫仲謀《明詞史》曰：

　　　我們不妨推測，吳訥的《百家詞》，不僅襲用南宋《百家詞》之舊名，而且很可能是以南宋遺存的《百家詞》

---

[27] 饒宗頤著：《詞集考》（北京：中華書局，1992 年 10 月），頁 353。

作為基礎而編成的。[28]

　　吳訥《唐宋名賢百家詞》，或僅就所藏詞集匯編抄錄，予以保存耳！是否有所憑藉？雖不能驟下定論，但其以南宋遺存之《百家詞》為擇錄基石，參酌去取，汰選詞集，應無疑義矣！

## 二、補訂詞集刻本之闕文

　　《唐宋名賢百家詞》「津鈔本」彙錄若干詞集為若干冊，總集、別集混而無別，又將《稼軒詞》、《放翁詞》等置於前，而將《南唐二主詞》、《陽春集》等置於後；全書編排，未按類區分，亦無依據，豈吳氏恣意編選耶？惟就各家詞集選本觀之，其實不然，據林玫之〈百家詞序例〉曰：

> 原鈔本雖亥豕雜陳，然小疵無礙，而原書精萃，仍躍然紙上。茲略舉一例，如朱敦儒《樵歌》卷下〈沙塞子〉「蠻徑尋春春早」一首，題作「前調太悲再作」，而今代傳刻諸本，均脫前調二字，令人索解，一翻是編，則題意顯然。其它如可以補訂各家別集刻本之闕文者，尤未遑羅舉，讀者試校它本，當自昭然。[29]

　　顯見吳氏所輯錄之詞集，應是以善本佳刻為原則，其目的不僅在於蒐采、保存一代文獻，對各家詞人別集亦有補充

---

[28]　同註14，頁342。
[29]　同註12，頁1。

校訂闕文之功，亦期由此建立編選架構，與他本詞集相互參校，以延續詞學發展之命脈。

## 三、涵括各家詞體風格

吳訥《唐宋名賢百家詞》選錄詞人別集，由五代、宋、金、元至明，涵括五個時期，以收錄宋人別集七十家為最多，而其中又以南宋別集五十七家為夥，約占全書之 67%；然仍不可遽以論斷吳氏選錄係以南宋詞人別集為主。茲據全書所錄，表析所選作品於《全唐五代詞》、《全宋詞》與《全金元詞》中，[30]所占比例多寡，探究吳氏之編選原則：

| 時　代 | 「津鈔本」所錄別集家數 | 《全唐五代詞》、《全宋詞》及《全金元詞》所錄詞家人數[31] | 「津鈔本」所錄詞家之比例 |
|---|---|---|---|
| 五代 | 3[32] | 49 | 6.1% |
| 北宋 | 13[33] | 207 | 6.3% |
| 南宋 | 57 | 1187 | 4.8% |
| 金 | 3 | 71 | 4.2% |
| 元 | 8 | 196 | 4.1% |

---

[30]　張璋、黃畬編：《全唐五代詞》（臺北：文史哲出版社，1986 年 10 月）。
　　　唐圭璋編：《全宋詞》（臺北：宏業書局，1985 年 10 月）。
　　　唐圭璋編：《全金元詞》，全二冊（臺北：洪氏出版社，1980 年 11 月）。
[31]　《全唐五代詞》及《全金元詞》所錄詞人，除無名氏外，按有名可查者統計之。
　　　另《全宋詞》所錄詞家人數，則依唐圭璋《全宋詞》所錄，其中除無名氏與「宋人話本小說中人物詞」、「宋人依託神仙鬼怪詞」、「元明小說話本中依託宋人詞」之作者不計外，共收錄 1394 位詞人。
[32]　《南唐二主詞》收錄李璟、李煜詞作，故以二人計之。
[33]　《東坡詞》與《東坡補遺》均為蘇軾撰，故以一人計之。

　　吳訥《唐宋名賢百家詞》所輯錄之五代詞家，約占《全唐五代詞》之 6.1%；北宋與南宋詞家，分別約占《全宋詞》之 6.3%與 4.8%；而金代及元代詞家，則分別約占《全金元詞》之 4.2%及 4.1%；各代詞家彼此相較，采擇比率雖以五代及北宋為多，然差異並不懸殊。由此可知，吳訥擇選詞集，未獨尊北宋，亦不偏重南宋，又能兼及五代、金、元詞集。惟《唐宋名賢百家詞》中，尚有明代王達《耐軒詞》一種（王達，生當明太祖洪武初年，謙和恭慎，能詩文），因《唐宋名賢百家詞》亦稱作《四朝名賢詞》，故或言是集為吳訥誤收。

　　此外，吳訥《唐宋名賢百家詞》「津鈔本」中，除「有目無詞」者外，尚有四十種詞集，為南宋《百家詞》所無，吳訥增錄：總集 3 種、北宋詞集 1 種、南宋詞集 21 種、金代詞集 3 種、元代詞集 8 種、明代詞集 1 種及作者不詳者 3 種。[34]總而言之，歷代諸賢名家詞集不少，吳訥秉持兼收並蓄之原則，蒐羅幾盡，集其大全，而自成一家之機軸。

---

[34] 依「津鈔本」之序次，吳訥所增錄之詞集為：
　(1)　總集：1、2、62。
　(2)　北宋詞集：80。
　(3)　南宋詞集：21、22、30、45、46、49、50、53、54、55、64、67、70、72、74、81、89、97、98、99、100。
　(4)　金代詞集：56、57、59。
　(5)　元代詞集：58、60、61、63、65、66、71、75。
　(6)　明代詞集：73。
　(7)　作者不詳之詞集：68、69、96。

## 伍、《唐宋名賢百家詞》之影響

　　《唐宋名賢百家詞》僅見鈔本傳世，並未大量刊刻印行，故流傳不廣，世人罕知。然其為明清以來最早之一部詞集叢編，居倡導之地位，帶動彙選詞集之風，具有重要之影響。

### 一、保存諸多珍貴之詞學文獻

　　吳訥《唐宋名賢百家詞》蒐采揀擇詞選總集與各家別集，卷帙浩繁，規模甚鉅，對歷代詞集文獻之保存，意義重大，深具價值，不容忽視。唐圭璋《百家詞・序》曰：

> 是編《百家詞》輯于正統六年辛酉（一四四一），其時去宋未遠，易求得詞集之善本、足本，不少孤本賴此以存。如曾慥所輯《東坡詞》及《補遺》，天壤間僅存此板。至若王庭珪《盧溪詞》、盧祖皋《蒲江詞》、王千秋《審齋詞》、洪瑹《空同詞》、李昴英《文溪詞》等，皆以此本為最早。時近迹真，足資校勘訂補諸本之異同闕佚。[35]

　　又天津古籍書店於所印行之《百家詞》〈出版說明〉曰：

> 其時去宋代未遠，善本佳刻易見，故有許多善本賴此傳世，如南宋曾慥所編《東坡詞》、《東坡詞拾遺》

---

[35]　收錄於明・吳訥輯：《明紅絲欄鈔本百家詞》（天津：天津古籍出版社，1989 年），第 1 冊，頁 1。

以及元闕名編《樂府補題》等。又如《稼軒詞》丁集
和袁易《靜春詞》，皆為他處所未見，更為可貴。此
書對于詞學的研究、各家詞集的整理、校勘都有較高
的參考價值。[36]

　　是知吳訥博覽群書，且距古不遠，得見之善本尚多，因
而諸多詞集原貌，皆賴《唐宋名賢百家詞》而得以傳存；此
後二百年，毛晉輯成《宋六十名家詞》，其實際所載宋人六
十一家別集中，有四十六家[37]亦見錄於《唐宋名賢百家詞》，

---

[36]　收錄於明‧吳訥編：《百家詞》（天津：天津古籍書店，1992 年 3 月），
　　　上冊，頁 1。
[37]　毛晉《宋六十名家詞》所載之詞人別集，亦見錄於《唐宋名賢百家詞》
　　　者，計有以下四十六家：

| | |
|---|---|
| 珠玉詞（宋）晏殊撰 | 六一詞（宋）歐陽修撰 |
| 柳屯田樂章集（宋）柳永撰 | 小山詞（宋）晏幾道撰 |
| 東坡詞（宋）蘇軾撰 | 山谷詞（宋）黃庭堅撰 |
| 淮海詞（宋）秦觀撰 | 後山居士詞（宋）陳師道撰 |
| 東堂詞（宋）毛滂撰 | 溪堂詞（宋）謝逸撰 |
| 片玉集（宋）周邦彥撰 | 蘆川詞（宋）張元幹撰 |
| 石林詞（宋）葉夢得撰 | 書舟詞（宋）程垓撰 |
| 酒邊集（宋）向子諲撰 | 友古居士詞（宋）蔡伸撰 |
| 簡齋詞（宋）陳與義撰 | 初寮詞（宋）王安中撰 |
| 呂聖求詞（宋）呂濱老撰 | 放翁詞（宋）陸游撰 |
| 于湖詞（宋）張孝祥撰 | 歸愚詞（宋）葛立方撰 |
| 知稼翁詞集（宋）黃公度撰 | 審齋詞（宋）王千秋撰 |
| 逃禪詞（宋）楊无咎撰 | 稼軒詞（宋）辛棄疾撰 |
| 樵隱詩餘（宋）毛开撰 | 金谷遺音（宋）石孝友撰 |
| 竹坡老人詞（宋）周紫芝撰 | 克齋詞（宋）沈端節撰 |
| 西樵語業（宋）楊炎正撰 | 東浦詞（宋）韓玉撰 |
| 龍川詞（宋）陳亮撰 | 介菴趙寶文雅詞（宋）趙彥端撰 |
| 龍洲詞（宋）劉過撰 | 後村居士詩餘（宋）劉克莊撰 |
| 梅溪詞（宋）史達祖撰 | 蒲江居士詞（宋）盧祖皋撰 |

兩者前後呼應，奠定明代詞學發展之根基。

## 二、收錄宋人序跋題詞尤為繁富

　　《唐宋名賢百家詞》除輯存許多難得之珍本詞集外，尚保留其他相關之詞學資料，令人矚目。唐圭璋《百家詞・序》曰：

> 此本收錄宋人之序跋題詞甚富，其中如蘇軾〈跋淮海詞〉、曾慥〈東坡詞拾遺跋語〉、黃汝嘉〈松坡居士詞跋〉、梁文恭〈讀審齋先生樂府〉、陳容公〈龜峰詞跋〉等，或為佚文，或不經見，對研究宋代詞學批評與版本源流，皆有莫大價值。[38]

　　〈東坡詞拾遺跋語〉，曾慥題於宋高宗紹興辛未（21年，西元 1151 年）孟冬；〈松坡居士詞跋〉，則為黃汝嘉於宋寧宗慶元己未（5 年，西元 1199 年）八月所識，由此可得知詞集版本流傳之情形。另宋・梁文恭〈讀審齋先生樂府〉言：「《審齋樂府》似《花間》。」[39]宋・陳世脩〈陽春集序〉曰：「觀其思深辭麗，韻律調新，真清奇飄逸之才也。」[40]宋・羅泌〈六一詞跋〉曰：「公性至剛，而與物有

---

| | |
|---|---|
| 竹齋詩餘（宋）黃機撰 | 文溪詞（宋）李昴英撰 |
| 玉林詞（宋）黃昇撰 | 空同詞（宋）洪瑹撰 |
| 石屏詞（宋）戴復古撰 | 竹山詞（宋）蔣捷撰 |
| 杜壽域詞（宋）杜安世撰 | 哄堂集（宋）盧炳撰 |

[38]　同註 35。

[39]　同註 12，第 3 冊，頁 1。「津鈔本」中此文錯置於第十五冊：管鑑《養拙堂詞》後（王千秋《審齋詞》於第三十四冊）。

[40]　同註 12，頁 1。

情，蓋嘗致意於詩為之，本義溫柔寬厚，所謂深矣，吟咏之餘，溢為歌詞。」[41]此等亦可作為詞學評論之參考。是以吳訥《唐宋名賢百家詞》所收錄之序跋、題詞，足為詞壇留下豐富寶貴之詞學遺產。

## 陸、小結

要之，吳訥《唐宋名賢百家詞》，彙錄選集、別集於一帙，而以總集作為初學模習之典範，以別集體現詞家不同之風格，並以百家之數，擴展選域，提升詞體地位。

其次，《唐宋名賢百家詞》成書於明代初年，始為手鈔，而未經校勘，因此詞篇闕漏、字句訛誤，在所不免；雖吳訥原〈序〉，今亦散佚，未能得見，然其所選百家，或僅就所藏匯編抄錄，或參酌南宋遺存之《百家詞》成書，其目的均在於保存古籍，使前代詞人之心血結晶，不致湮沒失傳。故無論明代詞集選本之輯錄，或詞集叢編之彙輯，《唐宋名賢百家詞》皆可謂開風氣之先，具關鍵性影響，誠可視為開啟明代詞學研究大門之鎖鑰。

---

41　同前註。

## 第二節　以選集為主：毛晉《詞苑英華》

　　明代兩部大型詞集叢編：吳訥《唐宋名賢百家詞》與毛
晉《宋六十名家詞》，皆以彙錄詞人別集為主；而毛晉另一
部詞集叢刻──《詞苑英華》，則以輯錄詞選刊本為要。諸
選編者擇取詞集之對象、範圍及標準各異，目的亦不相同，
蕭鵬《羣體的選擇──唐宋人選詞與詞選通論》曰：「詞選
是一種特殊的輿論形式，在保存歷史的同時，它還執行淘汰
的任務。詞選適應某種時代審美潮流和社會需要而產
生，……選詞還是一種創作。任何詞選都或多或少帶有編選
者的主觀成份，……摻入編選者的審美思想，從而使這些詞
作『再生』。」[1]是以審視其中脈絡線索，當可體現明代詞
學之發展與詞學觀之演進。

### 壹、編者簡介

　　毛晉，初名鳳苞，字子九（一作子久），晚更名晉，字
子晉；生於明神宗萬曆二十七年（西元 1599 年），卒於清
世祖順治十六年（西元 1659 年）七月，年六十有一。

　　毛晉為明代著名之藏書家，且勤於刻書，所刊行之圖
書，遍布天下，流傳廣遠。清・葉德輝《書林清話》卷七〈明

---

[1]　蕭鵬著：《羣體的選擇──唐宋人選詞與詞選通論》（臺北：文津出
　　版社，1992 年 11 月），頁 4。

毛晉汲古閣刻書之二〉載：「近人龐鴻文撰《常昭合志稿》
〈毛鳳苞傳〉云：『藏書數萬卷，延名士校勘。開雕十三經、
十七史、古今百家及從未梓之書。……所著書有《和古今人
詩》、《野外詩題跋》、《虞鄉雜記》、《隱湖小志》、《海
虞古今文苑》、《毛詩名物考》、《宋詞選》、《明詩紀事》、
《詞苑英華》、《僧宏秀集》、《隱秀集》共數百卷。』」[2]毛
晉不惜重金，購書、刻書，種類豐富，數量甚多，已成為江
南一帶文獻之所繫。[3]

## 貳、編選之版本及體例

《詞苑英華》，明・毛晉編，傅增湘《藏園羣書經眼錄》
卷十九，集部八，詩餘類：「詞苑英華」項下載：「明末毛
氏汲古閣稿本，題名『詞海評林』。」[4]依所錄卷數之不同，
目前可得見之版本，主要有二：

## 一、四十五卷本

此為明末思宗崇禎間（西元 1628—1644 年）虞山（海
虞）毛氏汲古閣刊本，彙刻詞集九種，分別為：

---

2　清・葉德輝撰：《書林清話》（臺北：世界書局，1974 年 11 月），
　　頁 193。
3　關於毛晉之傳略事蹟，筆者於本書第三章第一節「壹、編者簡介」中，
　　有較詳細之論述，可參見。
4　傅增湘撰：《藏園羣書經眼錄》（北京：中華書局，1983 年 9 月），
　　第 5 冊，頁 1610。

（一）《花菴絕妙詞選》

　　南宋・黃昇編，黃昇字叔暘，號玉林，又號花菴詞客，以所居有玉林又有散花菴也，建安（今屬福建）人，生卒年不詳；其早棄科舉，雅意讀書，吟詠自適，為時人讚賞。是書編成於南宋理宗淳祐己酉（9 年，西元 1249 年），書前載錄宋・胡德方〈詞選序〉及玉林〈絕妙詞選序〉，凡二十卷，分為前後兩部分：

　　1．《唐宋諸賢絕妙詞選》

　　《花菴絕妙詞選》前十卷曰《唐宋諸賢絕妙詞選》，卷首署名「花菴詞客編集」，並列有「唐宋諸賢絕妙詞選綱目」，著錄詞人與闋數，始於（唐）李白，終於（北宋）王昴，而方外、閨秀各為一卷。卷一唐詞，收錄詞人 26 家，詞 104 闋；卷二至卷八為宋詞，除少數為北宋南渡之詞人外，皆為北宋詞家，計收錄詞人 94 家，詞 366 闋；卷九為方外 4 人，詞 15 闋；卷十為閨秀 8 人，詞 27 闋；全書共錄詞家 132 人，詞 512 闋。

　　2．《中興以來絕妙詞選》

　　《花菴絕妙詞選》後十卷曰《中興以來絕妙詞選》，卷首署名「花菴詞客編集」，並列有「中興以來絕妙詞選綱目」，著錄詞人與闋數，始於康伯可（康與之），終於洪叔璵（洪瑹），除少數為北宋南渡之詞人外，皆為南宋詞

家。全書計收錄詞家 88 人，詞 723 闋；另附錄黃叔暘自作詞 38 闋。

　　《花菴絕妙詞選》於卷內詞人名下，或註字、號，或述生平要略；而篇題之下，亦間附評語。且是書於卷末，彙錄明・顧起綸〈跋〉一則與毛晉〈跋〉二則。饒宗頤《詞集考》「總集類」卷十《絕妙詞選》載：「汲古閣刊《詞苑英華》本九行二十字，六冊。從萬曆本出，毛晉跋二則，美國國會圖書館藏。臺灣中央圖書館藏汲古閣此本，有清王禧手批並跋，稱『南渡後製詞者大半閩越人有不按譜而不能成句者欲為刪六存四』云云。又乾隆十七年曲溪洪振珂重印本，又有上海書坊石印本。」[5]

（二）《草堂詩餘》

　　《草堂詩餘》四卷，卷端首頁題「武陵逸史編，隱湖小隱訂」；卷前列有「目錄」，著錄調名、類別及作者姓名，按字數多寡排序，以小令、中調、長調分編，是為依詞調編排之「分調編次本」詞選，應刊刻於明世宗嘉靖庚戌（29年，西元 1550 年），而於卷末附有毛晉跋語。全書選詞範圍，由晚唐至金代，尤以北宋詞作為多，共計收錄詞家 116人，詞 443 闋。

---

[5]　饒宗頤著：《詞集考》（唐五代宋金元編）（北京：中華書局，1992年 10 月），頁 362。
　　按：臺灣中央圖書館，現為「臺北：國家圖書館」。

（三）《花間集》

　　《花間集》十卷，後蜀・趙崇祚編，成書於後蜀廣政三年
（西元 940 年），書前載歐陽烱〈花間集序〉，並列有「目錄」，
著錄詞人、詞調及闋數，而於卷末則有宋・陸游〈跋〉與毛
晉〈跋〉各二則。全書選錄以晚唐、五代為範疇，自溫庭筠
而下 18 人，凡 498 闋詞。饒宗頤《詞集考》「總集類」卷八
《花間集》載：「汲古閣《詞苑英華》本。半葉九行，行二十
字每卷前有分目，……按汲古閣《藏書目》有北宋本《花間
集》四冊，南宋精鈔本《花間集》二冊，……考陸氏二跋，
亦載《渭南文集》卷三○，其一題開禧元年十二月，並不言
曾刻是集。世目毛氏重刻本，即據陸務觀開禧本，恐無據。
又毛跋引陳直齋『凡五百首』下接云：『今逸其二，已不可
考』，殆謂逸去二首也。按晁本卷二皇甫松〈採蓮子〉八句，
卷八孫光憲〈竹枝〉八句，皆後四句與前四句異韻，各應分
作二首，而兩卷分目皆混為一首，故題作四十九首，所謂分
目與詞數不照者即此。……毛氏以為逸其二首，亦即此也。
汲古閣版後歸洪氏因樹樓，再傳為歙宣古愚重刊毛本。」[6]

（四）《尊前集》

　　《尊前集》二卷，編輯者應為宋初人，然其名氏不詳，

---

書前輯存明神宗萬曆間嘉興顧梧芳〈尊前集引〉，並列有「目錄」，著錄詞人、詞調及闋數，而於卷末附有毛晉跋語。全書選錄亦以晚唐、五代為範疇，自唐明皇而下 38 人，凡 289 闋。饒宗頤《詞集考》「總集類」卷八《尊前集》載：「汲古閣《詞苑英華》本覆顧刻。（洪氏因樹樓補毛本）。」[7]

（五）《詞林萬選》

《詞林萬選》四卷，明·楊慎所輯，成書於明世宗嘉靖二十二年（西元 1543 年），書前載明·任良幹〈序〉，並列有「目錄」，著錄詞人、詞調及闋數，而卷末附有毛晉跋語。全書選詞範圍由晚唐、五代而至明代，合計選錄詞家76 人，詞 234 闋。

（六）《詩餘圖譜》

《詩餘圖譜》三卷，卷內首頁題「高郵南湖張綖編輯，濟南霽宇王象乾發刊，康宇王象晉重梓，姑蘇子九毛鳳苞訂正」，應刊刻於明神宗萬曆二十二、三年間（西元 1594—1593 年），書前載明·王象晉〈重刻詩餘圖譜序〉，並列有「目錄」，著錄詞調，按小令、中調、長調編排，是為「分調編次本」詞選。卷內體例，圖列（以黑白圈示之）於前，

---

7　同前註，頁 340。

　按：「顧刻」，為明神宗萬曆壬午（10 年，西元 1582 年）顧梧芳刻本二卷。

詞繫於後,而詞調下或註異名,並標明前段、後段、句數、韻數及字數。全書選詞範圍以晚唐、五代、兩宋及元人作品為主,合計選錄詞家 73 人,詞 154 闋。《藏園羣書經眼錄》卷十九「詞苑英華」項下,有毛扆〈跋〉曰:「《詩餘圖譜》填詞之法備焉矣。先君此書之作規模之,而更充廣焉。凡少一字者居前,多一字者居後,旁搜博覽,彙綴成帙,釐為三卷,一生心力固不僅於是,而孜孜矻矻,已大費詳慎。」[8]

(七)《秦張兩先生詩餘合璧》

此集卷前輯錄崇禎乙亥長至日濟南王象晉〈秦張兩先生詩餘合璧序〉,其〈序〉曰:「南湖張先生與少游同里閈,……而甚慕兩先生之所為詩若詞,特合兩先生詞,併而梓之圖譜之後。」[9]是知此集應成書於明思宗崇禎八年(西元 1635 年),而涵括宋・秦觀與明・張綖二人詞作:

1.《少游詩餘》

《少游詩餘》一卷,書前列有「目錄」,著錄詞調及闋數;正文卷端題「高郵少游秦觀撰,濟南康宇王象晉梓,姑蘇子九毛鳳苞較」。全書詞調,除闕名外,總計收錄 54 調,詞 143 闋。[10]

---

## 2．《南湖詩餘》

《南湖詩餘》一卷，書前載嘉靖壬子仲春吉同郡射陂朱曰藩〈南湖詩餘序〉，因此是書應刊刻於明世宗嘉靖三十一年（西元 1552 年）；並於卷前列有「目錄」，著錄詞調及闋數；而正文卷端題「高郵南湖張綖撰，濟南康宇王象晉梓，姑蘇子九毛鳳苞訂」。全書共計收錄 17 調，詞 33 闋。

《詞苑英華》彙刊九種詞集，大都皆為詞選總集，僅《少游詩餘》與《南湖詩餘》二者，為詞人別集。現為臺北：國家圖書館收藏，有縮影捲片二捲。[11]

## 二、四十三卷本

此為明思宗崇禎間虞山毛氏汲古閣刊清高宗乾隆十七年（西元 1752 年）曲谿洪振珂校印本，書前扉頁題「毛氏原本，因樹樓藏板」，其後載洪振珂〈詞苑英華序〉及「汲古閣詞苑英華總目」；全書共三十二冊，四十三卷，分別為：

第一冊至第五冊：《唐宋諸賢絕妙詞選》十卷。

---

調，詞 87 闋。其中除〈昭君怨〉（隔葉乳鴉聲頓）、〈採桑子〉（夜來酒醒清無夢）、〈阮郎歸〉（碧天如水月如眉）、〈一落索〉（楊花終日飛舞）、□□□（喚起一聲人悄）、〈鷓鴣天〉（枝上流鶯和淚聞）等六闋詞，《少游詩餘》未收外，餘者皆錄。

[11]　《詞苑英華》縮影捲片中，九種詞集先後之順序為：
第一捲：1《花間集》、2《草堂詩餘》、3《尊前集》、4《詞林萬選》、5《唐宋諸賢絕妙詞選》、6《中興以來絕妙詞選》。
第二捲：7《詩餘圖譜》、8《少游詩餘》、9《南湖詩餘》。

　　第六冊至第十四冊：《中興以來絕妙詞選》十卷。

　　第十五冊至第十九冊：《草堂詩餘》四卷。

　　第二十冊至第二十三冊：《花間集》十卷。

　　第二十四冊至第二十五冊：《尊前集》二卷。

　　第二十六冊至第二十八冊：《詞林萬選》四卷。

　　第二十九冊至第三十二冊：《詩餘圖譜》三卷。

　　蓋《詞苑英華》「四十三卷本」與「四十五卷本」略有不同之處，茲比較如下：

　　（一）「四十三卷本」缺錄：《秦張兩先生詩餘合璧》
　　　　　（為《少游詩餘》、《南湖詩餘》二集）。

　　（二）「四十三卷本」將玉林〈絕妙詞選序〉置於《中
　　　　　興以來絕妙詞選》卷首；而「四十五卷本」則將
　　　　　玉林〈序〉置於《唐宋諸賢絕妙詞選》卷首。

　　（三）「四十三卷本」：《草堂詩餘》，卷首輯錄明‧
　　　　　何良俊〈序〉；而「四十五卷本」無此〈序〉。

　　（四）「四十三卷本」：《尊前集》，將明‧顧梧芳〈尊
　　　　　前集引〉置於「目錄」之後；而「四十五卷本」
　　　　　乃將顧〈序〉，置於「目錄」之前。

　　（五）「四十三卷本」：《詞林萬選》，將宋‧胡德方
　　　　　〈詞選序〉置於任良幹〈詞林萬選序〉之前；而
　　　　　「四十五卷本」則將胡〈序〉置於《唐宋諸賢絕
　　　　　妙詞選》卷首，玉林〈絕妙詞選序〉之前。

　　《詞苑英華》「四十三卷本」，線裝，今收藏於臺北：國家圖書館。

## 參、編選原因

　　毛晉繼明思宗崇禎三年（西元 1630 年），刊刻完成《宋六十名家詞》後，又於崇禎八年（西元 1635 年），續編完成《詞苑英華》；[12]兩者選錄之對象不同：一為彙刊各詞家別集；一為選集、別集合刻，而以選集為主要。是以毛晉既將《宋六十名家詞》汲古行世，供後人采擇取法，又編選《詞苑英華》，當另有原因，茲分述於下：

### 一、以為倚聲填詞之祖

　　詞之一體，至明衰頹，而明詞之病，率意寫作，去古愈遠。王易《詞曲史》〈入病第八〉曰：「明詞好盡之弊，實由於其中楄然。往往意隨詞竭，一覽無餘，俗巧陳穢，自所不免。故為豪放之詞者，多粗獷不經；為婉約之詞者，多纖豔無骨。至其按律未精，擅率度曲，則以宋人聲調既早消亡，詞句流傳又多缺誤；時人習聞南曲宮調之轉犯，襯貼之增減，聲韻之變化，遂以為詞亦不必拘墟，無妨通脫，非據而據，以訛傳訛，無知妄作，率由於此。」[13]因而毛晉彙編諸

---

[12] 毛晉〈尊前集跋〉曰：「癸酉中穐（秋）後一日，予坊之南都南關外，……出異香佳茗作供，劇談竟日，臨別，贈予二書，茲編及《蒟綃集》也。」（同註 9）；「癸酉」，為明思宗崇禎六年（西元 1633 年）。又《詞苑英華》，載錄崇禎乙亥（8 年，西元 1635 年）長至日濟南王象晉〈秦張兩先生詩餘合璧序〉。故或可推知，《詞苑英華》至遲當刊刻於崇禎八年。

[13] 王易撰：《詞曲史》（臺北：廣文書局，1988 年 8 月），頁 403－404。

家選集，欲矯明詞弊端，以收正本清源之效，明‧顧起綸〈花菴絕妙詞選跋〉曰：

> 唐人作長短句，乃古樂府之濫觴也。李太白首倡〈憶秦娥〉，悽惋流麗，頗臻其妙，為千載詞家之祖。至王仲初〈古調笑〉，融情會景，猶不失題旨。白樂天始調換頭，去題漸遠，揆之本來，詞體稍變矣。騷雅名流，雋語競爽，蘇長公輩，才情各擅所長，其風流餘蘊，藉藉人口。厥後元季樂府之盛，概又不出史邦卿蹊徑耳。……是編……遡自盛唐，迄於南宋，凡七百年，詞家菁英，盡于是乎？美哉富矣！……假令我輩浮白倚瑟，解嘲度曲，固不可得而廢是編。[14]

自唐迄宋，文人為詞，力求聲情相諧。宋‧陳振孫《直齋書錄解題》卷二十一「歌詞類」《花間集》下亦載：「其詞自溫飛卿而下十八人，凡五百首，此近世倚聲填詞之祖也。」[15]故毛晉特輯《唐宋諸賢絕妙詞選》、《中興以來絕妙詞選》、《花間集》、《尊前集》等，希冀突破詞人別集之侷限，擴大選域，使後之學者不為「豔科小道」所執，並避粗疏淺露之訕及輕慢虛浮之失，由祖述正聲，創為新調，而得以和音協律，氣格高尚。

---

14　同註9。
15　宋‧陳振孫撰：《直齋書錄解題》（臺北：臺灣商務印書館，1978年5月），下冊，頁581。

## 二、一洗綺羅香澤之態

　　詞之為道，文章之末技也。昔時文人、士大夫將其視為「娛賓遣興」之具，因而辭語趨向輕豔，詞風流於卑下。故《詞苑英華》彙刻諸種詞選，藉由不同時期詞作風格之體現，使文人為詞不致拘執一端、徒飾藻采而不思精進。清‧洪振珂〈詞苑英華序〉曰：

> 國初名輩，多研磨《花菴》、《草堂》之體，綺語雖工，獨乏幽渺之音於味外。有欲矯其弊者，并《尊前》、《花間》、《詞林萬選》等書，一併而弁髦之。殊不知其中有唐人五代傑作，而不惬吟密詠，是為因哽廢食，終屬方隅之見耳。余故善乎竹垞老人之論，小令當法汴宋以前，慢詞合取諸南宋，則兼收并採，而不宜後此，明矣。[16]

　　又毛晉〈尊前集跋〉曰：

> 雍熙間有集唐末五代諸家詞，命名《家宴》，為其可以侑觴也，又有名《尊前集》者，殆亦類此，惜其本皆不傳。嘉禾顧梧芳氏采錄名篇，釐為二卷，仍其舊名，雖不堪與《花間》、《草堂》頡頏，亦能一洗綺羅香澤之態矣。[17]

---

[16] 收錄於明‧毛晉編：《詞苑英華》（明思宗崇禎間虞山毛氏汲古閣刊清高宗乾隆十七年（1752）曲谿洪振珂校印本，臺北：國家圖書館）。
[17] 同註9。

　　明代詞壇，尊奉《花間》、《草堂》為學習圭臬。然毛晉即曾質疑：《草堂》一編，何以能飛馳百年？使歌欄酒榭絲而竹之者，拊髀雀躍；寒窗腐儒挑鐙閒看者，未嘗欠伸魚睨。[18]為此，毛晉乃編校刊行《詞苑英華》，雖《花間》、《草堂》亦在其中，惟《花間》語多濃豔，但不失隱秀；《草堂》采掇參雜俗格，不無偏倚，然名章雋句，亦往往存焉。故由去取精審、典雅清俊之《花菴絕妙詞選》，及擇《草堂》所未收之《詞林萬選》等，截長互補，並以五代小令之婉麗與南宋慢詞之雅正，開導時人習詞創作之風氣。


## 三、提供研習填詞之助

　　詞自宋南渡之後，調譜散佚，音律失傳，時至明代，已不復可歌；文人創作，無法依聲合樂，僅能按譜填詞。是以毛晉特將《秦張兩先生詩餘合璧》輯入《詞苑英華》，以為學詞之指南。明・王象晉〈重刻詩餘圖譜序〉曰：

> 南湖張子，創為《詩餘圖譜》三卷，圖列於前，詞綴於後，韻腳句法，犁然井然，一披閱而調可守、韻可循，字推句敲，無事望洋，誠修詞家南車已。[19]

---

18　毛晉〈草堂詩餘跋〉曰：「宋、元間，詞林選本幾屈百指，惟《草堂》一編飛馳，幾百年來，凡歌欄酒榭，絲而竹之者，無不拊髀雀躍，及至寒窗腐儒挑鐙閒看，亦未嘗欠伸魚睨，不知何以動人一至此也？」（同註9）。
19　同註9。

又王象晉〈秦張兩先生詩餘合璧序〉曰：

> 南湖張先生與少游同里閈，慕少游之為人，輒效少游
> 之所為詩文，因取宋人詩餘，彙而圖之為譜，一時名
> 公神情丰度，規式意調較若列眉，誠修詞家功臣
> 已。……予不能詩，更不能詞，而甚慕兩先生之所為
> 詩若詞，特合兩先生詞，併而梓之圖譜之後，使後世
> 攻是業者，知詞雖小道，自有當行，無趨惡道，亦未
> 必非修詞之一助也。[20]

明代，詞已無法再入樂歌唱，而文字之聲調，即平仄、
協韻之格律，僅能取諸前人作品排比、歸納，使之趨於規範
化，以為填詞譜式。今張綖《詩餘圖譜》，為現存最早律譜
之書，且其填詞「必求合某宮某調，某調第幾聲，其聲出入
第幾犯，務俾抗墜圓美，合作而出。」[21]另宋人秦觀，「亦
善為樂府，語工而入律，知樂者謂之作家歌。」[22]故毛晉遂
以《詩餘圖譜》、《少游詩餘》、《南湖詩餘》等為準則，
作為指導方針，提供學詞之助益。


## 肆、編選標準

毛晉《詞苑英華》彙刻五代、宋、明之詞集，然每部詞
選，各有采擇之標準及去取之規範；而毛晉將諸選合於一

---

20　同前註。
21　明・朱曰藩撰：〈南湖詩餘序〉，同註9。
22　宋・葉夢得撰：《石林避暑錄話》，收錄於映庵輯：《彙輯宋人詞話》
　　（臺北：廣文書局，1970年10月），頁38。

帙，則編輯選錄，亦應有其所秉持之原則與依據，茲分為以下幾點論之：

## 一、幽索如屈宋，悲壯如蘇李

　　明代晚期，各種文學流派蜂起縱橫，興替交迭，而當時文學思潮之發展，亦隨之變異。陳書錄《明代詩文的演變》曰：「以鍾、譚為代表的竟陵派與三袁為代表的公安派一道，共同體現了晚明詩文領域中張揚性靈、尚今尚俗的思潮。」[23]於此時代潮流浸淫下，明末詞壇遭受相同衝擊，崇禎時期詞選集：《古今詞統》、《詞菁》、《精選古今詩餘醉》等，選詞趨向已由晚唐、五代及北宋，轉易以南宋與明代為重心，且所選內容多為言情述志、摹寫情態之作；而毛晉於〈花間集跋〉所言，亦呈現此種選詞風氣：

> 近來填詞家，輒效顰柳屯田作閨幃穢媟之語，無論筆墨勸淫，應墮犁舌地獄，于紙窗竹屋間，令人掩鼻而過，不惡惶無地邪？若彼白眼罵坐，臧否人物，自詫辛稼軒後身者，譬如雷大起舞，縱使極工，要非本色。張宛丘云：「幽索如屈、宋，悲壯如蘇、李，始可與言詞也已矣。」亟梓斯集，以為倚聲填詞之祖，但李翰林〈菩薩蠻〉、〈憶秦娥〉，及南唐二主、馮延巳諸篇，俱未入選，不無遺珠之憾云。[24]

---

[23]　陳書錄著：《明代詩文的演變》（南京：江蘇教育出版社，1996年11月），頁420。

[24]　同註9。

　　顯然毛晉反對以淺俗淫豔之語入詞，是以藉《詞苑英華》之編選，標舉屈（原）、宋（玉）辭賦之高潔幽索，與蘇（武）、李（陵）詩作之慷慨悲壯，體現詞體以「情」為主之思想內蘊。毛晉雖以婉約為本色，然蘇、辛一派，逸懷豪氣，情致高遠，亦將之視為不可偏廢之別調，反映出明末時期言情體性之詞學觀。

## 二、博觀約取，發妙音於眾樂並奏之際

　　據目前所彙編各朝代之詞總集統計，得知：唐、五代詞有二千五百餘闋，作者一百七十餘家；[25]宋詞有一萬九千九百餘闋，作者一千三百三十餘家；[26]金詞有三千六百零七闋，作者七十一家；元詞有三千五百一十三闋，作者一百九十六家；[27]明詞約有兩萬闋，作者一千三百九十餘家。[28]是以由

---

[25]　張璋、黃畲《全唐五代詞》〈凡例〉第一條曰：「本編所收唐五代詞，主要錄自《花間集》、《尊前集》、《草堂詩餘》、《金奩集》、《蘭畹曲會》、《鳴鶴餘音》、《花草粹編》、《唐詞紀》、《歷代詩餘》、《全唐詩》及所附詞集、《敦煌曲子詞集》、《敦煌曲校錄》、《敦煌曲》，並摘錄前人專集、詩話、詞話、詞譜、詞律、詞史及各種筆記所列之詞及斷闋零句，共收錄詞二千五百餘首，有名可查之作者一百七十餘家。」（臺北：文史哲出版社，1986年10月），頁3。

[26]　唐圭璋《全宋詞》〈凡例〉第一條曰：「是編旨在彙輯有宋一代詞作，供研究工作者參考之資，故網羅散失，雖斷句零章，亦加摭拾。全書錄入詞人一千三百三十餘家，詞作一萬九千九百餘首殘篇五百三十餘首。」（臺北：宏業書局，1985年10月），頁11。

[27]　金代、元代詞作多寡，依據唐圭璋編：《全金元詞》（臺北：洪氏出版社，1980年11月）統計之；而詞人部分，亦據《全金元詞》所錄，除無名氏外，按有名可查者統計之。

[28]　饒宗頤、張璋《全明詞》〈出版說明〉載：「至二〇〇三年底，《全

唐、五代至明代，共有詞四萬九千五百二十餘闋，作者三千
一百五十七家。由古及今，整個詞壇，可謂數量浩繁，難以
盡觀，且詞人輩出，不免良莠雜陳；故須去其糟粕，以存其
菁華，此為詞選家之要務。宋・胡德方〈詞選序〉曰：

> 古樂府不作而後長短句出焉，我朝鉅公勝士娛戲文章
> 亦多及此，然散在諸集，未易偏窺。玉林此選博觀約
> 取，發妙音於眾樂並奏之際，出至珍於萬寶畢陳之中，
> 使人得一編則可以盡見詞家之奇，厥功不亦茂乎！[29]

　　自《詞苑英華》所彙刊之諸本詞選集探析，可知《花菴
絕妙詞選》，將七百年來（盛唐迄南宋）詞家之菁英，盡於
是編；《尊前集》所錄者，多為音婉旨遠、妙絕千古之卓然
名家；而《詞林萬選》為楊慎就其家藏唐、宋五百家詞中，
取其尤綺練者成書。因而毛晉於輯錄《宋六十名家詞》之基
礎上，接續刊刻《詞苑英華》，以宏觀之視野，擇選精要之
作，並以此為編選之準則，使詞家之奇，於《詞苑英華》中
可盡見矣。


## 三、音韻合之宮商，格調協之風會

　　詞，是一種音樂性之文學；而詞體之演變，與音樂之影
響密切相關。施議對《詞與音樂關係研究》曰：「詞興于唐、

---

明詞》的編纂工作終告完成，共得詞家一千三百九十餘人，詞作約兩
萬首。」（北京：中華書局，2004年1月），第1冊，頁1。
[29] 同註9。

盛于兩宋，是一種與音樂相結合可以歌唱的新興抒情詩體。從歷史發展的觀點看，詞因為合樂之需而興盛，又因為與音樂脫離、失去音樂的憑藉，而蛻變，而逐漸喪失其獨占樂壇的地位；詞的整個發展演變過程，始終受到音樂的制約與影響。」[30]晚明毛晉之時，歌詞已無法合樂，但其仍注重文字之聲調與章句之格律。明・王象晉〈重刻詩餘圖譜序〉曰：

> 宋崇寧間，命周美成等討論古音，比律切調，於時有十二律，六十家，八十四調，而柳屯田遂增至二百餘調，總之以李青蓮之〈憶秦娥〉、〈菩薩蠻〉為開山鼻祖，喬是而降，遞相祖述，靡不換羽移商，務為豔冶靡麗之談，詩若蕩然無餘。究而言之，詩亡於周而盛於唐，詩盛於唐而餘於宋，總之元聲本之天地，至情發之人心，音韻合之宮商，格調協之風會，風會一流，音響隨易。[31]

又毛晉於《詞林萬選》〈跋〉曰：

> 《草堂》續集編入無名氏之例，茲混作東坡，且調是〈玉樓春〉，迺于首尾及換頭處增損一字，名〈踏莎行〉，向疑後人妄改，及考「鞋襪輞兩」云云，仍是用修傳誤，至于姓氏之逸、譜調之淆，悉注之本題之下，以質諸季鷹，得毋笑余強作解事耶！[32]

---

[30]　施議對著：《詞與音樂關係研究》（北京：中國社會科學出版社，1989年4月），頁1。

[31]　同註9。

[32]　同前註。

　　毛晉《詞苑英華》所采擇之詞集或選集，如：《唐宋諸賢絕妙詞選》、《中興以來絕妙詞選》、《草堂詩餘》、《花間集》、《尊前集》、《詞林萬選》及《少游詩餘》等，所錄大抵多以晚唐、五代及宋代詞作為主，以其協律可歌之特性為擇選標準，雖「風會一流，音響隨易」，然於《詞苑英華》中，又特別輯錄張綖《詩餘圖譜》，由辨析平仄、歸納格律，而立為準則，不難體現，毛晉希冀文人雅士於倚聲填詞時，得以符合句有定式、韻有定聲之要求。

## 伍、《詞苑英華》之影響

　　毛晉《詞苑英華》刊刻詞集九種，全書選錄範圍：由晚唐、五代起，歷北宋、南宋、金而迄於明，選域涵括廣泛，共計收錄詞 3067 闋，[33] 雖不若吳訥《唐宋名賢百家詞》與毛晉《宋六十名家詞》卷帙之龐大，然流風所及，其對明代詞壇之發展亦不無影響。

### 一、考證詞集之失誤

　　明詞創作之興衰及詞學觀念之演進，與盛行於當時之詞集關係密切，而明代詞集往往校勘不精，訛謬相襲，為害甚鉅。如毛晉彙刊《宋六十名家詞》，即有朱居易《毛刻宋六

---

[33] 以上《詞苑英華》收錄詞作之闋數，按各本詞集之數目統計，因欲知《詞苑英華》卷帙分量之多寡，故詞集間重複選錄之詞作，亦納入計算。

十家詞勘誤》及鄺承銓〈願堂讀書記：六十家詞〉等，針對毛氏刻書之失，予以考證；而毛晉編選《詞苑英華》則於《花菴絕妙詞選》〈跋〉中，特別強調：

> 《草堂》刻本多誤字及失名者，賴此可証，所選或一首，或數十首，多寡不倫，每一家綴數語，紀其始末，銓次微寓軒輊，蓋可作詞史云。[34]

又毛晉《尊前集》〈跋〉曰：

> 此本予得之閩中郭聖僕，聖僕酷好予家諸刻，必欲一字不遺而後快。[35]

故就事實而論，毛晉輯錄《宋六十名家詞》，雖略有疏漏，但毛晉是以補遺篇章、糾謬字句為編選標準；而《詞苑英華》之彙編，毛晉亦秉持考證詞作、釐正謬誤之原則，使各本詞集間得以相互參考校勘，減少傳刻之失，並導正當時詞風淺陋粗率之弊，而重新審視明詞於詞壇之地位與價值。

## 二、還原詞集之舊觀

明人刻書，多刪節改易、竄亂原文，而時遭訾病；但明代出版事業發達，藏書風氣盛行，使諸多文獻得以行世。毛晉刻書，刊布印行之廣，遍及天下；清・葉德輝《書林清話》卷七〈明毛晉刻六十家詞以後繼刻者〉曰：「彙刻詞集，自

---

[34] 同註9。
[35] 同前註。

毛晉汲古閣刻《六十家詞》始。」[36]此外，毛晉編輯《詞苑英華》，亦使許多珍貴之詞選總集，不致湮沒無聞。明‧王象晉〈重刻詩餘圖譜序〉曰：

> 海虞毛子晉，博雅好古，見予讐較此編，遂請歸而付之剞人，使四十年前几案間物頓還舊觀，亦一段快心事也。[37]

又毛晉《花間集》〈跋〉曰：

> 余家藏宋刻，前有歐陽烱〈序〉，後有陸放翁二〈跋〉，真完璧也。[38]

明清以來，最早之一部詞集叢編——明‧吳訥《唐宋名賢百家詞》，其中所輯錄之《花間集》，有歐陽烱〈序〉，而無陸放翁二〈跋〉，是知毛晉力求維護詞集原貌，並大量蒐集名家詞選，加以整理刊行，企圖扭轉明代唯《花》、《草》是尊之風氣。故《詞苑英華》之編選，為明人提供良好之學詞範本，接續宋代詞學之發展，進而奠定清代詞學復興之基石。

## 陸、小結

毛晉《詞苑英華》輯存詞選總集七種，詞家個人別集二種，為選集、別集合刻，而以選集為主要。《花間》、《尊

---

前》、《草堂》，皆因選歌而作，以「供應宴席歌唱」為編選宗旨，適應時令、聲情優美。《花菴絕妙詞選》二種，各取名家詞作若干闋，為斷代詞選，吟詠賦情，選錄極精，又可謂之文人詞選。[39]《詞林萬選》擇《草堂》所未收，取其尤綺練者。《詩餘圖譜》采宋人歌詞，匯而譜之。《秦張兩先生詩餘合璧》將秦觀詞及張綖詞合為一集，雖曰不倫，但使後世攻詞者，無趨惡道，以為定則。明末時期，前人詞集頗多失傳，而毛晉於崇禎三年彙刊《宋六十名家詞》，五年後，又續編《詞苑英華》；是知毛晉擇錄《詞苑英華》之動機，或與編選《宋六十名詞》相同，以隨得隨雕之原則，就其蒐求輯存文獻、整理糾謬，將九種詞集彙刻成書。

此外，毛晉亦不滿時人創作流於穢俗，音調格律趨於粗疏，因而希冀《詞苑英華》之刊刻流傳，能形成明代祖述正聲、崇尚雅麗之詞風，並建構明末清初詞壇，改革發展之整體趨勢。王易《詞曲史》〈入病第八〉曰：「毛晉汲古閣所刻《宋六十名家詞》及《詞苑英華》，流傳舊集，雖校勘時有未精，而繼絕之功良不可沒。」[40]故《詞苑英華》可謂嘉惠後學，誠倚聲修詞者之南針矣。

---

[39] 以上參舍之撰：〈歷代詞選集敘錄（二）〉，《詞學》第二輯（上海：華東師範大學出版社，1983 年 10 月），頁 240。
[40] 同註 13，頁 406。

# 第五章　其餘未親見之明代詞集叢編

　　明代詞集叢編，除以上第三章第一、二節：《宋六十名家詞》、《詞壇合璧》與第四章第一、二節：《唐宋名賢百家詞》、《詞苑英華》所論述者外，就國內外各圖書館之目錄、索引查考，尚有收藏於大陸地區圖書館，或未經刊刻，甚或不明出處者，致難以遂得。而未親見之詞集叢編，所輯錄之範圍廣狹不同，且有多種為「汲古閣」所傳鈔；故以下各節僅按「選域」，即詞集叢編彙刊詞選所涵括時代跨度之長短，[1] 予以歸納探討，並將「汲古閣」所鈔存之詞集叢編，另成一類，此等叢編本，雖無法獲見原書，但冀能藉此明其收錄內容，以窺明代詞集之全貌。[2]

---

1　蕭鵬《群體的選擇──唐宋人選詞與詞選通論》曰：「選域係指一部詞選所覆蓋的範圍，包括所選詞人的時代跨度和規定角度，也包括所選作品內容的豐富程度，題材的廣闊程度以及風格樣式的多少。」（臺北：文津出版社，1992 年 11 月），頁 8。而本書於此所謂之「選域」，僅指詞集叢編所涵括時代範疇之廣狹。

2　以下各節內容，參《中國叢書綜錄》，第一、二冊（上海：上海古籍出版社，1982 年 12 月）、陽海清編撰：《中國叢書綜錄補正》（揚州：江蘇廣陵古籍刻印社，1984 年 8 月）、陽海清編撰：《中國叢書廣錄》，上、下冊（武漢：湖北人民出版社，1999 年 4 月）、《中國古籍善本書目・集部》，全三冊（上海：上海古籍出版社，1998 年 3 月）、《北京圖書館古籍善本書目》，全五冊（北京：書目文獻出版社，1987 年 7 月）、《北京大學圖書館藏古籍善本書目》（北京：北京大學出版社，1999 年 6 月）、王洪主編：《唐宋詞百科大辭典》（北

## 第一節 以單一朝代為選域

下列諸選，僅以有「宋」一朝，為主要擇選範圍，茲將其內容羅列如次：

### 壹、《宋五家詞》

《宋五家詞》，明寫本，為明人鈔輯，凡六卷：

龍川詞一卷 （宋）陳 亮撰
龍洲詞二卷 （宋）劉 過撰
西樵語業一卷 （宋）楊炎正撰
石屏詞一卷 （宋）戴復古撰
樵隱詩餘一卷 （宋）毛 幵撰

是鈔半頁十二行，行二十字，棉紙藍格，白口，四周單邊，現收藏於北京圖書館（中國國家圖書館）。據傅增湘《藏園羣書題記》卷八〈明鈔宋五家詞跋〉載：

> 此癸亥八月余得之海王邨坊肆者，字畫草率，朱墨點抹，凌亂紛糅，乍睹之頗不耐觀，然筆致疏古，是嘉、

京：學苑出版社，1990年9月）、馬興榮等主編：《中國詞學大辭典》（杭州：浙江教育出版社，1996年10月）、王兆鵬、劉尊明主編：《宋詞大辭典》（南京：鳳凰出版社，2003年9月）、汪玢玲主編：《中華古文獻大辭典・文學卷》（長春：吉林文史出版社，1994年1月）。

萬時風氣。取刻本勘正，則佳勝殊出意表。披沙揀金，
往往得寶，若以皮相取之，幾失之交臂矣。[3]

故其後續載各詞集校補之特色曰：

《龍川詞》以汲古閣本校之，次第、闋數皆同，惟改
正之字得二十有一，……其佳處殊足玩味也。《龍洲
詞》以《彊村》本校之，補正凡得六十字。《彊村》
刻既成，曹君直侍讀又為校記附其後，然此鈔本校改
之處，出曹校外者，乃至三十三字，……其意趣皆致
佳。《西樵語業》以汲古本校之，補正之字凡三十有
三；……余昔年曾據汲古閣紫芝鈔本校此詞，然以上
各字汲古本皆仍沿誤，是此本遠出汲古閣之上也。《石
屏詞》一卷，故人吳伯宛曾據汲古閣影宋本刊入《雙
照樓叢書》，余取以對校，鈔本僅二十五闋，視汲古
本祇得半數，而訂正之字乃得二十有二，……此皆舛
誤顯然者，賴此本糾正之。[4]

## 貳、《宋名賢七家詞》

《宋名賢七家詞》，明鈔本，凡七卷：
逍遙詞一卷　　　（宋）潘　閬撰
信齋詞一卷　　　（宋）葛　郯撰

---

[3]　傅增湘撰：《藏園羣書題記》（臺北：廣文書局，1967 年 8 月），卷
8，頁 39。

[4]　同前註，頁 39－41。

樂齋詞一卷　　（宋）向　鎬撰
竹齋詞一卷　　（宋）沈　瀛撰
簡齋詞一卷　　（宋）陳與義撰
竹洲詞一卷　　（宋）吳　儆撰
滄浪詞一卷　　（宋）嚴　羽撰

　　鈔本經清人鮑廷博校過，有清・丁丙〈跋〉，現收藏於
南京圖書館。

# 參、《宋二十家詞》

　　《宋二十家詞》，明鈔本，凡二十六卷：
珠玉詞一卷　　　　（宋）晏　殊撰
六一詞一卷　　　　（宋）歐陽修撰
柳屯田樂章三卷　　（宋）柳　永撰
山谷詞一卷　　　　（宋）黃庭堅撰
淮海詞三卷　　　　（宋）秦　觀撰
小山詞二卷　　　　（宋）晏幾道撰
東堂詞二卷　　　　（宋）毛　滂撰
白石先生詞一卷　　（宋）姜　夔撰
溪堂詞一卷　　　　（宋）謝　逸撰
書舟詞一卷　　　　（宋）程　垓撰
蘆川詞一卷　　　　（宋）張元幹撰
初寮詞一卷　　　　（宋）王安中撰
姑溪詞一卷　　　　（宋）李之儀撰
友古居士詞一卷　　（宋）蔡　伸撰

逃禪詞一卷　　　（宋）楊無咎撰

呂聖求詞一卷　　（宋）呂濱老撰

杜壽域詞一卷　　（宋）杜安世撰

東浦詞一卷　　　（宋）韓　玉撰

後山詞一卷　　　（宋）陳師道撰

烘堂集一卷　　　（宋）盧　炳撰

　　是鈔有清・許宗彥〈跋〉，而其中《珠玉詞》、《六一詞》、《淮海詞》、《東堂詞》、《溪堂詞》、《蘆川詞》、《姑溪詞》、《友古居士詞》、《逃禪詞》、《呂盛求詞》及《東浦詞》等十一種別集，有清・丁丙〈跋〉；《淮海詞》有明・張綖校並〈跋〉；現收藏於南京圖書館。

## 第二節　以二個以上朝代為選域

　　下列諸選，以二至五個朝代為主要擇選範圍，茲將其內
容羅列於後：

## 壹、以二個朝代為選域：《宋明九家詞》

　　《宋明九家詞》，明藍格鈔本，以「宋、明」兩朝為主
要擇選範圍，全書凡九卷，附錄一卷：

　　　　逍遙詞一卷　　　　（宋）潘　閬撰
　　　　半山詞一卷　　　　（宋）王安石撰
　　　　文湖州詞一卷　　　（宋）文　同撰
　　　　竹友詞一卷　　　　（宋）謝　薖撰
　　　　虛靖真君詞一卷　　（宋）張繼先撰
　　　　東澤綺語一卷　　　（宋）張　輯撰
　　　　樵隱詩餘一卷　　　（宋）毛　开撰
　　　　滄浪詞一卷　　　　（宋）嚴　羽撰
　　　　僑菴詩餘一卷　　　（明）李　禎撰
　　　　附錄：北樂府一卷
　　是鈔收錄詞人別集，計：宋代 8 家、明代 1 家；有
清・丁丙〈跋〉，明人輯鈔，未經刊刻，現收藏於南京圖
書館。

## 貳、以三個朝代為選域：《宋元明詞》

　　《宋元明詞》，明鈔本，以「宋、元、明」三朝為主要擇選範圍，全書現存二十一卷：

| | |
|---|---|
| 逍遙詞一卷 | （宋）潘　閬撰 |
| 半山詞一卷 | （宋）王安石撰 |
| 初寮詞一卷 | （宋）王安中撰 |
| 酒邊集二卷 | （宋）向子諲撰 |
| 知稼翁詞一卷 | （宋）黃公度撰 |
| 東浦詞一卷 | （宋）韓　玉撰 |
| 烘堂集一卷 | （宋）盧　炳撰 |
| 白石先生詞一卷 | （宋）姜　夔撰 |
| 蒲江詞藁一卷 | （宋）盧祖皋撰 |
| 東澤綺語一卷 | （宋）張　輯撰 |
| 履齋先生詩餘一卷續集一卷 | （宋）吳　潛撰 |
| 白雪詞一卷 | （宋）陳德武撰 |
| 鳴鶴餘音一卷 | （元）虞　集撰 |
| 蛻巖詞二卷 | （元）張　翥撰 |
| 竹窗詞一卷附錄一卷 | （元）沈　禧撰 |
| 僑菴詩餘一卷附錄一卷 | （明）李　禎撰 |

　　是書殘缺不全，僅存詞人別集十六家，計：宋代 12 家、元代 3 家、明代 1 家；現收藏於浙江：紹興市魯迅圖書館。

## 參、以四個朝代為選域

　　《宋元明三十三家詞》與《南詞》，分別以「宋、金、元、明」以及「五代、宋、元、明」四朝，為主要擇選範圍，茲詳述此二集之內容於後：

一、《宋元明三十三家詞》

　　《宋元明三十三家詞》，明石村書屋鈔本，凡五十三卷：

| | |
|---|---|
| 片玉集十卷 | （宋）周邦彥撰 |
| 酒邊集一卷 | （宋）向子諲撰 |
| 白石先生詞一卷 | （宋）姜　夔撰 |
| 相山居士詞一卷 | （宋）王之道撰 |
| 龜峯詞一卷 | （宋）陳經國撰 |
| 竹坡老人詞三卷 | （宋）周紫芝撰 |
| 松坡詞一卷 | （宋）京　鏜撰 |
| 蓬萊鼓吹一卷 | （宋）夏元鼎撰 |
| 虛靖真君詞一卷 | （宋）張繼先撰 |
| 耐軒詞一卷 | （明）王　達撰 |
| 金谷遺音二卷 | （宋）石孝友撰 |
| 淮海詞三卷 | （宋）秦　觀撰 |
| 蘆川詞一卷 | （宋）張元幹撰 |
| 逃禪詞一卷 | （宋）楊无咎撰 |
| 文溪詞一卷 | （宋）李昂英撰 |
| 坦菴長短句一卷 | （宋）趙師俠撰 |

介庵詞四卷　　　　　　　（宋）趙彥端撰

貞居詞一卷　　　　　　　（元）張　雨撰

笑笑詞一卷　　　　　　　（宋）郭應祥撰

姑溪詞一卷　　　　　　　（宋）李之儀撰

玉田集二卷　　　　　　　（宋）張　炎撰

玉笥山人詞集一卷　　　　（宋）王沂孫撰

苕溪詞一卷　　　　　　　（宋）劉一止撰

孏窟詞一卷　　　　　　　（宋）侯　寘撰

古山樂府二卷　　　　　　（元）張　埜撰

履齋先生詩餘一卷續集一卷　（宋）吳　潛撰

遯菴樂府一卷　　　　　　（金）段克己撰

菊軒樂府一卷　　　　　　（金）段成己撰

靜修詞一卷　　　　　　　（元）劉　因撰

滄浪詞一卷　　　　　　　（宋）嚴　羽撰

靜春詞一卷　　　　　　　（元）袁　易撰

鳴鶴餘音一卷　　　　　　（元）虞　集撰

晦菴詞一卷　　　　　　　（宋）李處全撰

是鈔半頁十行，行十八字，藍格，白口，四周雙邊，版心下鐫「石村書屋」四字。其中《貞居詞》有清・朱彝尊〈跋〉，《玉笥山人詞集》、《履齋先生詩餘》、《遯菴樂府》有清・朱彝尊「題款」，《虛靖真君詞》有清・毛扆校，《菊軒樂府》有清・朱彝尊「題款」及清・毛扆校並〈跋〉。全書收錄詞人別集三十三種，計：宋代 25 家、金代 2 家、元代 5 家及明代 1 家；現收藏於北京圖書館（中國國家圖書館）。

## 二、《南詞》

《南詞》,原題明・李西涯(東陽)輯,有清彭氏知聖道齋舊藏清鈔本,清末此本為董康誦芬室所藏,吳昌綬曾錄副本,鄭文焯亦曾過目,錄下全書子目,寫有長跋。書前有明英宗天順六年(西元 1462 年)李東陽所作序。然經前人察考,其序言似出偽托,主要係抄襲清初汪森之〈詞綜序〉。故此書是否為李東陽所輯,尚難斷定,但從「南詞」一名及部分內容判斷,此書應出自明代舊本。《南詞》共輯錄詞集六十四種八十七卷,今存四十二種五十卷:(現存者以「※」號標明)

宋

※ 南唐二主詞一卷　　　(五代)李璟、李煜撰

※ 龜峰詞一卷　　　　　(宋)陳經國撰

※ 蓬萊鼓吹詞一卷　　　(宋)夏元鼎撰

※ 逍遙詞一卷　　　　　(宋)潘　閬撰

※ 耐軒詞一卷　　　　　(宋)王　達撰(按:原目標「宋」,實應為「明」。)

　文湖州詞一卷　　　　(宋)文　同撰

　珠玉詞一卷　　　　　(宋)晏　殊撰

　六一詞四卷　　　　　(宋)歐陽修撰

※ 半山詞一卷　　　　　(宋)王安石撰

　小山詞二卷　　　　　(宋)晏幾道撰

※ 虛靖真君詞一卷　　　(宋)張繼先撰

屯田樂章詞三卷　　　（宋）柳　永撰

東坡詞二卷　　　　　（宋）蘇　軾撰

山谷琴趣詞三卷　　　（宋）黃庭堅撰

姑溪詞一卷　　　　　（宋）李之儀撰

※ 后山詞一卷　　　　（宋）陳師道撰

※ 壽域詞一卷　　　　（宋）杜安世撰

丹陽詞一卷　　　　　（宋）葛勝仲撰

溪堂詞一卷　　　　　（宋）謝　逸撰

※ 竹友詞一卷　　　　（宋）謝　薖撰

※ 信齋詞一卷　　　　（宋）葛　郯撰

※ 省齋詞一卷　　　　（宋）廖行之撰

※ 聖求詞一卷　　　　（宋）呂濱老撰

※ 初寮詞一卷　　　　（宋）王安中撰

酒邊詞一卷　　　　　（宋）向子諲撰

※ 樂齋詞一卷　　　　（宋）向　鎬撰

※ 簡齋詞一卷　　　　（宋）陳與義撰

※ 樵歌詞三卷　　　　（宋）朱敦儒撰

※ 竹齋詞一卷　　　　（宋）沈　瀛撰

逃禪詞一卷　　　　　（宋）楊无咎撰

稼軒詞四卷　　　　　（宋）辛棄疾撰

※ 知稼翁詞一卷　　　（宋）黃公度撰

※ 于湖詞二卷　　　　（宋）張孝祥撰

※ 松坡詞一卷　　　　（宋）宋　鍠撰

※ 竹洲詞一卷　　　　（宋）吳　儆撰

※ 晦庵詞一卷　　　　（宋）李處全撰

※ 養拙堂詞一卷　　　　（宋）管　　鑑撰

　白石先生詞一卷　　　（宋）姜　　夔撰

　龍川詞一卷　　　　　（宋）陳　　亮撰

　龍洲詞二卷　　　　　（宋）劉　　過撰

　西樵語業詞一卷　　　（宋）楊炎正撰

　石屏詞一卷　　　　　（宋）戴復古撰

　樵隱詞一卷　　　　　（宋）毛　　开撰

※ 履齋先生詞一卷　　　（宋）吳　　潛撰

　文溪詞一卷　　　　　（宋）李公昂撰

　空同詞一卷　　　　　（宋）洪　　璒撰

※ 烘堂詞一卷　　　　　（宋）盧　　炳撰

※ 蒲江詞一卷　　　　　（宋）盧祖皋撰

※ 克齋詞一卷　　　　　（宋）沈端節撰

※ 王周士詞一卷　　　　（宋）王以寧撰

　金谷遺音詞二卷　　　（宋）石孝友撰

※ 白雪詞一卷　　　　　（宋）陳德武撰

※ 綺語詞一卷　　　　　（宋）張　　輯撰

※ 僑庵詞一卷　　　　　（明）李　　禎撰

※ 樂府補題一卷

金（按：原目標「金」，實仍為「宋」。）

※ 東浦詞一卷　　　　　（宋）韓　　玉撰

元

| ※松雪詞一卷 | （元）趙孟頫撰 |
| ※鳴鶴餘音一卷 | （元）虞　集撰 |
| ※蛻巖詞二卷 | （元）張　翥撰 |
| ※竹窗詞二卷 | （元）沈　禧撰 |
| ※古山樂府二卷 | （元）張　埜撰 |
| ※雲林樂府一卷 | （元）倪　瓚撰 |
| ※貞居詞一卷 | （元）張　雨撰 |
| ※草堂詩餘三卷 | |

全書收錄詞選總集二種，詞人別集六十二種，計：五代
2 家、[1]宋代 52 家、元代 7 家、明代 2 家。原書現存日本，
而董氏所藏鈔本已於民國初年歸日本大倉氏（見《大倉文化
財團漢籍善本目錄》），國內學者不易得見。[2]然另有清董
氏誦芬室選鈔《南詞十三種》，凡十六卷：

| 南唐二主詞一卷 | （五代）李璟、李煜撰 |
| 耐軒詞一卷 | （明）王　達撰 |
| 信齋詞一卷 | （宋）葛　郯撰 |
| 省齋詩餘一卷 | （宋）廖行之撰 |
| 樂齋詞一卷 | （宋）向　鎬撰 |
| 竹齋詞一卷 | （宋）沈　瀛撰 |

---

[1]　《南唐二主詞》一卷：（五代）李璟、李煜撰，此以二家計。

[2]　以上《南詞》所述資料，主要參考：王洪主編《唐宋詞百科大辭典》
　　（北京：學苑出版社，1990 年 9 月），頁 807、813；及王兆鵬、劉尊
　　明主編《宋詞大辭典》（南京：鳳凰出版社，2003 年 9 月），頁 454。

| 松坡詞一卷 | （宋）京　鏜撰 |
| 竹洲詞一卷 | （宋）吳　儆撰 |
| 白雪詞一卷 | （宋）陳德武撰 |
| 僑菴詩餘一卷附錄一卷 | （明）李　禎撰 |
| 竹窗詞一卷附錄一卷 | （元）沈　禧撰 |
| 古山樂府二卷 | （元）張　埜撰 |
| 雲林樂府一卷 | （元）倪　瓚撰 |

　　是鈔半頁十行，行二十一字，藍格，細藍口，四周單邊，框外左下鎸「誦芬室叢鈔」五字。吳昌綬、朱祖謀校；收錄詞人別集十三種，計：五代 2 家、[3]宋代 7 家、元代 3 家、明代 2 家。現收藏於北京圖書館（中國國家圖書館），可略見明代舊本《南詞》之大概。

## 肆、以五個朝代為選域：《宋元名家詞》

　　《宋元名家詞》，明鈔本，以「五代、宋、金、元、明」五朝為主要擇選範圍，凡七十種，一百卷：

| 東坡詞三卷拾遺一卷 | （宋）蘇　軾撰 |
| 樂章集三卷 | （宋）柳　永撰 |
| 渭南詞二卷 | （宋）陸　游撰 |
| 白石詞選一卷 | （宋）姜　夔撰 |
| | （宋）陳元龍輯 |
| 逃禪詞一卷 | （宋）楊無咎撰 |

---

[3]　同註 1。

| 竹山詞一卷 | （宋）蔣　捷撰 |
| 稼軒詞丙集一卷 | （宋）辛棄疾撰 |
| 竹屋癡語一卷 | （宋）高觀國撰 |
| 知稼翁詞一卷 | （宋）黃公度撰 |
| 西樵語業一卷 | （宋）楊炎正撰 |
| 孋窟詞一卷 | （宋）侯　寘撰 |
| 初寮詞一卷 | （宋）王安中撰 |
| 空同詞一卷 | （宋）洪　瑹撰 |
| 蘆川詞一卷 | （宋）張元幹撰 |
| 石屏詞一卷 | （宋）戴復古撰 |
| 省齋詩餘一卷 | （宋）廖行之撰 |
| 苕溪詞一卷 | （宋）劉一止撰 |
| 烘堂集一卷 | （宋）盧　炳撰 |
| 簡齋詞一卷 | （宋）陳與義撰 |
| 僑菴詩餘一卷附北樂府 | （明）李　禎撰 |
| 雲林樂府一卷 | （元）倪　瓚撰 |
| 松雪詞一卷 | （元）趙孟頫撰 |
| 圭塘集一卷 | （元）許　孚撰 |
| 斷腸詞一卷 | （宋）朱淑真撰 |
| 石林詞一卷 | （宋）葉夢得撰 |
| 丹陽詞一卷 | （宋）葛勝仲撰 |
| 東山詞一卷 | （宋）賀　鑄撰 |
| 樵隱詩餘一卷 | （宋）毛　幵撰 |
| 竹洲詞一卷 | （宋）吳　儆撰 |
| 蘆溪詞一卷 | （宋）王庭珪撰 |

| | |
|---|---|
| 溪堂詞一卷 | （宋）謝　逸撰 |
| 平齋詞一卷 | （宋）洪咨夔撰 |
| 信齋詞一卷 | （宋）葛　郯撰 |
| 歸愚詞一卷 | （宋）葛立方撰 |
| 王周士詞一卷 | （宋）王以寧撰 |
| 竹坡老人詞三卷 | （宋）周紫芝撰 |
| 菊軒居士詞一卷 | （金）段成己撰 |
| 遯菴居士詞一卷 | （金）段克己撰 |
| 東浦詞一卷 | （宋）韓　玉撰 |
| 樂齋詞一卷 | （宋）向鎬（一作向滈）撰 |
| 龜峯詞一卷 | （宋）陳經國撰 |
| 滄浪詞一卷 | （宋）嚴　羽撰 |
| 笑笑詞一卷 | （宋）郭應祥撰 |
| 于湖先生長短句五卷 | （宋）張孝祥撰 |
| 虛靖詞一卷 | （宋）張繼先撰 |
| 竹齋詞一卷 | （宋）沈　瀛撰 |
| 玉林詞一卷 | （宋）黃　昇撰 |
| 夢菴詞一卷 | （明）張　肯撰 |
| 玉笥山人詞一卷 | （宋）王沂孫撰 |
| 虛齋樂府二卷 | （宋）趙以夫撰 |
| 審齋詞一卷 | （宋）王千秋撰 |
| 金谷遺音一卷 | （宋）石孝友撰 |
| 白雪詞一卷 | （宋）陳德武撰 |
| 姑溪詞一卷 | （宋）李之儀撰 |
| 竹友詞一卷 | （宋）謝　薖撰 |

得全居士詞一卷　　　　　　（宋）趙　鼎撰

克齋詞一卷　　　　　　　　（宋）沈端節撰

樵歌二卷　　　　　　　　　（宋）朱敦儒撰

鶴山長短句一卷　　　　　　（宋）魏了翁撰

梅溪詞一卷　　　　　　　　（宋）史達祖撰

龍川詞一卷　　　　　　　　（宋）陳　亮撰

文溪詞一卷　　　　　　　　（宋）李公昂撰

　　　　　　　　　　　　　（按：當為李昴英）

履齋先生詩餘一卷續集一卷（宋）吳　潛撰

相山居士詞一卷　　　　　　（宋）王之道撰

酒邊集一卷　　　　　　　　（宋）向子諲撰

澗泉詩餘二卷　　　　　　　（宋）韓　淲撰

秋澗先生樂府四卷　　　　　（宋）王　惲撰

坦菴長短句一卷　　　　　　（宋）趙師俠撰

片玉集十卷　　　　　　　　（宋）周邦彥撰

花間集二卷　　　　　　　　（後蜀）趙崇祚撰

　是鈔半頁九行，行十五字，墨格，白口，左右雙邊，版心下鐫「紫芝漫抄」四字。清‧毛扆校、唐晏跋。全書收錄詞選總集一種，詞人別集六十九種，計：宋代 61 家、金代 2 家、元代 4 家、明代 2 家；鈔本現藏北京大學圖書館。

　另王文進《文祿堂訪書記》卷五著錄：《宋金元六十九家詞》（明鈔本，藍格，附《花間集》不全），[4]及傅增湘《藏園羣書經眼錄》卷十九，集部八著錄：《宋元詞鈔八十

---

4　王文進撰：《文祿堂訪書記》（臺北：廣文書局，1976 年 8 月），卷 5，頁 43－45。

二家》（明寫本，墨格，九行十五字，板心下方有「紫芝漫鈔」四字。清・毛扆用朱筆校過，亦有陸貽典校筆）；[5]此二集於《秋澗樂府》後均有毛扆〈跋〉語，且所載子目內容與《宋元名家詞》皆同，故三者或為同一詞集叢編本，僅詞家統計數目略有差異耳。

5　傅增湘撰：《藏園羣書經眼錄》（北京：中華書局，1983 年 9 月），第 5 冊，頁 1594。

## 第三節　其他：汲古閣鈔存之詞集叢編

　　明代毛晉汲古閣傳鈔書籍最富，而於未親見之詞集叢編中，有若干書名特別標注「汲古閣」者，茲將其內容羅列於後：

### 壹、《汲古閣四家詞》

　　《汲古閣四家詞》，為汲古閣精寫本，凡四種，四卷：

王周士詞一卷　　　（宋）王以甯撰
近體樂府一卷　　　（宋）周必大撰
甯極齋樂府一卷　　（元）陳　深撰
吳文正公詞一卷　　（元）吳　澄撰

　　據清・丁丙《善本書室藏書志》卷四十「汲古閣四家詞四卷」項下載：

> 皆從宋槧元刊單行詞集照寫，楷法精工之至。版心下有「汲古閣」三字，每家卷首鈐有屬鵑朱文連珠小方印。面葉有梁山舟先生手書，云：「汲古四家詞，屬樊榭先生家藏本，山舟奉贈祖先生。」押以山舟文朱圓印，日毋齋朱文長印。卷首又有祖州祕玩、蕭山蔡陸士藏玩書畫鈐記朱文二方印。[1]

---

[1]　清・丁丙撰：《善本書室藏書志》（臺北：廣文書局，1988 年 12 月），卷 40，頁 32。

　　是書收錄詞人別集，計：宋代 2 家、元代 2 家；先後為厲樊榭、梁山舟、丁丙諸家收藏，未經刊刻。

## 貳、《汲古閣宋五家詞》

　　《汲古閣宋五家詞》，毛氏汲古閣鈔本，凡五種，十卷：

東溪詞一卷　　　（宋）高　登撰
澹庵詞一卷　　　（宋）胡　銓撰
拙庵詞一卷　　　（宋）趙磻老撰
可齋詞六卷　　　（宋）李曾伯撰
碎錦詞一卷　　　（宋）李好古撰

鈔本有清・丁丙〈跋〉，版心有「汲古閣」三字。

## 參、《汲古閣詞》

　　《汲古閣詞》八種，原刊本，竹紙。六本，一函。據吳引孫《揚州吳氏測海樓藏書目錄》卷六，集部載，[2]其細目為：

女紅餘志二卷　　　　　　（明）女士　龍輔撰
王建宮詞一卷　　　　　　（唐）王　建撰
花蕊夫人宮詞一卷　　　　（蜀）花蕊夫人撰
王珪宮詞一卷　　　　　　（宋）王　珪撰
宋徽宗宮詞一卷

---

[2]　收錄於嚴靈峰編輯：《書目類編》（臺北：成文出版社，1978 年 7 月），第 37 冊，頁 16547。

宋楊太后宮詞一卷

斷腸宮詞一卷、斷腸詞一卷　（宋）朱氏淑真撰

漱玉詞一卷　　　　　　　　（宋）李氏清照撰

是書將詩詞集合為一帙，而此八種亦見錄於清·鄭德懋《汲古閣校刻書目》——《詩詞雜俎》十六種中：[3]

眾妙集

剪綃集二卷

范石湖田園雜興

月泉吟社

谷音二卷

清江碧嶂集全卷

河汾諸老詩八卷

三家宮詞　王建、王珪、花蕊夫人

二家宮詞　宋徽宗、楊太后

元宮詞

漱玉詞

斷腸詞

女紅餘志二卷

## 肆、《汲古閣詞鈔》

《汲古閣詞鈔》，三卷，據清·王聞遠《孝慈堂書目》「詩

---

3　清·鄭德懋輯：《汲古閣校刻書目》（臺北：新文豐出版公司，《叢書集成續編》第 5 冊，1989 年 7 月），頁 20－21。

餘」類著錄：「唐、宋、元三朝人，毛氏未刻本，三冊。」[4]惟
細目不詳。

---

[4]　清・王聞遠撰：《孝慈堂書目》（臺北：新文豐出版公司，《叢書集成續編》第 5 冊，1989 年 7 月），頁 126。

# 第六章　餘論：
# 明代詞集叢編之價值及詞史地位

　　明代現存之詞集叢編，以收錄詞家個人別集之叢編本為最多；而各詞集叢編乃秉持推尊詞體，涵括不同詞家風格為輯錄原則，並體現當時詞學思潮之變遷與擇選詞集之標準。王洪主編《唐宋詞百科大辭典》於〈典籍‧概說〉「唐宋詞合集」項下有言：「有些叢編恐怕僅僅是收藏者集中了一批詞籍，加上一個自擬的總名以便編目保存而已，無意作為叢書刻印行世；有些總名還是後人編目時擬定的，所以不同的目錄有時著錄的總名不同。例如明「紫芝漫抄」本《宋元名家詞》又名《宋元詞鈔》，南京圖書館所藏的清丁氏善本書室舊藏的明抄本《宋明九家詞》原來叫作《宋九家詞》，《宋五家詞》曾叫《汲古閣詞鈔五種》，《宋元四家詞》曾叫《汲古閣四家詞》。明清的許多抄本詞集叢編，類乎宋十家、八家、三家、五家之類，都是這種性質。因為這些叢編的總名和子目都多少帶有隨機性。」[1]然姑不論此匯編合刻之詞集叢編是否皆為系統之作，其編選者汲古存詞之用心及對詞壇

---

[1] 王洪主編：《唐宋詞百科大辭典》（北京：學苑出版社，1990年9月），頁739。

之貢獻，則可謂厥功甚偉，誠可視為開啟明代詞學研究之鎖
鑰，亦足以促進清代詞學之復興。故以下兩節，擬總結明代
兩百多年詞風之嬗變，將明代詞選與詞集叢編作一全面觀
照，並從相互比對中，釐清明代選詞之趨向與特色；以建構
明代詞論之體系，進而奠定明代詞集叢編之價值及其詞史
地位。

## 第一節　明代選詞之趨向與特色

明代選詞之工作，主要有兩大趨向：一為自歷代詞作中
擇其精華，輯為各種詞集選本。依目前蒐尋得見者，有：《詞
學筌蹄》、《精選名賢詞話草堂詩餘》、《類編草堂詩餘》、
《類選箋釋草堂詩餘》、《類編箋釋續選草堂詩餘》、《類
編箋釋國朝詩餘》、《草堂詩餘》（楊慎批點）、《草堂詩
餘正集》、《草堂詩餘續集》、《草堂詩餘別集》、《草堂
詩餘新集》、《詞林萬選》、《百琲明珠》、《天機餘錦》、
《花間集補》、《花草粹編》、《詩餘圖譜》、《詩餘圖譜
補遺》、《詩餘》、《嘯餘譜》、《唐詞紀》、《唐宋元明
酒詞》、《詞的》、《古今詞統》、《詞菁》、《精選古今
詩餘醉》等二十六種。另一為將若干詞人別集或詞選總集，
彙集成大型叢編；就蒐羅獲見與目錄索引查考得知者，有：
《唐宋名賢百家詞》、《詞壇合璧》、《宋六十名家詞》、
《詞苑英華》、《宋五家詞》、《宋名賢七家詞》、《宋二

十家詞》、《宋明九家詞》、《宋元明詞》、《宋元明三十
三家詞》、《南詞》、《宋元名家詞》、《汲古閣四家詞》、
《汲古閣宋五家詞》、《汲古閣詞》等十五種。[2]而每部詞
集之編選者，對於選源、選型、選域、選旨之安排，皆各有
主張，故爰從以下幾方面加以分析探討，以窺明代選詞之特
色與價值。

## 壹、選源獨具

選源係指編者選詞之所本，亦即選家擇取詞選對象與內
容之依據。蕭鵬《羣體的選擇——唐宋人選詞與詞選通論》
曰：「選詞者所採選的對象和範圍稱作選源。」[3]是以選源
可視為詞選集整體質地高低之指標，並可作為詞學風格之導
向，而明代詞選於選源方面之特質，主要有二：

### 一、選集採擇以《花間》、《草堂》為主

清‧陸鎣《問花樓詞話》曰：「詞之選本，以蜀人趙崇
祚《花間集》為最古。唐末佳詞，賴以不沒者，此也。」[4]陳
匪石《聲執》卷下曰：「蓋《草堂詩餘》一書，在明流傳極

---

[2]　除文中所列十五種詞集叢編外，尚有《汲古閣詞鈔》一種，惟其細目
　　不詳，故以下之分析論述，不予列入。
[3]　蕭鵬著：《羣體的選擇——唐宋人選詞與詞選通論》（臺北：文津出
　　版社，1992 年 11 月），頁 7。
[4]　唐圭璋編：《詞話叢編》（臺北：新文豐出版公司，1988 年 2 月），
　　第 3 冊，頁 2547。

盛，填詞者奉為圭臬。……一若舍此，別無足據者。……然
所選各詞，皆宋以前作。且仍係雅詞，足資誦習，故與《花
間》並垂不朽。」[5]顯見《花間》、《草堂》二集，盛行於
明代詞壇，而明人亦多以此為選詞重心。就目前蒐羅得知之
十五種明代詞集叢編予以整理歸納，分析其採擇詞選總集之
情形（參見【附錄一】）；發現其中「選集別集合刻」與「詞
選刻本合集」者，所選錄之詞選總集，由五代至明代，計有
11 種，分別為：五代──《花間集》，宋代──《尊前集》、
《草堂詩餘》、《花菴絕妙詞選》、《白石詞選》，元代─
─《樂府補題》，明代──《詞林萬選》、《詩餘圖譜》、
《詞的》、《四家宮詞》、《秦張兩先生詩餘合璧》等。此
中《花間集》為《唐宋名賢百家詞》、《詞壇合璧》、《詞
苑英華》及《宋元名家詞》等四本詞集叢編所選錄；而《草
堂詩餘》則為《詞壇合璧》、《詞苑英華》及《南詞》等三
本詞集叢編所選錄，是知《花間》、《草堂》於十一種詞選
總集中，被選家輯錄之次數為最多。

　　另依現存得見之明代詞集選本二十六種中查考，除續、
補《草堂詩餘》之相關詞選外，諸多詞選皆以《花間》、《草
堂》為主要之選源，茲列表分析於下：

---

[5]　同前註，第 5 冊，頁 4960。

| 詞　集 | 總詞數 | 《花　間　集》 | | | 《草　堂　詩　餘》 | | | 詞集採擇自《花間》《草堂》於全書中所佔詞數之比例 |
|---|---|---|---|---|---|---|---|---|
| | | 詞集採擇自《花間集》之詞數 | 《花間集》總詞數[6] | 《花間集》入選之比例 | 詞集採擇自《草堂詩餘》之詞數 | 《草堂詩餘》總詞數[7] | 《草堂詩餘》入選之比例 | |
| 天機餘錦 | 1255 | / | / | / | 281[8] | 443 | 63% | 22% |
| 花草粹編 | 3702 | 313 | 498 | 63% | 392 | 443 | 88% | 19% |
| 唐詞紀 | 922 | 488 | 498 | 98% | / | / | / | 53% |
| 詞　的 | 392 | 68 | 498 | 14% | 148 | 443 | 33% | 55% |

　　《草堂詩餘》443闋詞中，入選於《天機餘錦》與《花草粹編》之比例為63%與88%；《花間集》498闋詞中，入選於《花草粹編》與《唐詞紀》之比例為63%與98%；而《詞的》採擇自《花間》、《草堂》之詞，則約佔全書之半數以上。故清・王昶《明詞綜・序》曰：「及永樂以後，南宋諸名家詞，皆不顯於世。惟《花間》、《草堂》諸集盛行。」[9]

　　《花間》之體，自唐以降，多為清絕側豔之辭；《草堂》所輯，宋人詩餘，乃以柔媚婉麗為工。因此在選家主導與風氣浸淫下，樹立了明代推尊詞統之創作觀及以形式為尚之審美取向。

---

[6]　依後蜀・趙崇祚編：《花間集》（明末虞山毛氏汲古閣刊《詞苑英華》本，臺北：國家圖書館），統計之。

[7]　依宋・不著編人：《類編草堂詩餘》（明嘉靖庚戌29年武陵顧從敬刊本，臺北：國家圖書館），簡稱：「庚戌本」，統計之。

[8]　此依黃文吉撰：〈詞學的新發現——明抄本《天機餘錦》之成書及其價值〉，《宋代文學研究叢刊》第三期（1997年9月），頁384-385，所統計之數據載錄。

[9]　清・王昶纂：《明詞綜》（臺北：臺灣中華書局，1970年6月），頁1。

## 二、別集取材偏於北宋詞人

　　明代詞集叢編，除輯錄詞選總集外，另亦彙錄大量之詞家別集，涵括五代、北宋、南宋及金、元、明等歷代詞人作品。就以上所列十五種詞集叢編為例，其中屬「選集別集合刻」與「詞家別集彙刊」者（參見【附錄二】），計有：五代詞人別集 4 家，北宋詞人別集 22 家，南宋詞人別集 85 家，金代詞人別集 3 家，元代詞人別集 13 家，明代詞人別集 4 家與時代不詳者 2 家，共輯存 133 家詞人別集。由此窺之，明代詞集叢編似以選錄南宋詞人別集為多，然若將每部詞集叢編所擇選各代詞家別集之次數，加以統計，並分析其於歷代所收詞人總數中所佔之比例，則有不同之發現，茲表列如下：

| 時代 | 詞集叢編所錄詞家別集之次數 | 《全唐五代詞》、《全宋詞》、《全金元詞》[10]及《全明詞》[11]所錄詞家人數 | 詞集叢編所錄各代詞家別集之比例 |
|---|---|---|---|
| 五代 | 5 | 49 | 10% |
| 北宋 | 79 | 207 | 38% |
| 南宋 | 264 | 1187 | 22% |
| 金代 | 7 | 71 | 10% |
| 元代 | 29 | 196 | 15% |
| 明代 | 10 | 1396 | 1% |

---

[10]　五代、北宋、南宋、金代及元代詞家之人數，依第四章第一節「註30」所載之版本與「註31」所述之原則統計之。

[11]　明代詞家人數，據俞文編：〈《全明詞》作者索引〉載，收錄於饒宗頤初纂、張璋總纂：《全明詞》（北京：中華書局，2004 年 1 月），第 6 冊，頁 1。

　　是知，南宋詞家凡錄 1187 人，較北宋詞家 207 人，多出 980 人，幾有 5 倍之差，顯見明代詞集叢編所錄詞家別集，南宋實多於北宋。然按擇選比例言之，雖《宋五家詞》、《宋名賢七家詞》、《宋元名家詞》、《汲古閣四家詞》與《汲古閣宋五家詞》等，以擇錄南宋詞家別集較多，但就整體析論，明代十五種詞集叢編，係以選取北宋別集次數（約佔 38%）之比例為最高，故明代叢編別集之取材，應較偏向於北宋詞人。

　　北宋詞體初興，合樂而歌，多為酒筵歌席、娛賓遣興，應聲而作之詞，不免流於淺俗纖豔；及至南宋，方漸趨雅化，極其工緻；而明人選詞取法之創作態度，對明代詞風之發展，深具影響。

## 貳、選型多樣

　　選型是為編者輯錄詞集之形態，蕭鵬《羣體的選擇——唐宋人選詞與詞選通論》曰：「詞選目的不同，編選體例各異，故詞選有不同之類型。」[12]因詞選類型之不同，可從中探究編者詮次之用意，並能窺見詞集之特徵，進而反映出當代之詞學觀。明代詞集就叢編與選本兩大趨向論之，其於選型方面，各具特色：

---

12　同註 3，頁 5。

## 一、詞集叢編，廣採眾集

明代詞集叢編因彙刊對象性質之不同，有「詞選總集」與「詞家別集」之分，以目前查考所知之明代十五種詞集叢編之形態而言，有以下幾種類型：

### （一）詞選刻本合集

為彙錄多種詞選總集於一帙者，明代十五種詞集叢編中，僅《詞壇合璧》屬此。

### （二）詞家別集彙刊

為輯錄各家詞人別集者，分別為：《宋六十名家詞》、《宋五家詞》、《宋名賢七家詞》、《宋二十家詞》、《宋明九家詞》、《宋元明詞》、《宋元明三十三家詞》、《汲古閣四家詞》、《汲古閣宋五家詞》與《汲古閣詞》等十種。

### （三）選集別集合刻

為兼收詞選總集與詞家別集者，而兩者多寡比重，又各有偏執：

1. 以選集為主，僅有《詞苑英華》一種。
2. 以別集為主，有：《唐宋名賢百家詞》、《南詞》、《宋元名家詞》等三種。

以上編者所輯，或旋得旋刻，或配合讀者閱讀習慣，或擬作為初學之模習等，編選原因不一，但不難體現明代詞體之矩範，以應時下之所需。

## 二、詞集選本，編排不同

明代詞選因編排方式各異，至體例樣式有所不同，主要可區分為以下幾類：

### （一）分類本

編者選錄之詞，按事項分類加以安排，是為「分類編次本」，包括有：《精選名賢詞話草堂詩餘》、《詩餘》、《嘯餘譜》、《唐詞紀》、《詞菁》及《精選古今詩餘醉》等六種。

### （二）分調本

編者選錄之詞，按字數多寡排序，以小令、中調、長調分編，是為依詞調編排之「分調編次本」，包括有：《類編草堂詩餘》、《草堂詩餘》（明吳興閔映璧刊朱墨套印本）、《詩餘圖譜》、《天機餘錦》、《花草粹編》、《詞的》、《類選箋釋草堂詩餘》、《類編箋釋續選草堂詩餘》、《類編箋釋國朝詩餘》、《草堂詩餘正集》、《草堂詩餘續集》、《草堂詩餘別集》、《草堂詩餘新集》及《古今詞統》等十四種。

（三）批點本

　　詞選中有詞家之眉批語，並以特殊之符號，代表不同之評點意義，是為「批點本」，包括：《草堂詩餘》（明吳興閔映璧刊朱墨套印本）、《詞的》、《草堂詩餘正集》、《草堂詩餘續集》、《草堂詩餘別集》、《草堂詩餘新集》、《古今詞統》、《詞菁》及《精選古今詩餘醉》等九種。以上諸集之編排方式，或屬「分調本」，或屬「分類本」，然因「批點」形式為集中主要特色，故特予析出，別歸一類。

　　此外，尚有以人編次者，如《花間集補》之編選體例，乃標舉詞家，而將其詞彙錄於下；其他亦有無固定體式，隨意編排者，如：《詞林萬選》、《百琲明珠》與《唐宋元明酒詞》等。顯見明代詞集，選型多樣，而自顧從敬《類編草堂詩餘》，首創分調編排方式，以小令、中調、長調三分法呈現，遂成通例，流衍至今。

## 參、選域廣泛

　　選域乃是詞集內容所涵括之時代範圍，蕭鵬《羣體的選擇——唐宋人選詞與詞選通論》曰：「選域係指一部詞選所覆蓋的範圍，包括所選詞人的時代跨度和規定角度，也包括所選作品內容的豐富程度，題材的廣闊程度以及風格樣式的多少。」[13]選域寬廣，可擴展詞人之視野；反之，則將使詞

---

[13]　同前註，頁8。

人學習範疇受到侷限，關係著時人論詞之態度與批評觀點。故擬從以下幾方面，探討明代詞集選域之特色：

## 一、匯納詞集，蓄積叢編分量

王兆鵬《詞學史料學》曰：「從詞集傳播的歷史狀況來看，詞集的傳播實多賴于叢編。尤其是在明清兩代，唐宋人詞集的單行本不多，主要是通過叢編的形式來傳播。」[14]因此，叢編必須多方蒐羅，廣開眾源，方能發揮傳播詞集之功能，積聚自身之價值分量。而明代十五種詞集叢編之時代跨度，長短不同，至選域之寬狹有別，茲進一步討論如次：

| 詞集叢編 | 時代 | | | | | | 合計 |
|---|---|---|---|---|---|---|---|
| | 五代 | 北宋 | 南宋 | 金代 | 元代 | 明代 | |
| 唐宋名賢百家詞 | ✔ | ✔ | ✔ | ✔ | ✔ | ✔ | 6 |
| 詞壇合璧 | ✔ | | ✔ | | | ✔ | 3 |
| 宋六十名家詞 | | ✔ | ✔ | | | | 2 |
| 詞苑英華 | ✔ | ✔ | ✔ | | | ✔ | 4 |
| 宋五家詞 | | | ✔ | | | | 1 |
| 宋名賢七家詞 | | ✔ | ✔ | | | | 2 |
| 宋二十家詞 | | ✔ | ✔ | | | | 2 |
| 宋明九家詞 | | ✔ | ✔ | | | ✔ | 3 |
| 宋元明詞 | | ✔ | ✔ | | ✔ | ✔ | 4 |
| 宋元明三十三家詞 | | ✔ | ✔ | ✔ | ✔ | ✔ | 5 |
| 南詞 | ✔ | ✔ | ✔ | | ✔ | ✔ | 5 |

---

[14]　王兆鵬著：《詞學史料學》（北京：中華書局，2004 年 5 月），頁 101。

| | | | | | | | |
|---|---|---|---|---|---|---|---|
| 宋元名家詞 | ✔ | ✔ | ✔ | ✔ | ✔ | ✔ | 6 |
| 汲古閣四家詞 | | | ✔ | | | ✔ | 2 |
| 汲古閣宋五家詞 | | | ✔ | | | | 1 |
| 汲古閣詞 | ✔ | ✔ | ✔ | | | ✔ | 4 |
| 總　　　計 | 6 | 11 | 15 | 3 | 6 | 9 | 50 |

　　由此表分析，可知明代詞集叢編所涵括之時代頗長，整體而言，由五代始，歷宋（北宋、南宋）、金、元而至明。其中以《唐宋名賢百家詞》及《宋元名家詞》橫跨五個（五代、宋、金、元、明）朝代，選域最廣；然亦有僅以一個朝代——宋（南宋）為收錄範圍者，如：《宋五家詞》及《汲古閣宋五家詞》，選域最狹。至若所選朝代在三個以上，則約有半數之多，故明代詞集叢編應以廣納各代詞集為原則。又諸集所擇，多集中在兩宋時代，是知詞體發展，極盛於宋，而叢編之彙刊，嘉惠詞壇，傳世之功，不容忽視。

## 二、博洽治約，凸顯詞選風格

　　龍沐勛〈選詞標準論〉曰：「自唐末以迄宋金之世，詞家專集，無慮數百家。前人率以詞為小道，孰肯專精致力於此？即或兀兀窮年，亦苦不能盡究；而典型之作，有足垂範後昆；或清麗之音，大為風行當世者；必有人出而抉擇彙集，以適應時世之需要，而選本尚焉。」[15]然即因詞

---

15　龍沐勛撰：〈選詞標準論〉，《詞學季刊》第 1 卷第 2 號（1933 年 8 月），頁 1。

集眾多，難以窮究，是以選家於宏觀博洽中，依不同之題材、內容，刪汰繁蕪，約而取之。故以下試將明代詞選集選域分佈之時代範圍，予以表列分析，使詞選之風格特色得以呈現：

| 時代 | 詞選[16] | 詞[17]數 | 選詞範圍 | | | | | | | | | 合計 |
|---|---|---|---|---|---|---|---|---|---|---|---|---|
| | | | 南北朝 | 隋代 | 晚唐 | 五代 | 宋代 | 遼朝 | 金代 | 元代 | 明代 | |
| 嘉靖時期 | 精選名賢詞話草堂詩餘（戊戌本） | 349 | | | ✔ | ✔ | ✔ | | | | | 3 |
| | 類編草堂詩餘（庚戌本） | 443 | | | ✔ | ✔ | ✔ | | | | | 3 |
| | 草堂詩餘（閔刊本） | 440 | | | ✔ | ✔ | ✔ | | | | | 3 |
| | 詩餘圖譜（嘉靖本） | 219 | | | ✔ | ✔ | ✔ | | | ✔ | | 4 |
| | 詞林萬選 | 234 | | | ✔ | ✔ | ✔ | | ✔ | ✔ | ✔ | 6 |
| | 百琲明珠 | 159 | ✔ | ✔ | ✔ | ✔ | ✔ | | ✔ | ✔ | ✔ | 8 |
| | 天機餘錦 | 1255 | | | ✔ | ✔ | ✔ | | ✔ | ✔ | ✔ | 6 |
| 萬曆 | 花間集補（茅刻本） | 71 | | | ✔ | ✔ | | | | | | 2 |
| | 花草粹編（萬曆癸未本） | 3702 | | | ✔ | ✔ | ✔ | | ✔ | ✔ | ✔ | 6 |
| | 詩餘 | 579 | | | ✔ | ✔ | ✔ | | ✔ | ✔ | | 5 |
| | 嘯餘譜 | 579 | | | ✔ | ✔ | ✔ | | ✔ | ✔ | | 5 |
| | 唐詞紀 | 922 | ✔ | ✔ | ✔ | ✔ | | | | ✔ | | 5 |
| | 唐宋元明酒詞 | 134 | | | ✔ | ✔ | ✔ | | ✔ | ✔ | ✔ | 6 |
| | 詞的 | 392 | | | ✔ | ✔ | ✔ | | | ✔ | ✔ | 5 |

---

[16] 以下詞選版本，請參見拙著：《明代詞選研究》（臺北：秀威資訊科技公司，2003 年 7 月），頁 45－420；為免冗贅，故不另說明。
[17] 以下詞數按卷內實際收錄統計。

| | | | | | | | | | | | |
|---|---|---|---|---|---|---|---|---|---|---|---|
| 時 | 類選箋釋草堂詩餘（甲寅本） | 434 | | | ✔ | ✔ | ✔ | | | | | 3 |
| 期 | 類編箋釋續選草堂詩餘（類編續選本） | 221 | | | ✔ | ✔ | ✔ | | ✔ | ✔ | ✔ | 6 |
| | 類編箋釋國朝詩餘（國朝本） | 463 | | | | | | | | ✔ | | 1 |
| 崇 | 草堂詩餘正集（正集本） | 454 | | | ✔ | ✔ | ✔ | | | | | 3 |
| 禎 | 草堂詩餘續集（續集本） | 223 | | | ✔ | ✔ | ✔ | | ✔ | ✔ | ✔ | 6 |
| 時 | 草堂詩餘別集（別集本） | 464 | | ✔ | ✔ | ✔ | ✔ | | ✔ | ✔ | ✔ | 7 |
| 期 | 草堂詩餘新集（新集本） | 524 | | | | | | | | ✔ | | 1 |
| | 古今詞統（癸酉本） | 2037 | ✔ | | ✔ | ✔ | ✔ | | ✔ | ✔ | ✔ | 7 |
| | 詞菁 | 270 | | | ✔ | ✔ | ✔ | | ✔ | ✔ | ✔ | 6 |
| | 精選古今詩餘醉 | 1395 | | ✔ | ✔ | ✔ | ✔ | ✔ | ✔ | ✔ | ✔ | 8 |
| 總　　　　　計 | | | 1 | 5 | 22 | 22 | 21 | 1 | 13 | 16 | 14 | 115 |

　　明代之詞選所涵括之時代跨度較詞集叢編為長，自南北朝、隋代、晚唐、五代經宋、遼、金、元，以至於明代。其中以《百琲明珠》及《精選古今詩餘醉》所選詞作，橫跨八個朝代，選域最廣；然《百琲明珠》卻僅選錄 159 闋詞，此乃楊慎欲正《草堂》缺失，不僅擴大選詞層面，並慎擇綺練之詞，以凸顯詞集特色。另《唐宋元明酒詞》全書選詞領域，包括唐、宋、元、明等朝，兼及五代及金人作品，可謂廣矣，然卻只選以「酒」為專題之詞作，凡 134 闋，形成獨特之風格。總體觀之，明代詞集之選詞範圍，以晚唐、五代及宋為主，博觀約取，統合菁華，頗能帶動詞學流衍之風潮。

## 肆、選旨精審

　　選旨係編者之用心，為彙輯詞集之目的與擇選之準則。蕭鵬《羣體的選擇──唐宋人選詞與詞選通論》曰：「所謂選心，是指選詞之意圖、選擇者希望通過選詞傳達出來的審美觀念和宗派意識（這種觀念和意識也可以是不自覺的）、詞選所體現的選擇標準，等等。」[18]是知蕭鵬所謂「選心」，即選詞之宗旨；若言選源、選型、選域為構成一部詞選集之客觀形式條件，則選旨可謂是賦與詞選集靈魂之主觀意念，關係著詞風之興衰及詞學理論之建立。

### 一、叢編輯錄，標宗立義

　　目前得知明代之十五種詞集叢編中，最少者僅錄四家詞，如：《汲古閣四家詞》；亦有輯錄詞集多至百家者，如：《唐宋名賢百家詞》。又選詞範圍，以一個朝代為最狹，但最多則可跨越五個朝代。因之每一部詞選集各有不同之形式、內容與風格，而編選者所標舉之主張理念，則是採擇作品時之標準與尺度。羅忼烈〈試論宋詞選集的標準和尺度〉一文曰：

　　　　詞是最精美的文學體裁之一，思想情感以外還要求文字音律的完美，作家風格面目是那麼多姿多采，而編選人的觀點並不一致，取捨自然有異。有的好婉約，有的喜豪放，有的愛清空，有的愛縝密，有的主典麗

---

華妍，有的主淺白自然，有的重視寄託，有的崇尚奔放……，因此任何一部詞選都不能避免主觀。幸虧是這樣，千年來的詞選園地才能夠百花齊放，歷久不凋。然而，無論那一種風格面目總會有許多佳作，無論編選者的主觀程度怎樣差異，通常也被選的，儘管不免小異，結果還是殊途同歸。[19]

　　明代大型之詞集叢編，如：《唐宋名賢百家詞》及《宋六十名家詞》，選錄對象較多，其編選之旨，在於汲古存詞，行世取法，以開示後學；另有選錄範疇較小者，如：《詞壇合璧》及《詞苑英華》，一以評騭賞鑒為準則，一以協律合韻為重點。顯見其餘諸集，亦自有其編選之原則，絕非任意湊合，雜亂成章。故叢編選旨，乃精要審度，標宗立義，使各家詞學主張得以推衍。

## 二、選家選詞，啓迪詞風

　　今可獲見之明代詞選二十六種中，輯錄詞作之數量，多寡有別，最少者僅選入 71 闋，如：《花間集補》，可稱微型選本；最多則有選入 3702 闋者，如：《花草粹編》，可稱大型選本。[20]至若選域之範圍，有僅以明代為範疇者，亦有涵括多個朝代者，時間跨度之長短，差異甚大。因之編選

---

[19]　羅忼烈撰：〈試論宋詞選集的標準和尺度〉，《文藝理論研究》1983年第 4 期，頁 110。

[20]　「微型選本」、「大型選本」名稱，參見王兆鵬《詞學史料學》，同註 14，頁 296。

者對於選詞標準之界定，自有其取捨原則。王兆鵬《詞學史料學》曰：

> 每一部詞選，都各有特定的編選宗旨和選擇標準。選擇標準不同，所錄作品也就不一樣。而這種選擇標準，往往凝結或代表著當時一部分的價值觀念和審美趨向。[21]

又龍沐勛〈選詞標準論〉曰：

> 選詞之目的有四：一曰便歌，二曰傳人，三曰開宗，四曰尊體；前二者依他，後二者為我。操選政者，於斯四事，必有所居；又往往因時代風氣之不同，各異其趣。[22]

明代詞選於嘉靖時期，係以輯選纖麗婉約之北宋詞為主，並視之為「當行」、「本色」，後漸將選詞重心向南宋及元、明兩代延伸，為突破傳統之發展期。至萬曆時期，詞壇「花草」之風熾盛，與反雅正主張相互交雜、衝擊，造成詞選繁盛之景象，為新舊交替之鼎盛期。洎乎崇禎時期，流派紛呈，選詞之範疇不再侷限於晚唐、五代與北宋，反輯錄頗多南宋之詞與當世之作，呈現不同以往之新樣貌，為宗法南宋之轉型期。[23]故選家選詞，不僅能啟迪詞風，亦可藉由詞選之編輯，改易創作風氣，形成詞學思潮。

---

[21] 同註 14，頁 301。
[22] 同註 15。
[23] 拙著：《明代詞選研究》（臺北：秀威資訊科技公司，2003 年 7 月），頁 516－518；對於明代各時期選詞之特色，有較詳細之論述，可參見。

## 第二節　明代詞論體系之建構

　　明代詞選與詞集叢編之彙輯流播，無論在形式或內容方面，皆可反映出當時社會形態之變化及新興思潮之湧起，顯然牽動明代詞學之發展及批評理論之觀點，既而影響詞作之審美傾向與意念。方智範等著《中國詞學批評史》曰：「因為眾所周知，命意、風格、技巧等等，並非單純的形式問題，造成我們今天看到的明詞面貌的，是另外一些更為關鍵的因素。」[1]故明代詞選與詞集叢編中所體現之社會觀、詞學觀及審美觀等，或即為關鍵所在，而由此亦能架構出明代詞論整體之系統。

### 壹、社會觀之新變

　　社會環境之不同，而社會群體之行為、心態亦有所變化。陳寶良《明代社會生活史》曰：「生活與觀念密切相關。人們的日常生活，除了受到他們本身所具的經濟條件的制約之外，其中滲透於人們內心的觀念也在很大程度上左右著人們的生活。」[2]因此一部詞集之彙編與選錄，編選者之價值

---

[1]　方智範等著：《中國詞學批評史》（北京：中國社會科學出版社，1994年7月），頁179。

[2]　陳寶良著：《明代社會生活史》（北京：中國社會科學出版社，2004年3月），頁37。

取向，必深受社會風尚結構本質之影響，此為探討詞論體系
發展過程之基礎。以下爰就明代社會變化之現象予以剖析：

## 一、重視商業經營

明代初年厲行中國傳統「重農抑商」之政策，然隨時代之
演變，社會擴大分工、市場積極開拓，進而促成商品交易熱
絡、城市經濟繁榮，使社會階級結構發生變化，並於生活文
化領域中，注入新生機。陳大康《明代商賈與世風》〈序〉曰：

> 中國古代長期的封建社會，發展到明代產生了重大的
> 變化。促使發生這種變化的一個決定性因素，就是龐
> 大的商賈階層的形成和發展以及他們的經濟活動、生
> 活方式和思想觀念對整個社會所產生的廣泛、深刻的
> 影響。[3]

是以自明代中葉以後，商賈之地位與勢力獲得提升，社
會上不僅出現棄農從商之趨勢，更導致士、商關係改變，甚
而產生「出儒入商」或「由商而儒」之現象。夏咸淳《晚明
士風與文學》曰：

> 蘇州、徽州等地區的習尚，把經商看得比應舉還重
> 要，……。又有既為儒又為商，一身而二任者。如常
> 熟汲古閣主人毛晉，為江南著名藏書家，善詩文，著

---

[3]　陳大康著：《明代商賈與世風》（上海：上海文藝出版社，1996 年 5
　月），頁 2。

> 述甚多，凡數百卷。他又是大典當商、大印書商，所開工場規模很大，雇佣印工二十多人，刻工數百人，又有編校者、謄抄者數十人。里中諺云：「三百六十行生意，不如鬻書於毛氏。」一方面，商人及其子弟力求使自身儒化，另一方面，儒生和士大夫之家或趨商化。社會階級結構出現了儒賈混雜、士商對轉的情況。[4]

　　文人有「才」，商人有「財」，士商交流，致使明代文學風氣益加興盛。而毛晉刊刻《宋六十名家詞》，使宋人詞集因之得以行世，不致湮沒；另各卷末所附毛晉之跋語，亦使明代詞壇之嬗遞與詞學理論之發展皆有跡可循。故明代社會重視商業之經營，商人躋升士林，出錢出力，可視為建構明代詞論之肇基。

## 二、追求享樂生活

　　元亡明興，明太祖朱元璋為監督官吏，並箝制輿論，乃採行專制主義，強化中央集權，因此文人思想不免遭受打壓。明代中葉以後，政治漸趨腐敗，然社會經濟活動卻相形熱絡；[5]文人由政治之束縛中解放出來，心靈思想獲得較大

---

4　夏咸淳著：《晚明士風與文學》（北京：中國社會科學出版社，1994年7月），頁20－21。

5　張顯清等著：《明代政治史》〈緒論〉曰：「明代中葉以後朝廷政治日益嚴重地陷入混亂、腐敗和重重危機之中，與此同時民間經濟卻表現出了日益活躍的生機和發展勢頭。這種矛盾現象並不奇怪。事實上，中國古代任何時期的經濟生活本身都在內部蘊蓄著發展的動力，倘若不遭遇外在力量過於強大的抑制與阻礙，經濟就會自發地向前發展。

之發展空間；生活亦以追求自由享樂為目標。陳寶良《明代社會生活史》曰：

> 傳統社會有一種最為流行的說法，叫做 "開門七件事，柴米油鹽醬醋茶"。……在明代的社會生活中，在基本的物質生活得到滿足、閒暇時間日增的前提下，人們的日常生活也在悄悄發生一些轉變。……而這種新生活，如果加以概括，……姑且稱之為 "新開門七件事"。……傳統的開門七件事，僅限於對基本的物質生活的追求，而且只是落實到一個 "吃"字。……何謂 "新開門七件事"？簡言之，就是談諧（即說笑話）、聽曲、旅游、博弈、狎妓、收藏（包括書籍、古董、時玩）、花蟲魚鳥。其中既有大眾百姓逗悶的樂子，也有文人士大夫打發閒暇的雅趣。說白了，就是生活的享樂化與藝術化。[6]

明代中後期文人心態轉變，自我意識提升，以消極縱欲之態度，抗衡舊傳統禮教之禁錮；於創作表現方面，「就詞之功用而言，明人又多以詞相互贈答酬應，故往往抱著游戲態度填詞，缺乏真情實感，只以諛詞華藻取勝。」[7]而詞集選本，如周履靖《唐宋元明酒詞》，輯選歷代宴飲歌詠之詞

---

明王朝的行政體制雖然是專制性的，但限於當時的交通狀況、通訊技術和統治手段，中央政府對基層社會的控制畢竟是有限的，這使民間經濟保持了一個廣闊的發展空間。……經濟的發展為文化的繁榮奠定了基礎。」（桂林：廣西師範大學出版社，2003 年 12 月），頁 21。

6　同註 2，頁 45－46。

7　同註 1，頁 151。

篇，反映出當時文人恣意縱酒、應酬唱和之生活情態。又《草
堂詩餘》一編，亦為「歌欄酒榭、絲而竹之者」，[8]以徵歌
遣興而設；張仲謀《明詞史》曰：「明人主動選擇了《草堂
詩餘》，造就了《草堂詩餘》的流行。……明人之所以選擇
《草堂詩餘》，是因為該書所體現出來的詞品風格滿足了或
適應了明人的口味。」[9]故明代文士對享樂生活之追求，終
營造出詞壇淺近通俗、浪漫婉麗之詞風。

## 三、崇尚市民文學

　　晚明時期，市民階層壯大，不僅生活漸趨俗化，文學之
思想、精神、氣韻亦有俗化之傾向，文人士大夫一改昔日重
雅輕俗之觀念，小說戲曲、民歌時調、彈詞評書之創作，蓬
勃盛行，廣受民眾歡迎。夏咸淳《晚明士風與文學》曰：

> 商品經濟的發展和市民社會的繁榮，不但創造了廣大的
> 通俗文學消費者，而且還為通俗文學提供良好的傳播手
> 段。嘉靖以來，刻書印刷業突飛猛進，工藝精緻，印書
> 作坊規模很大，所刻書籍種類繁多，書賈能根據文化市
> 場需要，刊刻各種書籍，其中小說、戲曲刻得很多。[10]

---

[8]　明・毛晉〈草堂詩餘跋〉曰：「宋、元間，詞林選本幾屆百指，惟《草
堂》一編飛馳，幾百年來，凡歌欄酒榭，絲而竹之者，無不拊髀雀躍，
及至寒窗腐儒挑鐙閒看，亦未嘗欠伸魚晼，不知何以動人一至此也？」
（收錄於毛晉編：《詞苑英華》，明末思宗崇禎間虞山毛氏汲古閣刊
本，臺北：國家圖書館）。

[9]　張仲謀著：《明詞史》（北京：人民文學出版社，2002年2月），頁9。

[10]　同註4，頁276－277。

明代詞集叢刻刊本朱之蕃《詞壇合璧》，以評注選本為輯錄對象，即為因應當時群眾之閱讀興趣，書商雖為牟利刊刻，卻開啟明代詞話評論之風。顯見社會人心之世俗化、享樂化已然蔚為一種時尚。王煜〈清十一家詞鈔自序〉曰：

> 詞自兩宋而後，衰於元，弊於明，至清而復振。元世北曲登場，人尚新制。歌詞既廢，譜法漸亡，前代雅音，遂成墜響。明承其風，轉興南曲，偶有及此，《花》《草》是宗。且臺閣獻酬，聲稀風雅，制科汩沒，言類俳優。蓋有明學術都荒，固不僅詞而已也。[11]

是知通俗文學流行之熱潮，對明代詞體創作造成衝擊，致使「雅音墜響」、「言類俳優」；詞集編選，亦多取材纖麗，如：《詞壇合璧》之彙刊，即見其例；或以柔情婉約為宗，如：《草堂詩餘》、《花草粹編》、《唐詞記》諸選之刊行，皆是其例。故晚明社會崇尚市民文學，終亦形成明代特殊之詞學觀。

## 貳、詞學觀之建立

明代詞集，無論選集或叢編，透過選源、選型、選域及選旨之觀點，成為一種獨特之批評形式，斯乃查考明代詞學理論不可或缺之部分，其對明代詞學觀之建立，可謂貢獻重大。方智範等《中國詞學批評史》曰：「兩宋詞論至清代而

---

11 轉引自劉慶雲編著：《詞話十論》（長沙：岳麓書社，1990 年 1 月），頁 288。

獲得大的發展，亦需明代詞論家提供的思想材料和整理成果作為進一步研究的基礎。」[12]故以下根據現存得見之明代詞選二十六種與目前蒐羅得知之明代詞集叢編十五種，分析探討，以窺明代詞論批評之結構體系。

## 一、詞調體製之分類

明世宗嘉靖庚戌（29 年，西元 1550 年），武陵顧從敬刊刻《類編草堂詩餘》四卷，明代詞集叢編《詞苑英華》亦將之輯入彙刊；全書按詞作字數多寡、篇幅長短排序，為首創以小令、中調、長調三分法編排詞選集者：

卷一為小令，自秦少游〈搗練子〉（心耿耿），27 字——至宋豐之〈小重山〉（花樣妖嬈柳樣柔），58 字。

卷二為中調，自李易安〈一剪梅〉（紅藕香殘玉簟秋），59 字——至柳耆卿〈夏雲峰〉（宴堂深），91 字。

卷三、卷四為長調，自胡浩然〈東風齊著力〉（殘臘收寒），92 字——至柳耆卿〈戚氏〉（晚秋天），212 字。

陳匪石《聲執》卷下曰：「小令、中調、長調之名，說者謂《草堂》開之，前此未有。」[13]此為明代詞學史之大事。惟顧從敬於分調之初，字數範圍原無定數，至清‧毛先舒《填詞名解》卷一，方據顧氏「三分法」，對小令、中調、長調之字數範圍，定下界說，其言曰：

---

[12]　同註 1，頁 153。

[13]　唐圭璋編：《詞話叢編》（臺北：新文豐出版公司，1988 年 2 月），第 5 冊，頁 4960。

凡填詞五十八字以內為小令，自五十九字始至九十字
止為中調，九十一字以外者俱長調也，此古人定例
也。[14]

　　顯見毛氏所定之字數範圍，應是參酌《類編草堂詩餘》
之編排，與顧氏最初之劃分情形相類，出入不大。清·陸鎣
《問花樓詞話》曰：「《草堂》本，……其間去取，雖遜《花
間》，而詞家小令、中調、長調之分，要皆權輿此書。」[15]又
清·宋翔鳳《樂府餘論》曰：「則詞實詩之餘，遂名曰詩餘。
其分小令、中調、長調者，以當筵作伎，以字之多少分調之
長短，以應時刻之久暫。」[16]是以毛氏之說，雖有過於拘執
之弊，前代學者已加以駁正，[17]但《草堂詩餘》本諸現實要
求，應需要而分編，此「三分法」之觀念，世人多無異議，[18]
並探求其與「令、引、近、慢」音樂結構之共通性。[19]故於

---

[14]　收錄於清·查培繼輯：《詞學全書》（臺北：廣文書局，1971年4月），
　　　頁29。

[15]　同註13，第3冊，頁2547。

[16]　同前註，頁2500。

[17]　清·萬樹《詞律·發凡》曰：「愚謂此亦就《草堂》所分而拘執之。
　　　所謂定例，有何所據。若以少一字為短，多一字為長，必無是理。如
　　　〈七娘子〉有五十八字者，有六十字者，將名之曰小令乎？抑中調乎？
　　　如〈雪獅兒〉有八十九字者，有九十二字者，將名之為中調乎？抑長
　　　調乎？故本譜但敘字數，不分小令、中、長之名。」（臺北：臺灣中
　　　華書局，1978年1月，《四部備要》本），頁2。

[18]　此「三分法」之觀念，雖世人多無異議，但仍有少數批評之論；清·
　　　田同之《西圃詞說》曰：「竹垞朱檢討云：『宋人編集歌詞，長者曰
　　　慢，短者曰令，初無中調、長調之目。自顧從敬編《草堂》詞，以臆
　　　見分之，後遂相沿，殊為牽率。』」（同註13，第2冊），頁1457。

[19]　清·宋翔鳳：《樂府餘論》曰：「《草堂》一集，蓋以徵歌而設，……
　　　詩之餘先有小令。其後以小令徵引而長之，於是有〈陽關引〉、〈千

詞樂之亡佚，唱法失傳之今日，明代《草堂》詞選，「小令、中調、長調」之分類，已成為後世學界區別詞調體製之通則。

## 二、詞譜格律之制訂

　　元、明之際，樂譜無傳，詞調音樂成為絕響，詞人創作無所依從；而循聲按譜，依詞填詞，遂成主要之法。因之，明代創制譜體詞選，遂將聲律體式，定為準則，以應需要：

　　（一）《詞學筌蹄》：明孝宗弘治甲寅（7 年，西元 1494年），周瑛編錄。其〈序〉曰：「此編以調為主，諸事併入調下，且逐調為之譜；圜者平聲，方者側聲，使學者按譜填詞，自道其意中事，則此其筌蹄也。凡為調一百七十七，為詞三百五十三，釐為八卷。」[20]

　　（二）《詩餘圖譜》：明嘉靖丙申（15 年，西元 1536年），張綖撰，明代詞集叢編《詞苑英華》亦將之輯入。書中體例，圖列於前，詞繫於後，詞中

秋歲引〉、〈江城梅花引〉之類。又謂之近，如〈訴衷情近〉、〈祝英臺近〉之類，以音調相近，從而引之也。引而愈長者則為慢。慢與曼通，曼之訓引也，長也，如〈木蘭花慢〉、〈長亭怨慢〉、〈拜新月慢〉之類，其始皆令也。亦有以小令曲度無存，遂去慢字。亦有別製名目者，則令者，樂家所謂小令也。曰引、曰近者，樂家所謂中調也。曰慢者，樂家所謂長調也。不曰令、曰引、曰近、曰慢，而曰小令、中調、長調者，取流俗易解，又能包括眾題也。」（同註 13，第 3 冊），頁 2500。

[20]　明・周瑛撰：《詞學筌蹄》（上海：上海古籍出版社，《續修四庫全書》第 1735 冊，2002 年 3 月），頁 392。

句當平者，用白圈（○）；當仄者，用黑圈（●）；平而可仄者，白圈半黑其下（◑）；仄而可平者，黑圈半白其下（◐）。全書凡三卷：卷一為小令（36 至 57 字），66 調；卷二為中調（60 字至 89 字），48 調；卷三為長調（92 字至 120 字），36 調；共計 150 調。是知張綖應為最早提出「小令、中調、長調」三分法者，並以此訂譜；之後顧從敬則據此三分法編選《類編草堂詩餘》，受到詞壇重視。另明神宗萬曆二十七年（西元 1599 年），謝天瑞撰《詩餘圖譜・補遺》六卷；萬曆二十九年（西元 1601 年），游元涇又撰《增正詩餘圖譜》三卷。

（三）《詩餘》：最遲當成書於明神宗萬曆八年（西元 1580 年）以前，徐師曾編纂。是書直以平仄文字為譜，凡二十五卷。

（四）《嘯餘譜》：應完成於明神宗萬曆四十七年（西元 1619 年），程明善撰。此譜將可平可仄之字，每句字數與韻腳位置，加以標記。凡十卷，305 調，詞作 579 闋。

以上明代諸選，制訂詞譜格律，不僅使後之詞家，有規矩可循，亦帶動詞學研究之新氣象。清・鄒祇謨《遠志齋詞衷》曰：「張光州南湖《詩餘圖譜》，於詞學失傳之日，創為譜系，有篳路藍縷之功。」[21] 又清・田同之《西圃詞說》

---

曰：「宋元人所撰詞譜流傳者少。自國初至康熙十年前，填詞家多沿明人，遵守《嘯餘譜》一書。」[22]世人多謂圖譜之學，始自《南湖詩餘》，其實《詞學筌蹄》已發先聲。惟譜調初定，乖謬訛誤之處難免，其後清・萬樹《詞律》及諸多詞話，則直指其失；[23]然前修未密，而後出轉精；如：清代賴以邠《填詞圖譜》、徐本立《詞律拾遺》與清聖祖敕撰之《欽定詞譜》等，蒐羅詞調尤為精審，並集其大成。故明代譜體詞選之刊刻，實為後世詞體文學之發展及格律譜式之考訂，奠定穩固之根基。

## 三、婉約豪放之區別

詞體文學，濫觴於唐，經五代至北宋前期而興盛，為供文人雅士酒邊花前遣懷助興之作，流露出輕豔婉約之氣息。北宋中、後期，柳永填製長調慢詞，曲盡其妙；蘇軾則擴大詞體領域，由穠麗脂粉之氣、綺羅香澤之態，轉為對身世、家國豪放情懷之抒發，是以詞壇呈現「剛、柔分立，雅、俗異趣」[24]之現象。然縱觀詞學發展史，將詞體風格分為二體，並確切提出「婉約」、「豪放」之名稱者，實肇自明代詞選集──張綖《詩餘圖譜》，此書於〈凡例〉後所附按語云：

---

[22] 同前註，第 2 冊，頁 1473。

[23] 拙著：《明代詞選研究》第四章第三節中（臺北：秀威資訊科技公司，2003 年 7 月，頁 262－265），對此有較詳細之整理說明。

[24] 劉揚忠著：《唐宋詞流派史》（福州：福建人民出版社，1999 年 3 月），頁 20。

> 按詞體大略有二：一體婉約，一體豪放。婉約者欲其
> 辭情醞藉，豪放者欲其氣象恢弘。蓋亦存乎其人，如
> 秦少游之作，多是婉約；蘇子瞻之作，多是豪放。大
> 抵詞體之婉約為正，故東坡稱少游「今之詞手」；後
> 山評東坡詞「雖極天下之工，要非本色」。[25]

又明代徐師曾所輯之詞選《詩餘》，其〈序〉中亦有類
似之主張：

> 至論其詞，則有婉約者，有豪放者。婉約者，欲其辭
> 情醞藉；豪放者，欲其氣象恢弘。蓋雖各因其質，而
> 詞貴感人，要當以婉約為正。否則，雖極精工，終乖
> 本色。[26]

以上張氏、徐氏所論，除提出「婉約」、「豪放」之說
外，又強調詞體之內容風格與形式技巧，應以「婉約」為正，
為「本色」。王偉勇〈試述「當行」、「本色」在詞壇上之
應用〉曰：「詞肇始於唐，初由民間傳唱，抒寫一時之感。
然自唐末、五代文人染指之後，由於時代、環境之異，襟抱、
遭際之別，而呈現不同之風貌。……泊乎北宋，初期詞風，
仍襲五代；中期以還，詞製漸備，風格多樣，作家蝟繁。而
詩話、筆記極興，涉及詞論者，俯拾皆是；況題序作跋，蔚
為風尚，因及詞風者，亦所在多有。南宋以下，詞話專著，
終應時而出。然其時評論，雖未二分門派，而辨體製者有之，

---

[25] 明·張綖編：《詩餘圖譜》（明嘉靖丙申 15 年刊本，臺北：國家圖書館）。
[26] 明·徐師曾撰：《詩餘》（清道光間福申鈔本，臺北：國家圖書館）。

別風格者有之,論正變者,亦隱然可見。」[27]是以詞壇「正體」與「變體」,「本色」與「非本色」之論,詞體初興即多所爭議,成為「婉約」、「豪放」兩大風格流派之理論基礎。朱崇才《詞話學》曰:

> 歷代詞話關於風格的論述,主要集中在兩個問題上,一是堅持不懈地提倡雅、正、騷,批判淫、俗、讔;一是進退於婉約軟媚與豪放雄壯之間,或偏向一端,或加以折中,或兩端並舉。[28]

因此後世詞壇,論述詞風之主張,或崇「婉」抑「豪」,如楊崇煥〈升庵長短句正集序〉曰:「(詞)創始於李唐李太白,漸盛於五代《花間集》,而集大成於《宋六十名家詞》。其間柳永之徒婉約蘊藉,為正宗之南派;蘇軾之徒氣象恢宏,為變體之北派。」[29];或崇「豪」抑「婉」,如清・徐釚《詞苑叢談》卷四「品藻二」曰:「梨莊曰:『辛稼軒當弱宋末造,負管、樂之才,不能盡展其用,一腔忠憤,無處發洩,觀其與陳同父抵掌談論,是何等人物!故其悲歌慷慨抑鬱無聊之氣,一寄之於詞。今乃欲與搔頭傅粉者比,是豈知稼軒者?』」[30];或言「婉約」、「豪放」不可偏廢,如

---

27 王偉勇撰:〈試述「當行」、「本色」在詞壇上之應用〉,收錄於《中國文學理論與批評論文集》(臺北:新文豐出版公司,1995 年 10 月),頁 214。

28 朱崇才著:《詞話學》(臺北:文津出版社,1995 年 1 月),頁 322。

29 同註 11,頁 209。

30 清・徐釚編著、王百里校箋:《詞苑叢談校箋》(北京:人民文學出版社,1988 年 11 月),頁 250。

清・孫兆溎《片玉山房詞話》曰：「詞以蘊蓄纏綿、波折俏麗為工，故以南宋為詞宗。然如東坡之大江東去，忠武之怒髮衝冠，令人增長意氣，似乎兩宗不可偏廢。是在各人筆致相近，不必勉強定學石帚、耆卿也。今人談詞家，動以蘇、辛為不足學，抑知檀板紅牙不可無銅琵鐵撥，各得其宜，始為持平之論。」[31]於是乃奠定兩大主要之風格類型。故明代詞選於詞史上，為詞體流派特徵之界定，明確指示立論之要領，並開啟探討詞學理論之途徑。

## 四、詞作風格之體現

自唐末、五代迄宋、元之際，詞人輩出，作品眾多；而明、清之世，或因環境轉移，或因風尚所趨，對於前代詞作之好惡及傳頌，深深影響當時詞壇創作與批評風格之導向。明代詞集叢編，就蒐羅獲見與目錄索引查考得知者，凡十五種，多為彙集若干詞人別集或詞選總集，吾人自某位詞人之「別集」或某部詞選之「總集」被輯入次數之多寡，將可窺見明代詞風之特色。故以下根據本書第六章第一節〔附錄一〕與〔附錄二〕之統計表，歸納出為四本以上之「詞集叢編」所選錄之詞家別集或詞選總集，表列如下（詞集依時代歸類，並按選入次數之多寡排列）：

---

[31]　同註13，第2冊，頁1673－1674。

| 時　代 | 作　　者 | 詞　　集 | 選入詞集叢編之次數<br>（為多少本詞集叢編所輯入） |
|---|---|---|---|
| 五代 | 趙崇祚 | 花間集 | 4 |
| 北<br><br><br><br><br><br>宋 | 李之儀 | 姑溪詞 | 6 |
| | 潘　閬 | 逍遙詞 | 5 |
| | 柳　永 | 樂章集 | 5 |
| | 秦　觀 | 淮海詞 | 5 |
| | 謝　逸 | 溪堂詞 | 5 |
| | 張繼先 | 虛靖詞 | 5 |
| | 晏　殊 | 珠玉詞 | 4 |
| | 歐陽修 | 六一詞 | 4 |
| | 王安石 | 半山詞 | 4 |
| | 杜安世 | 杜壽域詞 | 4 |
| | 晏幾道 | 小山詞 | 4 |
| | 蘇　軾 | 東坡詞 | 4 |
| | 黃庭堅 | 山谷詞 | 4 |
| | 周邦彥 | 片玉集 | 4 |
| | 陳師道 | 后山詞 | 4 |
| 南 | 王安中 | 初寮詞 | 6 |
| | 向子諲 | 酒邊詞 | 6 |
| | 楊無咎 | 逃禪詞 | 6 |
| | 毛　开 | 樵隱詞 | 6 |
| | 韓　玉 | 東浦詞 | 6 |
| | 盧　炳 | 烘堂詞 | 6 |
| | 陳與義 | 簡齋詞 | 5 |
| | 黃公度 | 知稼翁詞 | 5 |
| | 張元幹 | 蘆川詞 | 5 |
| | 陳　亮 | 龍川詞 | 5 |
| | 石孝友 | 金谷詞 | 5 |

| | 楊炎正 | 西樵語業 | 5 |
|---|---|---|---|
| | 姜　夔 | 白石詞 | 5 |
| | 戴復古 | 石屏詞 | 5 |
| | 嚴　羽 | 滄浪詞 | 5 |
| | 李昴英 | 文溪詞 | 5 |
| | 吳　潛 | 履齋詞 | 5 |
| | 葛勝仲 | 丹陽詞 | 4 |
| | 周紫之 | 竹坡詞 | 4 |
| | 王以寧 | 王周士詞 | 4 |
| | 張孝祥 | 于湖詞 | 4 |
| | 呂濱老 | 呂聖求詞 | 4 |
| | 侯　寘 | 孏窟詞 | 4 |
| | 向　滈 | 樂齋詞 | 4 |
| | 葛　剡 | 信齋詞 | 4 |
| | 吳　儆 | 竹洲詞 | 4 |
| | 沈　瀛 | 竹齋詞 | 4 |
| | 沈端節 | 克齋詞 | 4 |
| | 劉　過 | 龍洲詞 | 4 |
| 宋 | 辛棄疾 | 稼軒詞 | 4 |
| | 趙師俠 | 坦菴詞 | 4 |
| | 盧祖皋 | 蒲江詞 | 4 |
| | 陳經國 | 龜峰詞 | 4 |
| | 洪　瑹 | 空同詞 | 4 |
| | 陳德武 | 白雪詞 | 4 |
| 元代 | 虞　集 | 鳴鶴餘音 | 4 |
| 明代 | 李　禎 | 僑菴詩餘 | 4 |

　　是知明代詞風之趨向，應以《花間》婉麗精妙為主，而選錄歐陽修、晏殊、晏幾道、柳永、蘇軾、姜夔、辛棄疾之

作品，率屬清雋流麗、富豔精工、宛轉達情之作。總言之，明代詞之名家及名作，雖然不多，但由詞集叢刻刊本之編選，亦足反映對於詞作風格之觀點與理念。

此外，明代之詞集叢編，如：吳訥《唐宋名賢百家詞》、朱之蕃《詞壇合璧》、毛晉《宋六十名家詞》及《詞苑英華》，以及其他詞選刊本，皆保留前代諸多詞集之序跋題記或評語批注，斯乃詞學研究之重要材料。吾人不僅能從中體見詞作風格，更能進一步建構明代詞論體系，其影響誠然廣遠。

## 參、審美觀之形成

詞之藝術特質，不僅在講究句式格調，尤重內涵情境之營造。繆鉞《詩詞散論》曰：「詞之所言，既為人生情思意境之尤細美者，故其表現之方法，如命篇，造境，選聲，配色，亦必求精美細緻，始能與其內容相稱。」[32]而時代之審美觀，隨環境、意識之嬗變，必然呈現不同之風尚，亦必影響一般社會大眾之審美心態與選擇。王兆鵬《詞學史料學》曰：「一部詞選，入選哪些人，各入選多少，都反映出選詞者的審美趣味和審美判斷。」[33]故以下擬就目前查考所知之明代十五種詞集叢編及現存得見之明代二十六種詞集選，探析明代詞論美學之性質及藝術形象。

---

[32] 繆鉞著：《詩詞散論》（上海：上海古籍出版社，1982 年 11 月），頁 56。

[33] 王兆鵬著：《詞學史料學》（北京：中華書局，2004 年 5 月），頁 302。

## 一、審美意識之基礎

　　選家之審美選擇與審美判斷，往往取決於審美意識之建立。由明代詞集叢編與詞選刊本中之序跋，不難窺知明代之美學主張。如明‧顧梧芳〈尊前集引〉曰：

> 余以為額定機軸，畫一成章，是以謂之填詞。縱乏古樂府自然渾厚，往往婉麗相承，比物連類，諧暢中節，未改唐音，尚有風人雅致。[34]

　　又明‧任良幹〈詞林萬選序〉曰：

> 古之詩，今之詞也。……故曰『詩人之賦麗以則，詞人之賦麗以淫。』……然其比於律呂，叶於樂府，則無古今一也。……張于湖、李冠之〈六州歌頭〉、辛稼軒之〈永遇樂〉、岳忠武之〈小重山〉，雖謂之古之雅詩可也，填詞之不可廢者以此。[35]

　　明代詞人之審美意識，在形式技巧方面，強調比物連類，音律調和，叶於樂府；並由「古之雅詩」及「唐音」之基礎上，反映出明詞之藝術規律。此外，詞選序跋，對明人內在審美之精神，亦有著重要之導引作用。如明‧何良俊〈類選箋釋草堂詩餘序〉曰：

> 然樂府以曒逯揚厲為工，詩餘以婉麗流暢為美，即《草

---

[34]　收錄於明‧毛晉編：《詞苑英華》（明末思宗崇禎間虞山毛氏汲古閣刊本，臺北：國家圖書館），頁1-2。

[35]　同前註，頁1。

堂詩餘》所載，如周清真、張子野、秦少游、晁叔原
（按：應為晁叔用之誤），諸人之作，柔情曼聲，摹
寫殆盡，正辭家所謂當行，所謂本色者也。[36]

又明・王象晉〈重刻詩餘圖譜序〉曰：

詩餘一脈，肇自趙宋，列為規格，填以藻詞。一時文
人才士，交相矜尚，或發紓獨得，或酬應鴻篇，或感
慨今昔，或欣厭榮落。或柔態膩理，宣密諦而寄幽情；
或比物托興，圖節敘而繪花鳥。憶美人者盼西方，思
王孫者怨芳草。望西歸者懷好音，抱孤憤者賦楚些。
譬照乘之珠，連城之玉，散在几席，晶光四射，為有
目人所共賞，有心人所共珍，豈不膾炙一時，流耀來
裔哉！[37]

是知明人將詞中審美情感與意象相結合，於內容風格方
面，主張婉麗諧暢，柔情嫵媚，然又不失雅致。

在此審美觀點要求下，遂形成明代審美意識之基礎。如
明・毛晉〈小山詞跋〉謂：「獨《小山集》直逼《花間》，
字字娉娉嫋嫋。」[38]又毛晉於〈蘆川詞跋〉曰：「人稱其長
於悲憤，及讀《花庵》、《草堂》所選，又極嫵媚之致，真
堪與片玉、白石並垂不朽。」[39]此以《花間》、《草堂》綺

---

[36] 收錄於明・顧從敬編、錢允治續補：《類選箋釋草堂詩餘》等三種合
刻（明神宗萬曆甲寅42年刊本，臺北：國家圖書館），頁3。
[37] 同註34，頁1。
[38] 收錄於明・毛晉輯：《宋六十名家詞》（臺北：臺灣中華書局，1986
年2月，《四庫備要》本），冊一，頁1。
[39] 同前註，冊三，頁1。

麗柔婉之風格為主要之審美趨向；是知明人對於詞體之好惡
與感受，實關係論詞風氣之導向，並使審美功能得以發揮。

## 二、審美藝術之傳達

　　錢鴻瑛《詞的藝術世界》曰：「審美之途則通過藝術去
豐富人的感性生命直覺，通過藝術使煩亂的現實世界虛化為
一幅幅想像中的美麗圖景，使騷動不安的心靈得以寧靜地棲
息。」[40]是以審美意識須經由藝術予以表現，而藝術之傳達
則須在審美活動中實踐。明代詞集叢編之彙錄、詞選集之刊
刻及對於詞集之批評點校等，皆可謂明詞藝術之具體審美表
現。如明・胡震亨〈宋名家詞敘〉曰：

> 子晉斯編，蓋將備樂一經於宋，俟千古之言樂者之采
> 擇，抑第為紅牙紫管參拍遍。[41]

　　明・何良俊〈類選箋釋草堂詩餘序〉曰：

> 余家有宋人詩餘六十餘種，求其精絕者，要皆不出此
> 編矣。[42]

　　又明・任良幹〈詞林萬選序〉曰：

> 升菴太史公家藏有唐宋五百家詞，頗為全備，暇日取

---

[40]　錢鴻瑛著：《詞的藝術世界》（上海：上海文藝出版社，1992 年 10
　　月），頁 78。
[41]　收錄於明・毛晉編《宋名家詞》（臺南：莊嚴文化事業公司，《四庫
　　全書存目叢書》第 423 冊，1997 年 6 月），頁 298－299。
[42]　同註 36。

其尤綺練者四卷，名曰《詞林萬選》。[43]

「紅牙紫管爹拍遍」，為音樂藝術之表達；而所謂「精絕」、「尤綺練」，則為審美感受之體現。此外，朱之蕃《詞壇合璧》，彙刻詞集四種，皆以評注選本為輯錄對象。透過編選者之批注評點，更直接將審美心理活動之訊息傳予讀者。如明・湯顯祖評《花間集》卷之一，溫庭筠〈荷葉盃〉（記得那年花下）詞曰：

情景逼真，自與尋常豔語不同。[44]

明・楊慎評《草堂詩餘》卷四，蘇子瞻〈念奴嬌〉（大江東去）詞曰：

古今詞多脂軟纖媚取勝，獨東坡此詞感慨悲壯，雄偉高卓，詞中之史也。銅將軍鐵拍板唱公此詞，雖優人謔語，亦是狀其雄卓奇偉處。[45]

又明・茅暎評《詞的》卷之四，李清照〈聲聲慢〉（尋尋覓覓）詞曰：

連用十四疊字後，又四疊字，情景婉絕，真是絕倡，後人效顰便覺不妥。[46]

---

[43] 同註 34。

[44] 收錄於明・朱之蕃訂：《詞壇合璧》（明金閶世裕堂刊本，臺北：中央研究院歷史語言研究所傅斯年圖書館），第 5 冊，頁 23。

[45] 同前註，第 2 冊，頁 40。

[46] 同前註，第 8 冊，頁 10。

　　以上諸家對詞作之評語，如「情景逼真」、「銅將軍鐵拍板」等，均為審美之聯想活動；詞作疊字之運用，為藝術作品之媒介；而明代詞集叢編與詞選刊本之形象表現，則為編選者傳達審美品味與審美理想之途徑。鄧喬彬《唐宋詞美學》曰：「只有通過藝術傳達，才能將詞人的審美意識化作物質存在，被讀者感知，接受。」[47]故在選錄詞集、採擇詞作之過程中，即已落實明代之審美觀，並奠定審美之標準與尺度，開啟時代之審美風尚。

---

[47]　鄧喬彬著：《唐宋詞美學》（濟南：齊魯書社，2004 年 10 月），頁165。

# 第七章　結論

　　本書前五章，以明人輯錄之「若干詞人別集或詞選總集所彙集成之大型叢書」為主要研究範圍，而目前就目錄索引查考得知者，計十六種：《唐宋名賢百家詞》、《詞壇合璧》、《宋六十名家詞》、《詞苑英華》、《宋五家詞》、《宋名賢七家詞》、《宋二十家詞》、《宋明九家詞》、《宋元明詞》、《宋元明三十三家詞》、《南詞》、《宋元名家詞》、《汲古閣四家詞》、《汲古閣宋五家詞》、《汲古閣詞》、《汲古閣詞鈔》等，而本書即取其中四種獲見之詞集叢編，為探討之主要對象。第六章則將明代詞選與詞集叢編，作一全面觀照與比較，以總結明代兩百多年來詞風之嬗遞，及明詞於詞史上之地位。茲就此中主要研究結論，臚列如次：

## 壹、四種獲見之明代詞集叢編

### 一、別集、選集分刻之詞集叢編

#### （一）詞家別集彙刻：毛晉《宋六十名家詞》

　　此編專以輯錄各家詞人別集。原名《宋名家詞》，因

刊行時間之先後及印行出處之不同，致有多種版本產生，全書總計收錄六十一家詞。毛晉廣蒐刊刻宋人名家之詞不遺餘力，而以汲古存詞為目的，旋得旋刻，更續付梓，不依時代之早晚，亦無一定之順序，蒐羅甄采，務求完備；然因卷帙龐雜，不免失之蕪雜，為人詬病。其次，毛晉所輯，雖以南宋詞集為多，然並非刻意重南而輕北；蓋明末崇禎詞壇，流派紛呈，詞風漸趨改易，其取得南宋詞人別集之機會，自較前容易，而南宋詞人作品，亦藉《宋六十名家詞》之問世，得以完整呈現，後人亦得以藉窺全貌。

（二）詞選刻本合集：朱之蕃《詞壇合璧》

此編專以輯錄若干詞選總集。全書彙刻詞集四種，分別為：1.《草堂詩餘》；2.《四家宮詞》；3.《花間集》；4.《詞的》。其中除《四家宮詞》為七言絕句之詩集外，餘皆為詞選總集，朱之蕃輯錄之重點在於「點次標志」、「評騭賞鑒」。而《詞壇合璧》中諸集評語：眉批、旁批及尾批，或失之簡略疏漏，或流於草率不精；然此等批注，辯證溯源、分析鑒賞，不僅能幫助讀者理解詞意，欣賞作品藝術特色，並能反映明人論詞觀點以及審美特質。

## 二、別集、選集合刻之詞集叢編

### （一）以別集為主：吳訥《唐宋名賢百家詞》

此編以輯錄各家詞人別集為多。又稱《唐宋名賢百家詞集》、《唐宋元明百家詞》、《四朝名賢詞》或作《宋元百家詞》，甚或簡稱《百家詞》。吳訥輯存詞集，其意在「存詞」，既未獨尊北宋，亦不偏重南宋，又能兼及五代、金、元詞集；而收錄之宋人序跋、題詞尤為繁富，足為詞壇留下豐富寶貴之詞學遺產。

### （二）以選集為主：毛晉《詞苑英華》

此編以輯錄詞選總集為夥。全書彙刻詞集九種：1.《花菴絕妙詞選》，分前後兩部分：(1)《唐宋諸賢絕妙詞選》、(2)《中興以來絕妙詞選》；2.《草堂詩餘》；3.《花間集》；4.《尊前集》；5.《詞林萬選》；6.《詩餘圖譜》；7.《秦張兩先生詩餘合璧》，涵括宋·秦觀與明·張綖二人詞作：(1)《少游詩餘》、(2)《南湖詩餘》。以上九種，除《少游詩餘》與《南湖詩餘》二者，為詞人別集外，其他皆為詞選總集。毛晉反對以淺俗淫豔之語入詞，是以藉《詞苑英華》之編選，體現詞體以「情」為主之思想內蘊。又全書所錄大抵以晚唐、五代及宋代詞作為主，以其協律可歌之特性為擇選標準，希冀文人雅士倚聲填詞時，能符合「句有定式、韻有定聲」之要求。

## 貳、未能親見之明代詞集叢編

### 一、以單一朝代為選域

下列諸選，僅以有「宋」一朝，為主要擇選範圍：

（一）《宋五家詞》：明寫本，凡六卷，收藏於北京圖
書館（中國國家圖書館）。

（二）《宋名賢七家詞》：明鈔本，凡七卷，收藏於南
京圖書館。

（三）《宋二十家詞》：明鈔本，凡二十六卷，收藏於
南京圖書館。

### 二、以二個以上朝代為選域

（一）以二個朝代為選域──《宋明九家詞》

明藍格鈔本，以「宋、明」為主要擇選範圍，全書凡
九卷，附錄一卷，收藏於南京圖書館。

（二）以三個朝代為選域──《宋元明詞》

明鈔本，以「宋、元、明」為主要擇選範圍，全書現
存二十一卷，收藏於浙江：紹興市魯迅圖書館。

（三）以四個朝代為選域

1. 《宋元明三十三家詞》：明石村書屋鈔本，以「宋、
   金、元、明」為主要擇選範圍，凡五十三卷，收藏於
   北京圖書館（中國國家圖書館）。
2. 《南詞》：原題明・李東陽輯，有清彭氏知聖道齋舊
   藏清鈔本，以「五代、宋、元、明」為主要擇選範圍，
   原書現存日本。

（四）以五個朝代為選域──《宋元名家詞》

　　明鈔本，以「五代、宋、金、元、明」為主要擇選範
圍，全書凡一百卷，七十種，收藏於北京大學圖書館。

三、其他：汲古閣鈔存之詞集叢編

　　明代毛晉汲古閣傳鈔書籍最富，而於未親見之詞集叢編
中，有若干書名別標「汲古閣」者：
　　（一）《汲古閣四家詞》：為汲古閣精寫本，凡四種，
　　　　　四卷，未經刊刻。
　　（二）《汲古閣宋五家詞》：毛氏汲古閣鈔本，凡五種，
　　　　　十卷。
　　（三）《汲古閣詞》：八種，原刊本，是書將詩詞集合
　　　　　為一帙。
　　（四）《汲古閣詞鈔》：三卷，細目不詳。

## 參、明代詞集叢編之價值及詞史地位

### 一、明代選詞之趨向與特色

#### （一）選源方面

　　選源係指編者選詞之所本，亦即選家擇取詞選對象與內容之依據。明代詞選於選源方面之特質，主要有二：1. 選集採擇以《花間》、《草堂》為主；2. 別集取材偏於北宋詞人。

#### （二）選型方面

　　選型是為編者輯錄詞集之形態。明代詞集就叢編與選本兩大趨向論之，其於選型方面，各具特色：1. 詞集叢編，廣採眾集；2. 詞集選本，編排不同。

#### （三）選域方面

　　選域乃是詞集內容所涵括之時代範圍，而明代詞集選域之特色為：1. 匯納詞集，蓄積叢編分量；2. 博洽治約，凸顯詞選風格。

（四）選旨方面

　　選旨係編者之用心，為彙輯詞集之目的與擇選之準則。明代詞選集選詞之宗旨，具有以下之特質：1. 叢編輯錄，標宗立義；2. 選家選詞，啟迪詞風。

## 二、明代詞論體系之建構

（一）社會觀之新變

　　一部詞集之彙編與選錄，編選者之價值取向，必深受社會風尚結構本質之影響。明代社會變化之現象，有以下三個重點：1. 重視商業經營；2. 追求享樂生活；3. 崇尚市民文學。此為探討詞論體系發展過程之基礎，形成明代詞學觀之特質。

（二）詞學觀之建立

　　明代詞集，無論選集或叢編，透過選源、選型、選域及選旨之觀點，成為一種獨特之批評形式，而以下四方面，為考探明代詞學理論不可或缺之部分：1. 詞調體製「三分法」之創始；2. 詞譜格律之制訂；3. 婉約、豪放之區別；4. 詞作《花》《草》風格之體現。此四部分對建構明代詞論體系，具有重大而深遠之影響。

（三）審美觀之形成

　　詞之藝術特質，不僅在講究句式格調，尤重內涵情境之營造；而一部詞選之去取標準，則可反映出編選者之審美趣味與價值判斷。此審美觀念之形成，表現在選家對於美學意識之主張及藝術形象之表達，且大量見諸所作詞集序跋中。

　　本書以「明代四種詞集叢編」為主，並就未能親見之其他詞集叢編，進行整理與研究，使明代詞壇之全貌，能更完整呈現。張仲謀《明詞史》曰：「過去人鄙薄明代詞學以為不足道，在很大程度上是缺乏了解所致。明代詞學理論是一片待發掘的荒地。」[1]是以由明代詞集叢編之探討過程，不僅能使詞學演進之脈絡，清晰可循，更能奠定明代詞論體系之基礎，進而導引後世詞學發展之方向，建構整體宏觀之新視野。

---

[1]　張仲謀著：《明詞史》（北京：人民文學出版社，2002 年 2 月），頁343。

## 【附錄一】

## 明代詞集叢編選錄「詞選總集」統計分析一覽表

| 時代 | 詞集¹ | 作者 | 唐宋名賢百家詞 | 詞壇合璧百家詞 | 宋六十名家詞 | 宋詞苑英華 | 宋五家詞 | 宋名賢七家詞 | 宋二十家詞 | 宋明九家詞 | 宋元明詞 | 宋元明三十三家詞 | 南詞 | 宋元名家詞 | 波古閣宋五家詞 | 波古閣四家詞 | 波古閣宋五家詞 | 波古閣詞 | 小計 | 合計 |
|---|---|---|---|---|---|---|---|---|---|---|---|---|---|---|---|---|---|---|---|---|
| 五代 | 花間集 | （後蜀）趙崇祚輯 | ✔ | ✔ | | ✔ | | | | | | | | ✔ | | | | | 4 | 4 |
| 宋代 | 檀前集（尊前集） | 名氏不詳 | ✔ | | | ✔ | | | | | | | | | | | | | 2 | 8 |
| | 草堂詩餘 | 無名氏輯 | | ✔ | | ✔ | | | | | | | ✔ | | | | | | 3 | |
| | 花電絕妙詞選：唐宋諸賢絕妙詞選 | 黃昇輯 | | | | ✔ | | | | | | | | | | | | | 1 | |
| | 花電絕妙詞選：中興以來絕妙詞選 | 黃昇輯 | | | | ✔ | | | | | | | | | | | | | 1 | |
| | 白石詞選 | 姜夔撰、陳元龍輯 | | | | | | | | | | | | ✔ | | | | | 1 | |

---

¹ 詞集順序以時代歸類，作者卒年可確知者，按卒年先後排列；其卒年不可考者，則以張璋、黃畬編：《全唐五代詞》（臺北：文史哲出版社，1986年10月）、唐圭璋編：《全宋詞》及饒宗頤、張璋纂：《全明詞》（臺北：宏業書局，1985年10月）、唐圭璋編：《全金元詞》，全二冊（臺北：洪氏出版社，1980年11月）及《全明詞》，全六冊（北京：中華書局，2004年1月），為排序參考。又詞集另有別稱，或包含其他部分者，則於括號內注明之。

| 時代 | 詞集 | 作者 | 唐宋名賢百家詞 | 詞壇合璧 | 宋六十名家詞 | 詞苑英華 | 宋五家詞 | 宋名賢七家詞 | 宋二十家詞 | 宋明九家詞 | 宋元明詞 | 宋元明三十三家詞 | 南詞 | 宋元名家詞 | 汲古閣四家詞 | 汲古閣宋五家詞 | 汲古閣詞 | 小計 | 合計 |
|---|---|---|---|---|---|---|---|---|---|---|---|---|---|---|---|---|---|---|---|
| 元代 | 樂府補題 | 陳恕可輯 | ✓ | | | | | | | | | | ✓ | | | | | 2 | 2 |
| 明代 | 詞林萬選 | 楊慎輯 | | | | ✓ | | | | | | | | | | | | 1 | 4 |
| | 詩餘圖譜 | 張綖輯 | | | | ✓ | | | | | | | | | | | | 1 | |
| | 詞的 | 茅暎評選 | | ✓ | | | | | | | | | | | | | | 1 | |
| | 四家宮詞 | 楊慎批點 | | ✓ | | | | | | | | | | | | | | 1 | |
| | 總計[2] | | 3 | 4 | 0 | 7 | 0 | 0 | 0 | 0 | 0 | 0 | 2 | 2 | 0 | 0 | 0 | 18 | |

2　所錄詞集，或有殘缺不全者，或為有目無詞者，或目錄重出者，皆以一種或一次計之；以下「別集」部分亦同，不另附註。

## 【附錄二】
## 明代詞集叢編選錄「詞人別集」統計分析一覽表

| 時代 | 詞集 | 作者 | 唐宋名賢百家詞 | 詞壇合璧 | 宋六十名家詞 | 詞苑英華 | 宋五家詞 | 宋名賢七家詞 | 宋二十家詞 | 宋明九家詞 | 宋元明詞 | 宋元明三十三家詞 | 南詞 | 宋元名家詞 | 汲古閣四家詞 | 汲古閣宋五家詞 | 汲古閣詞 | 合計 |
|---|---|---|---|---|---|---|---|---|---|---|---|---|---|---|---|---|---|---|
| 五代 | 王建宮詞 | （唐）王建 | ✓ | | | | | | | | | | | | | | | 1 |
| | 陽春集 | （南唐）馮延巳 | ✓ | | | | | | | | | | | | | | | 1 |
| | 南唐二主詞 | （南唐）李璟、李煜 | | | | | | | | | | | ✓ | | | | ✓ | 2 |
| | 花蕊夫人宮詞 | （蜀）花蕊夫人 | | | | | | | | | | | | | | | ✓ | 1 |
| | 計 | | 2 | 0 | 0 | 0 | 0 | 0 | 0 | 0 | 0 | 0 | 1 | 0 | 0 | 0 | 2 | 5 |

| 時代 | 詞集 | 作者 | 唐宋名賢百家詞 | 詞壇合璧 | 宋六十名家詞 | 詞苑英華 | 宋五家詞 | 宋名賢七家詞 | 宋二十家詞 | 宋明九家詞 | 宋元明詞 | 宋元明三十三家詞 | 兩詞 | 宋元名家詞 | 汲古閣四家詞 | 汲古閣宋五家詞 | 汲古閣詞 | 合計 |
|---|---|---|---|---|---|---|---|---|---|---|---|---|---|---|---|---|---|---|
| 北宋 | 逍遙詞 | 潘閬 | ✓ | | | | | ✓ | | ✓ | ✓ | | ✓ | | | | | 5 |
| | 樂章集（樂章詞、柳屯田樂章、屯田樂章詞） | 柳永 | ✓ | | ✓ | | | | ✓ | | | | ✓ | ✓ | | | | 5 |
| | 珠玉詞 | 晏殊 | ✓ | | ✓ | | | | ✓ | | | | ✓ | | | | | 4 |
| | 六一詞 | 歐陽修 | ✓ | | ✓ | | | | ✓ | | | | ✓ | | | | | 4 |
| | 張子野詞 | 張先 | ✓ | | | | | | | | | | | | | | | 1 |
| | 半山詞 | 王安石 | ✓ | | | | | | | ✓ | ✓ | | ✓ | | | | | 4 |
| | 文湖州詞 | 文同 | | | | | | | | ✓ | | | ✓ | | | | | 2 |
| | 杜壽域詞 | 杜安世 | ✓ | | ✓ | | | | ✓ | | | | ✓ | | | | | 4 |
| | 王珪宮詞 | 王珪 | | | | | | | | | | | | | | | ✓ | 1 |
| | 小山詞 | 晏幾道 | ✓ | | ✓ | | | | ✓ | | | | ✓ | | | | | 4 |
| 宋 | 東坡詞（包括：東坡補遺、拾遺） | 蘇軾 | ✓ | | ✓ | | | | | | | | ✓ | ✓ | | | | 4 |
| | 淮海詞（少游詩餘） | 秦觀 | ✓ | | ✓ | ✓ | | | ✓ | | | ✓ | | | | | | 5 |
| | 姑溪詞 | 李之儀 | ✓ | | ✓ | | | | ✓ | | | ✓ | ✓ | ✓ | | | | 6 |

| 時代 | 詞集 | 作者 | 唐宋名賢百家詞 | 詞壇合璧 | 宋六十名家詞 | 詞苑英華 | 宋五家詞 | 宋名賢七家詞 | 宋二十家詞 | 宋明九家詞 | 宋元明詞 | 宋元明三十三家詞 | 南詞 | 宋元名家詞 | 汲古閣四家詞 | 汲古閣宋五家詞 | 汲古閣詞 | 合計 |
|---|---|---|---|---|---|---|---|---|---|---|---|---|---|---|---|---|---|---|
| 北 | 山谷詞（山谷琴趣詞） | 黃庭堅 | ✓ |  | ✓ |  |  |  | ✓ |  |  |  | ✓ |  |  |  |  | 4 |
|  | 琴趣外篇 | 晁補之 |  |  | ✓ |  |  |  |  |  |  |  |  |  |  |  |  | 1 |
|  | 溪堂詞 | 謝逸 | ✓ |  | ✓ |  |  |  | ✓ |  |  |  | ✓ | ✓ |  |  |  | 5 |
|  | 竹友詞 | 謝邁 | ✓ |  |  |  |  |  |  |  |  |  | ✓ | ✓ |  |  |  | 3 |
|  | 片玉集（片玉詞：包括：補遺） | 周邦彦 | ✓ |  | ✓ |  |  |  |  | ✓ |  |  |  | ✓ |  |  |  | 4 |
| 宋 | 東山詞 | 賀鑄 |  |  |  |  |  |  |  |  |  |  |  | ✓ |  |  |  | 1 |
|  | 后山詞（後山詞） | 陳師道 | ✓ |  | ✓ |  |  |  | ✓ |  |  |  | ✓ |  |  |  |  | 4 |
|  | 東堂詞 | 毛滂 | ✓ |  | ✓ |  |  |  | ✓ |  |  |  |  |  |  |  |  | 3 |
|  | 虛靖詞（虛靖真君詞） | 張繼先 | ✓ |  |  |  |  |  |  | ✓ |  |  | ✓ | ✓ |  |  | ✓ | 5 |
| 總計 |  |  | 17 | 0 | 14 | 1 | 0 | 1 | 11 | 5 | 2 | 4 | 15 | 8 | 0 | 0 | 1 | 79 |

| 時代 | 詞集 | 作者 | 唐宋名賢百家詞 | 詞壇合璧 | 宋六十名家詞 | 詞苑英華 | 宋五家詞 | 宋名賢七家詞 | 宋二十家詞 | 宋明九家詞 | 宋元明詞 | 宋元明三十三家詞 | 南詞 | 宋元名家詞 | 汲古閣四家詞 | 汲古閣宋五家詞 | 汲古閣詞 | 合計 |
|---|---|---|---|---|---|---|---|---|---|---|---|---|---|---|---|---|---|---|
| 南宋 | 宋徽宗宮詞 | （宋徽宗）[1] | | | | | | | | | | | | | | | ✓ | 1 |
| | 宋楊太后宮詞 | （楊太后） | | | | | | | | | | | | | | | ✓ | 1 |
| | 初寮詞 | 王安中 | ✓ | | ✓ | | | | ✓ | | ✓ | | ✓ | ✓ | | | | 6 |
| | 簡齋詞（無住詞） | 陳與義 | ✓ | | ✓ | | | | | | ✓ | | ✓ | ✓ | | | | 5 |
| | 丹陽詞 | 葛勝仲 | ✓ | | ✓ | | | ✓ | | | | | | ✓ | | | | 4 |
| | 竹坡詞（竹坡老人詞） | 周紫之 | ✓ | | ✓ | | | | | | | ✓ | | ✓ | | | | 4 |
| | 得全居士詞 | 趙鼎 | | | | | | | | | | | | ✓ | | | | 1 |
| | 石林詞 | 葉夢得 | ✓ | | ✓ | | | | | | | | | ✓ | | | | 3 |
| | 東溪詞 | 高登 | | | | | | | | | | | | | | ✓ | | 1 |
| | 酒邊集（酒邊詞） | 向子諲 | ✓ | | ✓ | | | | | | ✓ | ✓ | ✓ | ✓ | | | | 6 |

---

1　《宋徽宗宮詞》與《宋楊太后宮詞》之作者，於吳引孫《揚州吳氏測海樓藏書目錄》（收錄於嚴靈峰編輯：《書目類編》，臺北：成文出版社，1978年7月，第37冊，頁16547）中未載，此自行補錄，以括號別之。

| 合計 | 汲古閣詞 | 汲古閣宋五家詞 | 汲古閣四家詞 | 宋元名家詞 | 南詞 | 宋元明三十三家詞 | 宋元明詞 | 宋明九家詞 | 宋二十家詞 | 宋名賢七家詞 | 宋五家詞 | 詞苑英華 | 宋六十名家詞 | 詞壇合璧 | 唐宋名賢百家詞 | 作者 | 詞集 | 時代 |
|---|---|---|---|---|---|---|---|---|---|---|---|---|---|---|---|---|---|---|
| 3 |  |  |  |  |  |  |  |  | ✓ |  |  |  | ✓ |  | ✓ | 蔡伸 | 友古詞（友古居士詞） | 南宋 |
| 5 |  |  |  | ✓ | ✓ |  | ✓ |  |  |  |  |  | ✓ |  | ✓ | 黃公度 | 知稼翁詞 |  |
| 3 |  |  |  | ✓ | ✓ |  |  |  |  |  |  |  |  |  | ✓ | 朱敦儒 | 樵歌（樵隱詞） |  |
| 1 | ✓ |  |  |  |  |  |  |  |  |  |  |  |  |  |  | 李清照 | 漱玉詞 |  |
| 3 |  |  |  | ✓ |  | ✓ |  |  |  |  |  |  |  |  | ✓ | 劉一止 | 苕溪詞 |  |
| 4 |  |  | ✓ | ✓ | ✓ |  |  |  |  |  |  |  |  |  | ✓ | 王以寧（一作 王以甯） | 王周士詞 |  |
| 5 |  |  |  | ✓ |  | ✓ |  |  | ✓ |  |  |  | ✓ |  | ✓ | 張元幹 | 蘆川詞 |  |
| 3 |  |  |  | ✓ |  | ✓ |  |  |  |  |  |  |  |  | ✓ | 王之道 | 相山詞（相山居士詞） |  |
| 3 |  |  |  | ✓ |  |  |  |  |  |  |  |  | ✓ |  | ✓ | 葛立方 | 歸愚詞 |  |
| 3 |  |  |  | ✓ |  |  |  |  |  |  |  |  | ✓ |  | ✓ | 王千秋 | 審齋詞 |  |
| 4 |  |  |  | ✓ | ✓ |  |  |  |  |  |  |  | ✓ |  | ✓ | 張孝祥 | 于湖詞（于湖先生長短句） |  |

| 時代 | 詞集 | 作者 | 唐宋名賢百家詞 | 詞壇合璧 | 宋六十名家詞 | 詞苑英華 | 宋五家詞 | 宋名賢七家詞 | 宋二十家詞 | 宋明九家詞 | 宋元明詞 | 宋元明三十三家詞 | 南詞 | 宋元名家詞 | 汲古閣四家詞 | 汲古閣宋五家詞 | 汲古閣詞 | 合計 |
|---|---|---|---|---|---|---|---|---|---|---|---|---|---|---|---|---|---|---|
| 南 | 蘆溪詞 | 王庭珪 | ✓ | | | | | | | | | | | ✓ | | | | 2 |
| 南 | 呂聖求詞（聖求詞） | 呂濱老（一作呂渭老） | ✓ | | ✓ | | | | ✓ | | | | ✓ | | | | | 4 |
| 南 | 逃禪詞 | 楊無咎（一作楊无咎） | ✓ | | ✓ | | | | ✓ | | | ✓ | ✓ | ✓ | | | | 6 |
| 南 | 介庵詞（介庵詞） | 趙彥端 | ✓ | | ✓ | | | | | | | ✓ | | | | | | 3 |
| 南 | 滄洲詞 | 胡銓 | | | | | | | | | | | | | | ✓ | | 1 |
| 南 | 海野詞 | 曾覿 | | | ✓ | | | | | | | | | | | | | 1 |
| 南 | 樵隱詞（樵隱詩餘） | 毛幵 | ✓ | | ✓ | | ✓ | | | ✓ | | | ✓ | ✓ | | | | 6 |
| 宋 | 斷腸宮詞 | 朱淑真 | | | | | | | | | | | | | | | ✓ | 1 |
| 宋 | 斷腸詞 | 朱淑真 | | | | | | | | | | | | ✓ | | | ✓ | 2 |
| 宋 | 爛窟詞 | 侯寘 | ✓ | | ✓ | | | | | | | ✓ | | ✓ | | | | 4 |

| 時代 | 詞集 | 作者 | 唐宋名賢百家詞 | 詞壇合璧 | 宋六十名家詞 | 詞苑英華 | 宋五家詞 | 宋名賢七家詞 | 宋二十家詞 | 宋明九家詞 | 宋元明詞 | 宋元明三十三家詞 | 南詞 | 宋元名家詞 | 汲古閣四家詞 | 汲古閣宋五家詞 | 汲古閣詞 | 合計 |
|---|---|---|---|---|---|---|---|---|---|---|---|---|---|---|---|---|---|---|
| 南 | 樂齋詞 | 向滈（一作向鎬） | ヽ | | | | | ヽ | | | | | ヽ | ヽ | | | | 4 |
| 南 | 信齋詞 | 葛刻（一作葛郯） | ヽ | | | | | ヽ | | | | | ヽ | ヽ | | | | 4 |
| 宋 | 養拙堂詞 | 管鑑 | ヽ | | | | | | | | | | ヽ | | | | | 2 |
| 宋 | 竹洲詞 | 吳儆 | ヽ | | | | | ヽ | | | | | ヽ | ヽ | | | | 4 |
| 宋 | 拙庵詞 | 趙磻老 | | | | | | | | | | | ヽ | | | | | 1 |
| 宋 | 晦菴詞 | 李處全 | ヽ | | | | | | | | | | | ヽ | | ヽ | | 3 |
| 宋 | 省齋詞（省齋詩餘） | 廖行之 | ヽ | | | | | | | | | ヽ | ヽ | | | | | 3 |
| 宋 | 書舟詞 | 程垓 | ヽ | | ヽ | | | | | | | | ヽ | | | | | 3 |
| 宋 | 龍川詞（包括：龍川詞補） | 陳亮 | ヽ | | ヽ | | | | ヽ | | | | ヽ | ヽ | | | | 5 |
| 宋 | 松坡詞 | 京鏜 | | | ヽ | | ヽ | | | | | ヽ | | | | | | 3 |
| 宋 | 近體樂府 | 周必大 | | | ヽ | | | | | | | | | | ヽ | | | 2 |

| 時代 | 詞集 | 作者 | 汲古閣詞 | 汲古閣宋五家詞 | 汲古閣四家詞 | 宋元名家詞 | 南詞 | 宋元明三十三家詞 | 宋元明詞 | 宋明九家詞 | 宋二十家詞 | 宋名賢七家詞 | 宋五家詞 | 詞苑英華 | 宋六十名家詞 | 詞壇合璧 | 唐宋名賢百家詞 | 合計 |
|---|---|---|---|---|---|---|---|---|---|---|---|---|---|---|---|---|---|---|
| 南宋 | 竹齋詞 | 沈藏 | | | | ✓ | ✓ | | | | | ✓ | | | | | ✓ | 4 |
| | 克齋詞 | 沈端節 | | | | ✓ | ✓ | | | | | | | | ✓ | | ✓ | 4 |
| | 龍洲詞 | 劉過 | | | | | ✓ | | | | | | ✓ | | ✓ | | ✓ | 4 |
| | 稼軒詞 | 辛棄疾 | | | | ✓ | ✓ | | | | | | | | ✓ | | ✓ | 4 |
| | 放翁詞（渭南詞） | 陸游 | | | | ✓ | | | | | | | | | ✓ | | ✓ | 3 |
| | （惜香樂府） | 趙長卿 | | | | | | | | | | | | | ✓ | | | 1 |
| | 金谷詞（金谷遺音、金谷遺音詞） | 石孝友 | | | | ✓ | ✓ | ✓ | | | | | | | ✓ | | ✓ | 5 |
| | 東浦詞 | 韓玉 | | | | ✓ | ✓ | | | ✓ | | ✓ | | | ✓ | | ✓ | 6 |
| | 坦菴詞（坦菴長短句） | 趙師俠 | | | | ✓ | | ✓ | | | | | | | ✓ | | ✓ | 4 |
| | 西樵語業（西樵語業詞） | 楊炎正 | | | | ✓ | ✓ | | | | | | ✓ | | ✓ | | ✓ | 5 |
| | 烘堂詞（烘堂集） | 盧炳 | | | | ✓ | ✓ | | ✓ | | ✓ | | | | ✓ | | ✓ | 6 |
| | 白石詞（白石先生詞） | 姜夔 | | | | | ✓ | ✓ | ✓ | | ✓ | | | | ✓ | | | 5 |
| | 笑笑詞 | 郭應祥 | | | | ✓ | | ✓ | | | | | | | | | ✓ | 3 |

| 時代 | 詞集 | 作者 | 合計 | 汲古閣詞 | 汲古閣宋五家詞 | 汲古閣四家詞 | 宋元名家詞 | 南詞 | 宋元明三十三家詞 | 宋元明詞 | 宋明九家詞 | 宋二十家詞 | 宋名賢七家詞 | 宋五家詞 | 詞苑英華 | 宋六十名家詞 | 詞壇合璧 | 唐宋名賢百家詞 |
|---|---|---|---|---|---|---|---|---|---|---|---|---|---|---|---|---|---|---|
| 南宋 | 澗泉詩餘 | 韓淲 | 1 | | | | ✓ | | | | | | | | | | | |
| 南宋 | 石屏詞 | 戴復古 | 5 | | | | ✓ | ✓ | | | | | | | | ✓ | | ✓ |
| 南宋 | 梅溪詞 | 史達祖 | 3 | | | | | | | | | | | ✓ | | ✓ | | ✓ |
| 宋 | 竹屋詞（竹屋癡語） | 高觀國 | 3 | | | | ✓ | | | | | | | | | ✓ | | ✓ |
| 宋 | 平齋詞 | 洪咨夔 | 2 | | | | ✓ | | | | | | | | | | | ✓ |
| 宋 | 鶴山長短句 | 魏了翁 | 1 | | | | ✓ | | | | | | | | | | | |
| 宋 | 蒲江詞（蒲江詞） | 盧祖皋 | 4 | | | | | ✓ | | ✓ | | | | | | ✓ | | ✓ |
| 宋 | 和清真詞 | 方千里 | 1 | | | | | | | | | | | | | ✓ | | |
| 宋 | 洺水詞 | 程珌 | 1 | | | | | | | | | | | | | ✓ | | |
| 宋 | 竹齋詩餘 | 黃機 | 2 | | | | ✓ | | | | | | | | | | | ✓ |
| 宋 | 滄浪詞 | 嚴羽 | 5 | | | | | | ✓ | ✓ | ✓ | | ✓ | | | | | ✓ |
| 宋 | 東澤綺語（綺語詞） | 張輯 | 3 | | | | | ✓ | | ✓ | ✓ | | | | | | | |
| 宋 | 虛齋詞（虛齋樂府） | 趙以夫 | 2 | | | | ✓ | | | | | | | | | | | ✓ |

| 時代 | 詞集 | 作者 | 汲古閣詞 | 汲古閣宋五家詞 | 汲古閣四家詞 | 宋元名家詞 | 南詞 | 宋元明三十三家詞 | 宋元明詞 | 宋明九家詞 | 宋二十家詞 | 宋名賢七家詞 | 宋五家詞 | 詞苑英華 | 宋六十名家詞 | 詞壇合璧 | 唐宋名賢百家詞 | 合計 |
|---|---|---|---|---|---|---|---|---|---|---|---|---|---|---|---|---|---|---|
| 南宋 | 蓬萊鼓吹（蓬萊鼓吹詞） | 夏元鼎 | | | | | ✔ | ✔ | | | | | | | | | ✔ | 3 |
| | 文溪詞 | 李昴英 | | | | ✔ | ✔ | ✔ | | | | | | | ✔ | | ✔ | 5 |
| | 履齋詞（履齋先生詩餘、履齋先生詞；包括：續集） | 吳潛 | | | | ✔ | ✔ | ✔ | ✔ | | | | | | | | ✔ | 5 |
| | （後村詞（後村別調） | 劉克莊 | | | | | | ✔ | | | | | | | | | ✔ | 2 |
| | 龜峰詞 | 陳經國 | | | | ✔ | ✔ | | | | | | | | ✔ | | ✔ | 4 |
| | 夢窗甲、乙、丙、丁稿、絕筆、補遺 | 吳文英 | | | | | | ✔ | | | | | | | | | | 1 |
| 宋 | 空同詞 | 洪瑹 | | | | ✔ | ✔ | | | | | | | | ✔ | | ✔ | 4 |
| | 玉林詞（散花菴詞） | 黃昇 | | | | ✔ | | | | | | | | | ✔ | | ✔ | 3 |
| | 芸窗詞 | 張榘 | | | | | | | | | | | | | ✔ | | | 1 |
| | 碎錦詞 | 李好古 | | | | | | | | | | | | | | | ✔ | 1 |
| | 周草窗詞 | 周密 | | ✔ | | | | | | | | | | | | | | 1 |
| | 竹山詞 | 蔣捷 | | | | ✔ | | | | | | | | | ✔ | | ✔ | 3 |

| 時代 | 詞集 | 作者 | 唐宋名賢百家詞 | 詞壇合璧 | 宋六十名家詞 | 詞苑英華 | 宋五家詞 | 宋名賢七家詞 | 宋二十家詞 | 宋明九家詞 | 宋元明詞 | 宋元明三十三家詞 | 南詞 | 宋元名家詞 | 汲古閣四家詞 | 汲古閣宋五家詞 | 汲古閣詞 | 合計 |
|---|---|---|---|---|---|---|---|---|---|---|---|---|---|---|---|---|---|---|
| 南宋 | 水雲詞 | 汪元量 | ✓ | | | | | | | | | | | | | | | 1 |
| | 玉笥詞（玉笥山人詞集、玉笥山人詞） | 王沂孫 | ✓ | | | | | | | | | ✓ | | ✓ | | | | 3 |
| | 白雪詞 | 陳德武 | ✓ | | | | | | | | ✓ | | ✓ | ✓ | | | | 4 |
| | 玉田詞（玉田集） | 張炎 | ✓ | | | | | | | | | ✓ | | | | | | 2 |
| 宋 | 可齋詞 | 李曾伯 | | | | | | | | | | | | | | ✓ | | 1 |
| | 總計 | | 62 | 0 | 47 | 0 | 5 | 7 | 8 | 3 | 10 | 21 | 37 | 52 | 2 | 5 | 5 | 264 |

| 時代 | 詞集 | 作者 | 唐宋名賢百家詞 | 詞壇合璧 | 宋六十名家詞 | 詞苑英華 | 宋五家詞 | 宋名賢七家詞 | 宋二十家詞 | 宋明九家詞 | 宋元明詞 | 宋元明三十三家詞 | 南詞 | 宋元名家詞 | 汲古閣四家詞 | 汲古閣宋五家詞 | 汲古閣詞 | 合計 |
|---|---|---|---|---|---|---|---|---|---|---|---|---|---|---|---|---|---|---|
| 金代 | 遯菴詞（遯菴樂府、遯菴居士詞） | 段克己 | ✓ | | | | | | | | | ✓ | | ✓ | | | | 3 |
| 元代 | 遺山詞 | 元好問 | ✓ | | | | | | | | | | | | | | | 1 |
| | 菊軒詞（菊軒樂府、菊軒居士詞） | 段成己 | ✓ | | | | | | | | | ✓ | | ✓ | | | | 3 |
| 總計 | | | 3 | 0 | 0 | 0 | 0 | 0 | 0 | 0 | 0 | 2 | 0 | 2 | 0 | 0 | 0 | 7 |

| 時代 | 詞集 | 作者 | 唐宋名賢百家詞 | 詞壇合璧 | 宋六十名家詞 | 詞苑英華 | 宋五家詞 | 宋名賢七家詞 | 宋二十家詞 | 宋明九家詞 | 宋元明詞 | 宋元明三十三家詞 | 兩詞 | 宋元名家詞 | 汲古閣四家詞 | 汲古閣宋五家詞 | 汲古閣詞 | 合計 |
|---|---|---|---|---|---|---|---|---|---|---|---|---|---|---|---|---|---|---|
| 元 | 靜修詞 | 劉因 | ✓ |  |  |  |  |  |  |  |  | ✓ |  |  |  |  |  | 2 |
|  | 秋澗先生樂府 | 王惲 |  |  |  |  |  |  |  |  |  |  |  | ✓ |  |  |  | 1 |
|  | 靜春詞 | 袁易 | ✓ |  |  |  |  |  |  |  |  | ✓ |  |  |  |  |  | 2 |
|  | 松雪詞 | 趙孟頫 | ✓ |  |  |  |  |  |  |  |  |  | ✓ | ✓ |  |  |  | 3 |
|  | 吳文正公詞 | 吳澄 |  |  |  |  |  |  |  |  |  |  |  |  | ✓ |  |  | 1 |
|  | 鳴鶴餘音 | 虞集 | ✓ |  |  |  |  |  |  |  | ✓ | ✓ | ✓ |  |  |  |  | 4 |
|  | 古山樂府 | 張埜 | ✓ |  |  |  |  |  |  |  |  | ✓ | ✓ |  |  |  |  | 3 |
|  | 貞居詞 | 張雨 | ✓ |  |  |  |  |  |  |  |  | ✓ | ✓ |  |  |  |  | 3 |
|  | 圭塘集 | 許有壬 |  |  |  |  |  |  |  |  |  |  |  | ✓ |  |  |  | 1 |
| 代 | 蛻岩詞（蛻巖詞） | 張翥 | ✓ |  |  |  |  |  |  |  | ✓ |  | ✓ |  |  |  |  | 3 |
|  | 竹齋詞（包括：附錄） | 沈禧 |  |  |  |  |  |  |  |  | ✓ |  | ✓ |  |  |  |  | 2 |
|  | 雲林詞（雲林樂府） | 倪瓚 | ✓ |  |  |  |  |  |  |  |  |  | ✓ | ✓ |  |  |  | 3 |
|  | 甯極齋樂府 | 陳深 |  |  |  |  |  |  |  |  |  |  |  |  | ✓ |  |  | 1 |
| 總計 |  |  | 8 | 0 | 0 | 0 | 0 | 0 | 0 | 0 | 3 | 5 | 7 | 4 | 2 | 0 | 0 | 29 |

| 時代 | 詞集 | 作者 | 書宋名賢百家詞 | 詞壇合璧 | 宋六十名家詞 | 詞苑英華 | 宋五家詞 | 宋名賢七家詞 | 宋二十家詞 | 宋明九家詞 | 宋元明詞 | 宋元明三十三家詞 | 南詞 | 宋元名家詞 | 汲古閣四家詞 | 汲古閣宋五家詞 | 汲古閣詞 | 合計 |
|---|---|---|---|---|---|---|---|---|---|---|---|---|---|---|---|---|---|---|
| 明代 | 夢窗詞 | 張肯 | | | | | | | | | | | | ✓ | | | | 1 |
| 明代 | 耐軒詞 | 王達 | ✓ | | | | | | | | | ✓ | ✓ | | | | | 3 |
| 明代 | 僑庵詩餘（僑庵詞：包括：北樂府） | 李禎 | | | | | | | | ✓ | ✓ | | ✓ | ✓ | | | | 4 |
| 明代 | 南湖詩餘 | 張綖 | | ✓ | | | | | | | | | | | | | | 1 |
| 明代 | 女紅餘志 | 龔輔 | | | | | | | | | | | | | | | ✓ | 1 |
| | 總計 | | 1 | 1 | 0 | 0 | 0 | 0 | 0 | 1 | 1 | 1 | 2 | 2 | 0 | 0 | 1 | 10 |

| 時代 | 作者 | 詞集 | | | | | | | | | | | | | | 合計 |
|---|---|---|---|---|---|---|---|---|---|---|---|---|---|---|---|---|
| | | 唐宋名賢百家詞 | 詞壇合璧 | 宋六十名家詞 | 詞苑英華 | 宋五家詞 | 宋名賢七家詞 | 宋二十家詞 | 宋明九家詞 | 宋元明詞 | 宋元明三十三家詞 | 南詞 | 宋元名家詞 | 波古閣四家詞 | 波古閣宋五家詞 | 波古閣詞 | |
| 其他 | 有竹詞 | ✓ | | | | | | | | | | | | | | | 1 |
| | 撫掌詞 | ✓ | | | | | | | | | | | | | | | 1 |
| 總計 | 計 | 2 | 0 | 0 | 0 | 0 | 0 | 0 | 0 | 0 | 0 | 0 | 0 | 0 | 0 | 0 | 2 |

# 主要參考書目

一、經籍、史籍、方志、傳記等

《明史》，清・張廷玉等奉敕撰，臺北：臺灣商務印書館（《景印文淵閣四庫全書》第 299 冊），1984 年 8 月版。

《明一統志》，明・李賢等奉敕撰，臺北：臺灣商務印書館（《景印文淵閣四庫全書》第 472 冊），1985 年 2 月版。

《明史新編》，楊國楨、陳支平著，香港：中國圖書刊行社，1994 年 4 月香港第一版。

《明代政治史》（上、下冊），張顯清等著，桂林：廣西師範大學出版社，2003 年 12 月第一版。

《明代社會生活史》，陳寶良著，北京：中國社會科學出版社，2004 年 3 月第一版。

《欽定大清一統志》，清・和珅等奉敕撰，臺北：臺灣商務印書館（《景印文淵閣四庫全書》第 475、478、483 冊），1985 年 2 月版。

《直齋書錄解題》（全三冊），宋・陳振孫撰，臺北：臺灣商務印書館，1978 年 5 月臺一版。

《四庫全書總目提要》，清・永瑢、紀昀等撰，臺北：臺灣商務印書館，1983 年 10 月初版。

《善本書室藏書志》（全四冊），清・丁丙輯，臺北：廣文書局，

1988 年 12 月再版。

《汲古閣毛氏藏書目錄》，不著編人，鈔本，臺北：國家圖書館。

《汲古閣珍藏祕本書目》，明・毛扆輯，臺北：臺灣商務印書館（《叢書集成簡編》第 5 冊），1965 年 12 月臺一版。

《汲古閣校刻目錄》，清・鄭德懋輯，臺北：新文豐出版公司（《叢書集成續編》第 5 冊），1989 年 7 月臺一版。

《揚州吳氏測海樓藏書目錄》，吳引孫編，臺北：成文出版社（《書目類編》第 37 冊），1978 年 7 月版。

《千頃堂書目》，清・黃虞稷撰，臺北：臺灣商務印書館（《景印文淵閣四庫全書》第 676 冊），1985 年 8 月版。

《孝慈堂書目》，清・王聞遠撰，臺北：新文豐出版公司（《叢書集成續編》第 5 冊），1989 年 7 月臺一版

《中國叢書綜錄》（全二冊），上海圖書館編，上海：上海古籍出版社，1982 年 12 月新一版。

《中國叢書綜錄補正》，陽海清編撰，揚州：江蘇廣陵古籍刻印社，1984 年 8 月第一版。

《中國叢書廣錄》（全二冊），陽海清編撰，武漢：湖北人民出版社，1999 年 4 月第一版。

《北京圖書館古籍善本書目》（全五冊），北京圖書館編，北京：書目文獻出版社，1987 年 7 月版。

《中國古籍善本書目》──集部（全三冊），中國古籍善本書目編輯委員會編，上海古籍出版社，1998 年 3 月第一版。

《北京大學圖書館藏古籍善本書目》，北京大學圖書館編，北京：北京大學出版社，1999 年 6 月第一版。

《藏園羣書題記》，傅增湘撰，臺北：廣文書局，1967 年 8 月初版。

《藏園羣書經眼錄》（全五冊），傅增湘撰，北京：中華書局，1983
　　年9月第一版。

《隱湖題跋》，明・毛晉撰，臺北：新文豐出版公司（《叢書集成
　　續編》第5冊），1989年7月臺一版

《書林清話》，清・葉德輝撰，臺北：世界書局，1974年11月第
　　三版。

《中國文學目錄學》，謝灼華編著，北京：書目文獻出版社，1986
　　年5月第一版。

《中國書籍簡史》，嚴文郁著，臺北：臺灣商務印書館，1995年6
　　月初版。

《古書版本學概論》，李致忠著，北京：北京圖書館，1998 年 1
　　月第二次印刷。

《中國書源流》，奚椿年著，南京：江蘇古籍出版社，2003 年 8
　　月第二次印刷。

《明本》，趙前著，南京：江蘇古籍出版社，2003年8月第一版。

《中華文獻大辭典》——文學卷，汪玢玲主編，長春：吉林文史
　　出版社，1994年1月第一版。

《姑蘇志》，明・王鏊撰，臺北：臺灣商務印書館（《景印文淵閣
　　四庫全書》第493冊），1985年2月版。

《江南通志》，清・黃之雋等編纂，臺北：臺灣商務印書館（《景
　　印文淵閣四庫全書》第511冊），1985年2月版。

《湖廣通志》，清・夏力恕等編纂，臺北：臺灣商務印書館（《景
　　印文淵閣四庫全書》第533冊），1985年2月版。

《貴州通志》，清・靖道謨等編纂，臺北：臺灣商務印書館（《景
　　印文淵閣四庫全書》第571冊），1985年8月版。

《今獻備遺》，明‧項篤壽撰，臺北：臺灣商務印書館（《景印文淵閣四庫全書》第 453 冊），1985 年 2 月版。

《明名臣琬琰續錄》，明‧徐紘編，臺北：臺灣商務印書館（《景印文淵閣四庫全書》第 453 冊），1985 年 2 月版。

《狀元圖考》，明‧顧祖訓原編，臺北：明文書局，1991 年元月初版。

《明儒言行錄續編》，清‧沈佳撰，臺北：臺灣商務印書館（《景印文淵閣四庫全書》第 458 冊），1985 年 2 月版。

《明詩人小傳稿》，清‧潘介祉撰，臺北：國立中央圖書館，1986 年出版。

《列朝詩集小傳》，清‧錢謙益撰，臺北：世界書局，1985 年 2 月三版。

《御定佩文齋書畫譜》，清‧孫岳頒等奉敕撰，臺北：臺灣商務印書館（《景印文淵閣四庫全書》第 820、821 冊），1986 年 2 月版。

《清代藏書家考》，洪有豐、袁同禮等編著，香港：中山圖書公司，1973 年 1 月版。

《清代七百名人傳》，蔡冠洛編，臺北：文海出版社，1973 年 12 月影印版。

## 二、詞總集、選集

《全唐五代詞》，張璋、黃畬編，臺北：文史哲出版社，1986 年 10 月臺一版。

《全唐五代詞》（全二冊），曾昭岷等編著，北京：中華書局，1999

年 12 月第一版。

《全宋詞》，唐圭璋編，臺北：宏業書局，1985 年 10 月再版。

《全宋詞補輯》，孔凡禮編，臺北：源流文化公司，1982 年 12 月初版。

《全金元詞》（全二冊），唐圭璋編，臺北：洪氏出版社，1980 年11 月初版。

《校輯宋金元人詞》，趙萬里輯，臺北：台聯國風出版社，1972 年 3 月重刻。

《明詞彙刊》（全二冊），趙尊嶽輯，上海：上海古籍出版社，1992 年 7 月第一版。

《全明詞》（全六冊），饒宗頤初纂、張璋總纂，北京：中華書局，2004 年 1 月第一版。

《彊邨叢書》（全二冊），朱孝臧輯校，上海：江蘇廣陵古籍刻印社，1989 年 7 月第一版。

《宋名家詞》，明・毛晉編，明末虞山毛氏汲古閣刊本，臺北：國家圖書館。

《宋名家詞》，明・毛晉編，明崇禎毛氏汲古閣刻本，北京：北京圖書館。

《宋名家詞》，明・毛晉編，清紅椒書屋綠格鈔巾箱本，臺北：國家圖書館。

《宋名家詞》，明・毛晉編，臺南：莊嚴文化事業公司（《四庫全書存目叢書》第 422、423、424 冊），1997 年 6 月初版。

《宋名家詞》，明・毛晉編，上海：上海古籍出版社（《續修四庫全書》第 1719、1720 冊），2002 年 3 月第一版。

《宋六十名家詞》，明・毛晉輯，清光緒十四年錢塘汪氏據毛氏汲

古閣本重校刊本，臺北：國家圖書館。

《宋六十名家詞》，明·毛晉輯，民國十年上海博古齋景印毛氏汲古閣本，臺北：國家圖書館。

《宋六十名家詞》，明·毛晉輯，施蟄存校點，上海：上海雜誌公司，1936 年 10 月初版。

《宋六十名家詞》，明·毛晉輯，臺北：臺灣商務印書館，1965 年 8 月臺一版。

《宋六十名家詞》，明·毛晉輯，臺北：臺灣中華書局，1986 年 2 月臺三版。

《詞壇合璧》，明·朱之蕃編，明金閶世裕堂刊本，臺北：中央研究院歷史語言研究所傅斯年圖書館。

《明紅絲欄鈔本百家詞》（全四十冊），明·吳訥輯，天津：天津古籍出版社，1989 年版。

《唐宋元明百家詞》（全四冊），明·吳訥輯，臺北：廣文書局，1971 年 5 月初版。

《百家詞》（全二冊），明·吳訥編，天津：天津古籍書店，1992 年 3 月第一版。

《詞苑英華》，明·毛晉編，明末虞山毛氏汲古閣刊本，臺北：國家圖書館。

《詞苑英華》，明·毛晉編，明崇禎間虞山毛氏汲古閣刊清乾隆十七年（1752）曲谿洪振珂校印本，臺北：國家圖書館。

《花間集》，後蜀·趙崇祚編，明末虞山毛氏汲古閣刊《詞苑英華》本，臺北：國家圖書館。

《草堂詩餘》，宋·不著編人、明·楊慎批點，臺北：新文豐出版公司（《叢書集成續編》第 205 冊），1989 年 7 月臺一版。

《類編草堂詩餘》，宋・不著編人，臺北：臺灣商務印書館（《景印文淵閣四庫全書》第 1489 冊），1988 年 2 月版。

《精選名賢詞話草堂詩餘》，宋・何士信選編，上海：上海古籍出版社（《四印齋所刻詞》），1989 年 8 月第一版

《類選箋釋草堂詩餘》六卷、續二卷、《國朝詩餘》五卷，明・顧從敬編、錢允治續補，明萬曆甲寅四十二年刊本，臺北：國家圖書館。

《古香岑草堂詩餘》，明・沈際飛評選，明崇禎太末翁少麓刊本，臺北：國家圖書館。

《詞林萬選》，明・楊慎編，明末虞山毛氏汲古閣刊《詞苑英華》本，臺北：國家圖書館。

《百琲明珠》，明・楊慎評選，上海：上海古籍出版社（《明詞彙刊》上），1992 年 7 月第一版。

《天機餘錦》，明・程敏政編，明藍格鈔本，臺北：國家圖書館。

《花間集補》，明・溫博輯、陳紅彥點校，瀋陽：遼寧教育出版社，1998 年 12 月第一版。

《花草粹編》，明・陳耀文編，明萬曆癸未十一年刊本，臺北：國家圖書館。

《詩餘圖譜》，明・張綖編，明嘉靖丙申十五年刊本，臺北：國家圖書館。

《嘯餘譜》，明・程明善撰，明萬曆己未四十七年刊本，臺北：國家圖書館。

《詩餘》，明・徐師曾撰，清・道光間福申鈔本，臺北：國家圖書館。

《唐詞紀》，明・董逢元編，臺南：莊嚴文化事業公司（《四庫全

書存目叢書》第 422 冊），1997 年 6 月初版。

《唐宋元明酒詞》，明‧周履靖和韻，明萬曆間金陵荊山書林刊
　　本，臺北：國家圖書館。

《詞的》，明‧茅暎評選，明金閶世裕堂刊本，臺北：中央研究院
　　歷史語言研究所傅斯年圖書館。

《古今詞統》，明‧卓人月編、徐士俊評，明崇禎間刊本，臺北：
　　國家圖書館。

《詞菁》，明‧陸雲龍評選，明崇禎崢霄館刊本，上海：復旦大學
　　圖書館。

《精選古今詩餘醉》，明‧潘游龍編，明崇禎丁丑十年海陽胡氏十
　　竹齋刊本，臺北：國家圖書館。

《詞學筌蹄》，明‧周瑛撰，上海：上海古籍出版社（《續修四庫
　　全書》第 1735 冊），2002 年 3 月第一版。

《明詞綜》，清‧王昶輯，臺北：臺灣中華書局，1970 年 6 月臺二
　　版。


## 三、詞話及詞譜等

《詞話叢編》，唐圭璋編，臺北：新文豐出版公司，1988 年 2 月臺
　　一版。

本文參考諸家如下：

第一冊：

　　《渚山堂詞話》，明‧陳霆撰。

　　《藝苑巵言》，明‧王世貞撰。

　　《遠志齋詞衷》清‧鄒祗謨撰。

第二冊：

　　《西圃詞說》，清・田同之撰。

　　《片玉山房詞話》，清・孫兆溎撰、香甫輯。

　　《詞苑萃編》，清・馮金伯輯。

第三冊：

　　《蓮子居詞話》，清・吳衡照撰。

　　《樂府餘論》，清・宋翔鳳撰。

　　《問花樓詞話》，清・陸鎣撰。

　　《聽秋聲館詞話》清・丁紹儀撰。

第四冊：

　　《詞概》，清・劉熙載撰。

　　《白雨齋詞話》，清・陳廷焯撰。

第五冊：

　　《歲寒居詞話》，清・胡薇元撰。

　　《蕙風詞話》，況周頤撰。

　　《聲執》，陳匪石撰。

《詞苑叢談校箋》，清・徐釚編著、王百里校箋，北京：人民文學
　　出版社，1988 年 11 月第一版

《彙輯宋人詞話》，映庵輯，臺北：廣文書局，1970 年 10 月初版。

《填詞名解》，清・毛先舒撰，臺北：廣文書局（《詞學全書》本），
　　1971 年 4 月初版。

《詞律》，清・萬樹編，臺北：臺灣中華書局，1978 年 1 月臺三版。

## 四、詞學專著

《詞學通論》，吳梅著，臺北：臺灣商務印書館，1988 年 4 月臺七
　　版。

《詞曲史》，王易撰，臺北：廣文書局，1988 年 8 月第五版。

《中國詞學史》，謝桃坊著，成都：巴蜀書社，1993 年 6 月第一版。

《中國詞學批評史》，方智範等著，北京：中國社會科學出版社，
　　1994 年 7 月第一版。

《中國詞史》（上、下卷），黃拔荊著，福州：福建人民出版社，
　　2003 年 5 月第一版。

《唐宋詞流派史》，劉揚忠著，福州：福建人民出版社，1999 年 3
　　月第一版。

《明詞史》，張仲謀著，北京：人民文學出版社，2002 年 2 月第一
　　版。

《詞源注》，宋‧張炎著、夏承燾校注，臺北：木鐸出版社，1987
　　年 7 月初版。

《唐宋詞集序跋匯編》，金啟華等編，臺北：臺灣商務印書館，1993
　　年 2 月臺灣初版。

《中國歷代詞學論著選》，陳良運主編，南昌：百花洲文藝出版社，
　　1998 年 8 月第一版。

《詞話十論》，劉慶雲著，長沙：岳麓書社，1990 年 1 月第一版。

《詞話學》，朱崇才著，臺北：文津出版社，1995 年 1 月初版。

《詞學論叢》，唐圭璋著，上海：上海古籍出版社，1986 年 6 月第
　　一版。

《詞學綜論》，馬興榮著，濟南：齊魯書社，1989 年 11 月第一版。

《詞學理論綜考》，梁榮基著，北京：北京大學出版社，1991 年 8
　　月第一版。

《詞的藝術世界》，錢鴻瑛著，上海：上海文藝出版社，1992 年
　　10 月第一版。

《唐宋詞美學》，鄧喬彬著，濟南：齊魯書社，2004 年 10 月第二
　　版。

《詞與音樂關係研究》，施議對著，北京：中國社會科學出版社，
　　1989 年 4 月第二次印刷。

《詞學史料學》，王兆鵬著，北京：中華書局，2004 年 5 月第一版。

《詞學》（第二輯），《詞學》編輯委員會編，上海：華東師範大學
　　出版社，1983 年 10 月第一版。

《詞學》（第三輯），《詞學》編輯委員會編，上海：華東師範大學
　　出版社，1985 年 2 月第一版。

《詞集考》（唐宋五代金元編），饒宗頤著，北京：中華書局，1992
　　年 10 月第一版。

《羣體的選擇──唐宋人選詞與詞選通論》，蕭鵬著，臺北：文津
　　出版社，1992 年 11 月初版。

《明代詞選研究》，陶子珍著，臺北：秀威資訊科技公司，2003
　　年 7 月第一版。

## 五、詩話、詩文集、詩文評及筆記雜著等

《天籟集》，元・白樸著，《四印齋所刻詞》，清光緒 14 年臨桂王
　　氏家塾刊本，臺北：國家圖書館。

《思菴先生文粹》，明・吳訥撰，清・乾隆四年周耕堂手鈔本，臺

北：國家圖書館。

《文章辯體・外集・總論》，明・吳訥輯，臺灣：莊嚴文化事業公司（《四庫全書存目叢書》第 291 冊），1997 年 6 月初版。

《文體序說三種》，明・吳訥等著，臺北：大安出版社，1998 年 6 月第一版。

《文敏集》，明・楊榮撰，臺北：臺灣商務印書館（《景印文淵閣四庫全書》第 1240 冊），1987 年 8 月版。

《弇州續稿》，明・王世貞撰，臺北：臺灣商務印書館（《景印文淵閣四庫全書》第 1284 冊），1987 年 8 月版。

《吳都文粹續集》，明・錢穀編，臺北：臺灣商務印書館（《景印文淵閣四庫全書》第 1386 冊），1988 年 2 月。

《御選宋金元明四朝詩》，清・張豫章等奉敕編，臺北：臺灣商務印書館（《景印文淵閣四庫全書》第 1442 冊），1988 年 2 月版。

《明詩綜》，清・朱彝尊編，臺北：臺灣商務印書館（《景印文淵閣四庫全書》第 1460 冊），1988 年 2 月版。

《曝書亭集》，清・朱彝尊撰，臺北：臺灣商務印書館（《景印文淵閣四庫全書》第 1318 冊），1987 年 8 月版。

《日知錄集釋》，清・顧炎武著、清・黃汝成集釋、秦克誠點校，長沙：岳麓書社，1996 年 2 月第二次印刷。

《牧齋有學集》（全三冊），清・錢謙益著、清・錢曾箋注、錢仲聯標校，上海：上海古籍出版社，1996 年 9 月第一版。

《牧齋初學集》，清・錢謙益著、清・錢曾箋注、錢仲聯標校，臺北：文海出版社，2001 年 8 月版。

《毛刻宋六十家詞勘誤》，朱居易校輯，民國二十五年上海中華書局仿宋聚珍排印本，臺北：國家圖書館。

《中國古典詩歌要籍叢談》（上、下冊），王學泰編著，天津：天
　　津古籍出版社，2004 年 7 月第一版。

《詩詞散論》，繆鉞著，上海：上海古籍出版社，1982 年 11 月第
　　一版。

《明代詩文的演變》，陳書錄著，南京：江蘇教育出版社，1996
　　年 11 月第一版。

《公安與竟陵——晚明兩個「新潮」文學流派》，王愷著，南京：
　　江蘇古籍出版社，1996 年 12 月第一版。

《晚明士風與文學》，夏咸淳著，北京：中國社會科學出版社，1994
　　年 7 月第一版。

《明代商賈與世風》，陳大康著，上海：上海文藝出版社，1996
　　年 5 月第一版。

《中國評點文學史》，孫琴安著，上海：上海社會科學院出版社，
　　1999 年 6 月第一版。

《中國文學評點研究論集》，章培恆、王靖宇主編，上海：上海古
　　籍出版社，2002 年 12 月第一版。

《中國小說評點研究》，譚帆著，上海：華東師範大學出版社，2001
　　年 4 月第一版。

《明清之際小說評點學之研究》，林崗著，北京：北京大學出版社，
　　1999 年 11 月第一版。

## 六、學位論文

《明末忠義詞人研究》，陳美撰，私立東吳大學中國文學研究所碩
　　士論文，1986 年 4 月。

《楊慎的詞學》，陳清茂撰，國立臺灣師範大學國文研究所碩士論
　　文，1994 年 5 月。

《楊慎及其詞學研究》，林惠美撰，國立高雄師範大學國文學系博
　　士論文，2003 年 7 月。

《明代評點詞學研究》，謝旻琪撰，私立東吳大學中國文學系碩士
　　論文，2004 年 6 月。


## 七、期刊論文

〈選詞標準論〉，龍沐勛撰，《詞學季刊》第 1 卷第 2 號，1933 年
　　8 月。

〈試論宋詞選集的標準和尺度〉，羅忼烈撰，《文藝理論研究》1983
　　年第 4 期。

〈聽我說句公道話──論明代的詞及《全明詞》的編纂〉，張璋撰，
　　《國文天地》6 卷 2 期，1990 年 7 月。

〈崇禎末至康熙初年的詞學思潮〉，陳水雲撰，《湖北大學學報》，
　　1996 年第 2 期。

〈明清匯刊宋人詞集略述〉（上、下），聶安福撰，《古典文學知識》
　　1998 年第 1、2 期。

〈願堂讀書記〉，酈承銓撰，《國立北平圖書館館刊》第 8 卷第 1
　　號，1934 年 1、2 月。

〈毛子晉年譜稿〉，錢大成撰，《國立中央圖書館館刊》第 1 卷第 4
　　號，1947 年 4—6 月。

〈毛晉與汲古閣〉，陳建撰，《社會科學》1984 年第 3 期。

〈從《宋六十名家詞》諸跋看毛晉的詞學觀〉，雷虹撰，《徐州師

範學院學報》1994 年第 4 期。

〈毛晉《宋六十名家詞》初探〉，林潛為撰，《大陸雜誌》第 91 卷
第 6 期，1995 年 12 月。

〈《唐宋名賢百家詞》版本考辨〉，秦惠民撰，《詞學》第三輯，1985
年 2 月第 1 版。

〈詞學的新發現──明鈔本《天機餘錦》之成書及其價值〉，黃文
吉撰，《宋代文學研究叢刊》第三期，1997 年 9 月。

〈湯顯祖與明清詞壇〉，程芸撰，《武漢大學學報》第 54 卷第 5 期，
2001 年 9 月。

〈湯顯祖評點《花間集》的原因及其特色〉，謝旻琪撰，《東吳中
文研究集刊》第 10 期，2003 年 9 月。

〈試述「當行」、「本色」在詞壇上之應用〉，王偉勇撰，《中國文
學理論與批評論文集》，1998 年 10 月。

〈宋代坊肆刻書與詩文集傳播的關係〉，周彥文撰，《國立中央圖
書館館刊》新 28 卷第 1 期，1995 年 6 月。

〈明代江蘇刻書事業概述〉，沈燮元撰，《學術月刊》1957 年第 9
期。

〈明代蘇州營利出版事業及其社會效應〉，邱澎生撰，《九州學刊》
5 卷 2 期，1992 年 10 月。

〈明代叢書的繁榮〉，崔文印撰，《史學史研究》1996 年第 3 期。

〈明清江浙藏書家的主要功績和歷史侷限〉，韓文宇撰，《東南文
化》1997 年 2 月號。

國家圖書館出版品預行編目

明代四種詞集叢編研究／陶子珍著. -- 一版.
-- 臺北市：秀威資訊科技, 2005〔民 94〕
　　面；　　公分. -（語言文學類；AG0032)
參考書目：面
ISBN 978-986-7263-84-1(平裝)
1.詞 - 歷史 - 明(1368-1644)　2.詞 - 評論
820.9306　　　　　　　　　　　94020223

 語言文學類　AG0032

# 明代四種詞集叢編研究

作　　者 / 陶子珍
發 行 人 / 宋政坤
執行編輯 / 林秉慧
圖文排版 / 張慧雯
封面設計 / 羅季芬
數位轉譯 / 徐真玉　沈裕閔
圖書銷售 / 林怡君
網路服務 / 徐國晉
出版印製 / 秀威資訊科技股份有限公司
　　　　　台北市內湖區瑞光路 583 巷 25 號 1 樓
　　　　　電話：02-2657-9211　　　傳真：02-2657-9106
　　　　　E-mail：service@showwe.com.tw
經 銷 商 / 紅螞蟻圖書有限公司
　　　　　台北市內湖區舊宗路二段 121 巷 28、32 號 4 樓
　　　　　電話：02-2795-3656　　　傳真：02-2795-4100
　　　　　http://www.e-redant.com

2006 年 7 月 BOD 再刷
定價：280 元

# 讀　者　回　函　卡

感謝您購買本書，為提升服務品質，煩請填寫以下問卷，收到您的寶貴意見後，我們會仔細收藏記錄並回贈紀念品，謝謝！

1. 您購買的書名：＿＿＿＿＿＿＿＿＿＿＿＿＿＿＿＿＿＿＿

2. 您從何得知本書的消息？

　　□網路書店　□部落格　□資料庫搜尋　□書訊　□電子報　□書店

　　□平面媒體　□ 朋友推薦　□網站推薦 □其他＿＿＿＿＿＿

3. 您對本書的評價：(請填代號　1.非常滿意 2.滿意 3.尚可 4.再改進)

　　封面設計＿＿＿　版面編排＿＿＿　內容＿＿＿　文/譯筆＿＿＿　價格＿＿＿

4. 讀完書後您覺得：

　　□很有收獲　□有收獲　□收獲不多　□沒收獲

5. 您會推薦本書給朋友嗎？

　　□會　□不會，為什麼？＿＿＿＿＿＿＿＿＿＿＿＿＿＿＿＿＿＿

6. 其他寶貴的意見：＿＿＿＿＿＿＿＿＿＿＿＿＿＿＿＿＿＿＿＿＿

＿＿＿＿＿＿＿＿＿＿＿＿＿＿＿＿＿＿＿＿＿＿＿＿＿＿＿＿＿＿＿

＿＿＿＿＿＿＿＿＿＿＿＿＿＿＿＿＿＿＿＿＿＿＿＿＿＿＿＿＿＿＿

＿＿＿＿＿＿＿＿＿＿＿＿＿＿＿＿＿＿＿＿＿＿＿＿＿＿＿＿＿＿＿

## 讀者基本資料

姓名：＿＿＿＿＿＿＿＿＿＿　年齡：＿＿＿　性別：□女 □男

聯絡電話：＿＿＿＿＿＿＿＿　E-mail：＿＿＿＿＿＿＿＿＿＿＿

地址：＿＿＿＿＿＿＿＿＿＿＿＿＿＿＿＿＿＿＿＿＿＿＿＿＿＿

學歷：□高中(含)以下　　□高中　　□專科學校　　□大學

　　　□研究所(含)以上 □其他＿＿＿＿＿＿＿＿＿

職業：□製造業 □金融業 □資訊業 □軍警 □傳播業 □自由業

　　　□服務業 □公務員 □教職　□學生 □其他＿＿＿＿＿＿

## 秀威與 BOD

BOD（Books On Demand）是數位出版的大趨勢，秀威資訊率先運用 POD 數位印刷設備來生產書籍，並提供作者全程數位出版服務，致使書籍產銷零庫存，知識傳承不絕版，目前已開闢以下書系：

一、BOD 學術著作—專業論述的閱讀延伸
二、BOD 個人著作—分享生命的心路歷程
三、BOD 旅遊著作—個人深度旅遊文學創作
四、BOD 大陸學者—大陸專業學者學術出版
五、POD 獨家經銷—數位產製的代發行書籍

BOD 秀威網路書店：www.showwe.com.tw
政府出版品網路書店：www.govbooks.com.tw

永不絕版的故事・自己寫・永不休止的音符・自己唱